IL PROTETTORE

Game of Chance, Libro 1

SUSAN STOKER

Titolo originale: *The Protector.* La versione inglese di questo titolo è stata originariamente pubblicata da Amazon Publishing.

Traduzione dall'inglese di Patrizia Zecchin per One More Chapter Translations

Editing di Mimma Maio

Soccorrere Caite

Soccorrere Brenae

Soccorrere Sidney

Soccorrere Piper

Soccorrere Zoey

Soccorrere Avery

Soccorrere Kalee

Soccorrere Jane

Mercenari di Montagna

Difendere Allye

Difendere Chloe

Difendere Morgan

Difendere Harlow

Difendere Everly

Difendere Zara

Difendere Raven

Delta Force Heroes

Salvare Rayne

Salvare Emily

Salvare Harley

Il Matrimonio di Emily

Salvare Kassie

Salvare Bryn

Salvare Casey

Salvare Sadie

Salvare Wendy

Salvare Mary

Salvare Macie

Salvare Annie

PROLOGO

JACKSON "JJ" Justice chiuse gli occhi e respirò piano dal naso, pregando che il dolore diminuisse. Ma era una preghiera inutile, perché i loro aguzzini si divertivano a provocare più sofferenza possibile.

Socchiuse le palpebre per guardare i suoi migliori amici e compagni di squadra incatenati alle pareti intorno a lui. Riggs "Chappy" Chapman aveva gli occhi chiusi e la testa appoggiata al muro di cemento. Non stava dormendo, di quello non aveva dubbi. Nessuno dormiva in quell'inferno. Non veramente.

Accanto a lui c'era Kendric "Bob" Evans che stava guardando il loro quarto compagno di squadra con profonda preoccupazione.

JJ portò la sua attenzione a Callum "Cal" Redmon e aggrottò le sopracciglia. I loro rapitori lo avevano appena riportato in cella dopo averlo sottoposto a una "seduta", e non aveva affatto un bell'aspetto. Gli stronzi che li tenevano in ostaggio erano stati elettrizzati quando avevano scoperto la sua identità. Cal era un vero e proprio principe.

E come lui diceva spesso, il titolo in sé era più eccitante della realtà, considerando che per diventare re prima avrebbero dovuto morire una ventina di parenti.

Ma ciò non importava ai terroristi. Si erano concentrati su Cal praticamente dal momento in cui tutti i membri del team erano stati trascinati incoscienti in quella cella. Al momento gocciolava di sangue a causa dei troppi tagli sul corpo. Indossava solo un paio di boxer, e ciò rendeva facile capire quanto fosse stata orribile l'ultima sessione di tortura.

I loro carcerieri si erano dedicati a rovinargli la carne precedentemente intatta, martoriandogli la pelle con coltelli, sigarette e chissà cos'altro. Sul viso usavano sempre i pugni, ma per il resto del corpo preferivano vari strumenti di tortura.

Quegli uomini non provavano un briciolo di compassione. Quando avevano torturato JJ, avevano riso e scherzato a ogni pugno inferto e a ogni squarcio di coltello. Era chiaro che non considerassero lui e i suoi compagni di squadra degli esseri umani.

Osservando i suoi migliori amici, i tre uomini che erano letteralmente la ragione per cui continuava a lottare per rimanere in vita, prese una decisione.

«Quando usciremo da qui ho intenzione di ritirarmi» disse con fervore ma a bassa voce, così da non far capire ai loro rapitori che erano svegli e parlavano. Tenerli tutti e quattro incatenati nella stessa cella, in modo che ognuno potesse vedere le torture subite dagli altri, faceva parte dei perversi giochetti mentali di quegli stronzi.

Non potevano sapere che lasciarli insieme non faceva altro che rafforzare la squadra, invece di renderla più debole.

Quando nessuno parlò, JJ continuò. «Dico sul serio. Sapevamo tutti che questa missione era condannata fin dall'inizio. Non c'era il supporto che avremmo dovuto avere, le informazioni erano praticamente inesistenti e quando abbiamo espresso le nostre preoccupazioni, ci è stato detto di stare zitti e di eseguire gli ordini.» Sbuffò facendo una sommessa risata amara. «E guardate dove ci hanno portato quegli ordini. Io ho *chiuso*. Mi chiamo fuori. Non mi sono arruolato per questa roba. Per combattere per il mio Paese, *sì*, ma stare seduto nella mia stessa merda, venire picchiato, vedere i miei amici torturati... e per di più essere filmato per i piani dei ribelli... no, cazzo. Assolutamente *no*.»

JJ non aveva mai voluto essere il leader del loro gruppo. Essendo il più vecchio e uno che non accettava comportamenti insensati, si era in un certo senso ritrovato in quel ruolo. Ma in quel caso aveva sbagliato. Avrebbe dovuto insistere di più sul fatto che quella missione era destinata a fallire e impuntarsi per avere più informazioni prima di entrare in quel Paese.

Anche se non aveva dubbi che il governo degli Stati Uniti stesse lavorando per liberarli, sapevano tutti che la prassi comportava di non negoziare con i terroristi. Probabilmente avrebbero dovuto arrangiarsi da soli finché non avessero trovato un modo per fuggire – il che non prometteva nulla di buono – o finché una delle squadre delle forze speciali non fosse andata a tirarli fuori da lì.

«Se tu sei fuori, lo sono anch'io» disse Bob con una smorfia. «Se pensi che rimanga senza di te, sei pazzo.»

«Be', io non resto senza di voi» concordò Chappy. Le sue parole erano distorte a causa dell'ultimo pestaggio, ma il suo appoggio all'idea di uscire dall'esercito si sentì forte e chiaro.

I tre uomini guardarono Cal.

Lui fece un respiro profondo, seguito da una smorfia per il dolore che gli provocò il movimento. Aveva un occhio gonfio e per essere l'uomo che un tempo i media avevano soprannominato "Sua Bellezza" aveva un aspetto tutt'altro che bello. I terroristi avevano lasciato i segni sulla sua carne. Se fosse sopravvissuto a tutto quello – se *chiunque* di loro fosse sopravvissuto alla prigionia – avrebbe avuto un ricordo visibile delle torture ogni volta che si fosse guardato allo specchio.

«E poi cosa faremo?» chiese Cal. Le sue parole lente e biascicate furono quasi difficili da comprendere.

«Quello che vogliamo, cazzo» rispose Chappy. «Ma non mi va di vivere in una grande città.»

«Be', a me non va di vivere in un cazzo di sobborgo» ribatté Bob.

«Finché non sarò in una cella e incatenato a un muro, non me ne frega un cazzo di *dove* vivremo» farfugliò Cal.

«Rochambeau» decise JJ.

«Eh?»

«Cosa?»

«Che cazzo è?»

«È sasso-carta-forbice. Per decidere dove andremo a vivere» rispose. Date le circostanze, sembrava ridicolo stabilire dove mettere radici una volta usciti dall'esercito, soprattutto con un gioco da bambini. Ma avevano bisogno di pensare a qualcosa che non fosse il dolore che stavano provando... e a quando i loro rapitori sarebbero tornati per infliggerne altro.

«Mi sembra una buona idea» disse Chappy.

«Non dovremmo pensare a quale lavoro fare prima di decidere dove vivere?» chiese Bob.

«No» rispose JJ scuotendo la testa, rianimandosi all'idea di fare progetti per il loro futuro. Verosimilmente le probabilità di *avere* un futuro erano al di sotto del cinquanta per cento, ma al momento dovevano concentrarsi su qualcosa di positivo. «Non possiamo scegliere di fare i tassisti e poi decidere di trasferirci in una città rurale con un solo semaforo. Prima stabiliamo dove vogliamo vivere, poi che tipo di attività aprire.»

Aspettò che i suoi amici fossero d'accordo, poi continuò. «Allora, pensate a dove vi piacerebbe vivere quando torneremo negli Stati Uniti. Un posto dove avreste sempre voluto abitare. Un posto che vi chiama. Poi io giocherò con Chappy e Cal con Bob. Il vincitore di ogni round sfiderà l'altro. Chi alla fine vincerà, deciderà dove vivere. D'accordo?»

Bob e Cal annuirono.

Chappy scoppiò a ridere. «Sappiamo tutti che è una follia, vero? Voglio dire, stiamo per decidere del nostro futuro – un futuro che ha un'alta probabilità di non realizzarsi mai, considerando dove ci troviamo al momento – tirando a sorte con un gioco.»

«Perché?» domandò Bob. «Devi andare da qualche parte oggi? Hai altri programmi?»

«Be', sai, avevo un incontro bollente con una ragazza, ma suppongo di poter rimanere a giocare con voi.»

Tutti e quattro gli uomini ridacchiarono sommessamente.

JJ era consapevole che le probabilità di uscire da quella situazione non erano alte, ma avere un futuro a cui pensare poteva aiutarli. «Ok, cominciamo io e Chappy. Siete pronti? Avete in mente un posto?»

«Sì.»

«Anch'io. Ok, al tre. Uno, due, *tre*!»

Tese la mano piatta, che indicava carta, mentre Chappy fece il pugno.

«Accidenti» disse Chappy con un piccolo sorriso sul volto. «Carta batte sasso. Direi che le Hawaii sono fuori questione.»

«Be', cazzo, sarei stato totalmente d'accordo con quel posto» gemette Cal. «Abbiamo sentito spesso quanto sia fantastico laggiù da Mustang e la sua squadra.»

Mustang era un membro delle forze speciali con cui avevano lavorato in passato. Lui e il suo team SEAL erano stati decisamente fortunati a essere di stanza lì. Da quel che sapeva, si stavano tutti sistemando e mettendo su famiglia.

Quel pensiero gli provocò una fitta al cuore, più dolorosa di quanto avrebbe potuto immaginare.

JJ aveva sempre desiderato avere una famiglia tutta sua. Una donna da poter proteggere e adorare e che lo amasse allo stesso modo. E dei bambini...

Sospirò. A trentanove anni, stava diventando troppo vecchio per pensare di avere dei figli.

«Ok, Cal e Bob, tocca a voi. Al tre... uno, due, *tre*.»

Cal alzò due dita a formare una forbice, mentre Bob tenne la mano piatta.

«Forbice batte carta» annunciò JJ.

«Merda» borbottò Bob.

«Cos'avevi scelto?» chiese Chappy.

«New York. Non c'è niente di meglio del trambusto della più grande città del mondo» disse con ardore.

«A quanto pare siamo rimasti io e te» disse JJ a Cal.

Lo sguardo del suo amico era annebbiato e la pupilla dell'occhio che non era gonfio era molto più grande di quanto avrebbe dovuto essere, ma dato che in quel momento non poteva far altro per aiutarlo se non cercare di distogliergli la mente da quella situazione per qualche minuto, fece del suo meglio per nascondere la preoccupazione.

«Perderai, amico» lo stuzzicò debolmente Cal.

Le labbra di JJ ebbero un guizzo. Erano tutti molto competitivi e ciò in parte era il motivo per cui erano ottimi soldati delle forze speciali. A nessuno di loro piaceva fallire né che le cose non andassero secondo i piani.

«Vediamo cosa sai fare» lo provocò. «Al tre. Uno, due, tre!»

Strinse la mano a pugno, mentre Cal la tenne piatta.

«Maledizione» disse JJ con un sospiro.

«Volevo fare sasso, ma non credo di riuscire a piegare tutte le dita» scherzò il suo amico.

Era vero, alcune erano maciullate e quasi certamente rotte. L'odio per i loro carcerieri stava quasi per sopraffarlo, ma si costrinse a trattenere quell'emozione. Sarebbe arrivato il momento per sfogare la sua rabbia; per ora doveva mantenere la calma. I suoi compagni di squadra contavano su di lui, lo consideravano la loro ancora.

«Non posso credere che lasciamo scegliere dove vivere all'unico che non viene dagli Stati Uniti» si lamentò Bob.

JJ ne era un po' divertito, ma un accordo era un accordo, e dato che Cal li aveva battuti, sarebbe stato lui a decidere dove si sarebbero stabiliti. «Hai vinto» disse all'amico. «La mia scelta sarebbe stata Nashville. Allora... dove vivremo, Cal?»

«Nel Maine. C'è una città sul lato occidentale dello Stato vicino al confine con il New Hampshire, si chiama Newton. Una volta ho visto un servizio che ne parlava.»

«Mi prendi per il culo?» chiese Bob. «Il *Maine*? Ti prego, dimmi che Newton è una città vera e propria.»

Cal gli rivolse un sorriso sbilenco e il movimento gli fece

colare del sangue dalla guancia sul petto nudo, ma non sembrò farci caso.

«No. È nel bel mezzo del nulla. Non credo ci sia *nemmeno* un semaforo. C'è la neve per sei mesi all'anno e l'unico posto dove fare acquisti è un supermercato Dollar General. La popolazione è scarsa, circa milleduecento abitanti. Da quello che ho visto nel filmato, sembra un paradiso.»

«Cazzo» gemette Bob. «Cosa diavolo faremo per vivere in una città come quella?»

JJ sospirò. Era una buona domanda. «So cosa *non* faremo» sbottò. «Qualsiasi cosa abbia a che fare con la sicurezza, guardie del corpo, investigazioni private. C'è troppa gente che una volta fuori dall'esercito fa questo tipo di lavori. Ne ho abbastanza di armi, di morte, di mettere in gioco la mia vita per gli altri. Voglio fare qualcosa di... normale.»

«Sono d'accordo» dichiarò Chappy solennemente.

«Anch'io» disse Bob. «Ma sul serio, cosa *faremo*? Ammettiamolo, non abbiamo altre competenze oltre a quelle militari.»

Ci fu un attimo di silenzio prima che JJ dicesse: «Prendiamoci del tempo per riflettere. Pensate al Maine. Pensate a ciò che vi piace fare nel tempo libero... e non ridete... sì, so che non abbiamo avuto molto tempo libero. Praticamente zero. Magari immaginate qualcosa che avete sempre voluto fare ma di cui non avete avuto l'opportunità. Poi rigiochiamo a Rochambeau.»

Non sapeva se sarebbero andati fino in fondo, se avrebbero davvero lasciato che un gioco decidesse il loro destino, ma più pensava al trasferimento nel Maine, più l'idea lo attraeva. Ne aveva abbastanza dell'umanità. La gente era infinitamente crudele. Lui e i suoi uomini lo sapevano bene. C'erano troppe persone egocentriche, presuntuose, preoccupate solo di se stesse e troppo propense a cercare di convincere gli altri ad accettare le loro convinzioni. A ogni anno che passava c'era meno tolleranza verso le diversità, verso l'accettare qualcuno così com'era.

JJ era stufo di tutta quella roba. Si sarebbe trasferito volentieri in una cittadina tranquilla e sonnolenta guadagnandosi in qualche modo da vivere con i suoi amici, anche se ciò avrebbe diminuito le probabilità di far avverare il suo sogno di crearsi una famiglia. Trovare una donna che guardasse oltre ciò che aveva fatto nell'esercito e lo amasse per ciò che era, sarebbe stato molto più difficile nella natura selvaggia del Maine.

Passarono circa dieci minuti e fu Chappy a dire: «Siamo pronti?»

«Facciamolo» rispose Bob con fermezza.

Al primo turno JJ giocò contro Bob e Chappy contro Cal. Poi, nel girone finale, Chappy e Bob.

Il primo fece un pugno e l'altro alzò due dita.

«Merda! Non vinco mai a questo stupido gioco» borbottò Bob.

Tutti ridacchiarono.

«Allora, che faremo per il resto della nostra vita?» chiese JJ a Chappy.

«I tagliaboschi» rispose con un ampio sorriso.

«Mi stai prendendo in giro» protestò Cal.

«No» disse, continuando a sorridere. «Ho pensato che nel Maine ci sono molti alberi. Sono sicuro che cadono sempre nei giardini della gente, sulle strade e così via. Potremmo avviare un servizio di manutenzione degli alberi. Abbatterli, sradicare ceppi, cose del genere.»

Mentre Bob e Cal si lamentavano, JJ annuì. «Il sentiero

degli Appalachi passa anche nel Maine. Non so quanto sia vicino a Newton. Cal? Lo sai? Il programma l'ha detto?»

«Hanno parlato dell'AT, ma non sapevo cosa fosse» ammise. «Immagino sia l'Appalachian Trail a questo punto.»

«Fantastico. Quindi anche i percorsi avranno bisogno di essere sistemati. Potremmo essere dei manutentori di sentieri. Si tratta di persone che sono responsabili di determinate sezioni di un sentiero. Si assicurano che sia sgombro, si occupano dei segnavia, sorvegliano gli accampamenti nella loro zona e in generale fungono da esperti di quel particolare tratto» spiegò JJ.

«Vuoi dire che potremmo davvero andare in giro senza preoccuparci di essere furtivi o di chi potrebbe seguirci e cercare di ucciderci?» chiese Bob. «Ci sto.»

«Forse potremmo anche farci assumere come guide» disse Chappy. «Voglio dire, penso che probabilmente non saremmo impegnati ininterrottamente con gli alberi, quindi potremmo accompagnare le persone che non sono sicure di come affrontare l'AT o che si sentirebbero più a loro agio se qualcuno che conosce la zona li guidasse.»

«E potremmo aiutare se qualcuno dovesse perdersi» aggiunse Cal. «Ho un amico che ha lasciato il servizio militare e ora vive in Virginia. È un volontario della ricerca e soccorso.»

«Ricordate quella donna che si è persa anni fa?» chiese JJ. «Geraldine Largay?»

«Sì. Si era allontanata dal sentiero per fare i suoi bisogni e non si è più vista. Fecero una grossa ricerca, ma il suo corpo fu ritrovato circa due anni dopo. È morta per assideramento e di fame.»

Rimasero tutti in silenzio per un momento, ricordando la tragedia.

«Io ci sto» affermò Bob con decisione.

«Anch'io» concordò Cal.

«Io pure» disse JJ con un cenno del capo.

«Jack's Lumber» annunciò Chappy.

«Cosa?» chiese Bob.

«È così che chiameremo la nostra attività. In omaggio a JJ, che è sempre stato il nostro leader. È un gioco di parole con il termine "lumberjack", tagliaboschi.»

Mentre gli altri tre uomini discutevano dei servizi che avrebbero potuto offrire, di quanto avrebbero potuto chiedere, di dove avrebbero potuto vivere, JJ si rilassò contro il muro duro con un nodo in gola. Il piano per distrarre i suoi amici aveva funzionato. Non stavano temendo il ritorno dei loro aguzzini. Non pensavano al dolore che stavano provando.

Stavano sperando in un futuro migliore.

Ora tutto ciò che dovevano fare era uscire da quell'inferno e realizzare i loro piani. Sarebbero serviti determinazione, duro lavoro, apertura mentale e, ovviamente, molti soldi, ma quelli non erano un problema dato che avevano avuto poche occasioni di spendere quelli guadagnati nel corso degli anni.

Per la prima volta dopo tantissimo tempo, e nonostante l'attuale situazione, JJ si rese conto di essere eccitato per il futuro. I loro aguzzini avevano cercato di piegarli, di intimidirli, di farli a pezzi e distruggerli psicologicamente oltre che fisicamente, e di sicuro sarebbe arrivato dell'altro. Ma per il momento, i quattro amici avevano qualcosa per cui lottare. Un piano.

Se JJ avesse fatto a modo suo, niente e nessuno li avrebbe

trattenuti dal raggiungere Newton, nel Maine, e iniziare la
loro nuova vita.

CAPITOLO UNO

MENTRE SI AVVICINAVA alla sua baita, Riggs "Chappy" Chapman sorrise pervaso da un'istantanea calma. Era difficile credere che fossero passati tre anni interi da quel giorno in cui, in quella cella fredda, lui e i suoi amici avevano deciso il loro futuro. All'epoca era sembrato un sogno irrealizzabile. Era stato chiaro che JJ si fosse arrampicato sugli specchi, cercando disperatamente di aiutarli a pensare a qualcosa di diverso dalla loro deprimente situazione, ma più avevano parlato della Jack's Lumber e del trasferimento nel Maine, più lo aveva desiderato.

E poi lo avevano fatto.

Erano stati salvati da un team di uomini della marina e dell'esercito che lavoravano insieme. I soldati erano arrivati a frotte, e da veri duri quali erano, avevano ucciso tutti i loro rapitori e fatto saltare in aria la montagna dove erano stati tenuti prigionieri.

L'ingresso dei loro soccorritori nel Paese aveva provocato

un piccolo incidente internazionale, ma poiché i terroristi avevano condiviso con gioia i video delle torture subite da Chappy e dagli altri, il governo non aveva potuto protestare contro l'intervento delle forze speciali.

Quella era stata l'ultima missione della sua squadra. Le pratiche per l'uscita dall'esercito erano state avviate molto prima che le loro ferite fisiche fossero guarite. Ognuno di loro aveva ancora a che fare con le ramificazioni mentali di ciò che avevano passato, di ciò che avevano visto nel corso degli anni e delle missioni a cui avevano partecipato, ma la scelta di trasferirsi nel Maine si era rivelata proprio ciò di cui avevano avuto bisogno per lenire le loro anime.

Cosa ancora più sorprendente, la loro attività era decollata praticamente dal primo giorno. Se c'era una cosa che non mancava nel Maine erano i boschi, ed essendo quattro uomini disponibili e capaci di gestire il lavoro fisico necessario per affrontare qualsiasi tipo di problema che coinvolgesse gli alberi, erano costantemente occupati, tanto che dopo meno di un anno avevano dovuto assumere un'assistente amministrativa per tenere tutto in ordine.

Chappy aveva appena completato giusto in tempo il suo ultimo tour guidato della stagione nel sentiero degli Appalachi. Si stava avvicinando una forte bufera che avrebbe scaricato almeno un metro di neve sulla zona.

Il primo inverno che avevano trascorso nel Maine era stato uno shock. Si erano aspettati che fosse freddo e nevoso, ma non così tanto come lo era in realtà. Ora, con solo due stagioni alle spalle, si sentivano dei vecchi professionisti degli inverni del Maine.

Ridacchiò tra sé e sé. Riusciva a immaginare madre natura seduta in un bar che leggeva le loro menti e diceva alla barista:

"Tienimi la birra" mentre si arrotolava le maniche sugli avambracci.

Prima di arrivare nel Maine, Chappy non aveva mai visto sessanta centimetri di neve di persona. Ora non riusciva a pensare a un posto migliore per sperimentarla che la piccola baita nel bosco che usava quando aveva bisogno di un po' di tempo per sé.

Non era grande, praticamente una stanza con un piccolo bagno sul retro. Aveva lavorato sodo per fare l'impianto idraulico, creare una fossa biologica e predisporre il sistema idrico. Non c'era l'elettricità, ma aveva un generatore che azionava quando aveva bisogno di caricare il computer o di riscaldare l'acqua per fare una doccia. Era semplice e gli andava benissimo.

I ragazzi si erano lamentati del fatto che fosse andato lì proprio prima di una forte perturbazione, ma li aveva rassicurati che sarebbe stato bene. Anche se fosse rimasto bloccato, aveva cibo in abbondanza, la neve avrebbe fornito acqua se fosse servito, e non aveva intenzione di fare nient'altro che rilassarsi.

Come se il pensiero dei suoi amici li avesse in qualche modo evocati, il telefono satellitare sul sedile del passeggero squillò proprio mentre stava parcheggiando.

«Non è passata nemmeno un'ora. Sto *bene*» disse, invece di salutare. Non sapeva chi dei suoi amici l'avesse chiamato, ma considerando che solo quattro persone al mondo avevano quel numero, poteva trattarsi solo di Cal, Bob, JJ o April... e dubitava che fosse la loro assistente. Lei non gli telefonava mai. Nemmeno a Bob o a Cal, se era per quello.

April Hoffman era stata una manna dal cielo. Molto organizzata e tranquillissima. Niente sembrava turbarla: né i loro occasionali malumori, né i clienti stressati. Non aveva battuto ciglio nemmeno quando avevano esteso i suoi compiti alla gestione delle prenotazioni delle visite guidate sull'AT. Inoltre, negli ultimi due anni, aveva avuto un sacco di idee geniali su come semplificare il loro lavoro e rendere più felici i clienti.

Chappy era sicuro che gran parte del loro successo fosse dovuto a lei, ma se era preoccupata per qualcosa chiamava JJ ed era lui a comunicare i suoi timori al team.

«Volevo solo vedere se eri già arrivato lassù» disse il suo amico.

«Ho parcheggiato davanti alla baita letteralmente due secondi fa» replicò Chappy. «Non sono ancora sceso dalla Jeep.»

«Be', faresti meglio a farlo, il meteo dice che la bufera arriverà prima del previsto. E, come se non bastasse, inizierà con la pioggia, che diventerà grandine prima di trasformarsi in neve.»

«Accidenti» mormorò.

«Già. Sei ancora in tempo per tornare a Newton.»

Chappy ridacchiò. «Non ci penso proprio.»

«Tutto a posto?»

Quello era solo uno dei tanti motivi per cui ammirava Jackson. Non aveva paura di chiedere apertamente informazioni sulla loro salute mentale. Non rifuggiva il suo disturbo post-traumatico da stress o quello del suo team, ed era particolarmente preoccupato per Cal, che dei quattro era quello uscito dalla prigionia con più cicatrici, per non parlare del fatto che, essendo di sangue reale, aveva ricevuto la maggiore attenzione da parte dei media.

La cosa lo tormentava, lo sapevano tutti, ma aveva sempre

mantenuto la calma e non aveva mai fatto capire a nessuno che le sue esperienze gli avevano portato via una parte dell'anima... tranne che a JJ. Il loro leader riusciva sempre a penetrare il ghiaccio che sembrava circondare Cal e a farlo aprire e ammettere quando era in difficoltà.

«Tutto ok» lo rassicurò. «Sono solo pronto a prendermi questa pausa.»

«L'ultimo gruppo che hai portato sul sentiero è stato una bella gatta da pelare, eh?»

Chappy sbuffò. «Per dirla gentilmente.» Aveva portato tre ragazze universitarie a fare un viaggio di due notti lungo il sentiero degli Appalachi, e loro non avevano fatto altro che lamentarsi per tutto il tempo: per il male ai piedi, i dolori alla schiena, gli zaini troppo pesanti, perché avevano fame, il caffè faceva schifo, i rifugi in cui avevano alloggiato erano troppo freddi... una lagna continua.

Quando le aveva salutate mentre venivano prelevate in un punto di sosta designato, era stato davvero sollevato di essere di nuovo solo. Si era preso il suo tempo a percorrere i due giorni di cammino del ritorno, annotando i segnavia che dovevano essere ridipinti e gli alberi che sarebbero probabilmente caduti sul sentiero durante l'inverno e che avrebbero dovuto essere tagliati in primavera. Quando alla fine era arrivato a Newton, era stato pronto a un prendersi po' di riposo.

«Be', se hai bisogno di qualcosa, chiama. Mi arrabbierò se non lo farai» disse serio JJ. «Se hai bisogno che ti tiriamo fuori da lì, ci pensiamo noi.»

«Le strade quassù saranno impraticabili, e lo sai» gli disse.

«Non importa. Se hai bisogno di aiuto, noi ci saremo. E poi, sai che Bob sarebbe entusiasta di poter usare il suo pick-up con la nuova lama spazzaneve.»

Chappy rise. JJ non aveva torto. Nel loro piccolo gruppo, Bob era quello che si sentiva più a suo agio nella natura, il che faceva un po' ridere visto che avrebbe voluto vivere a New York. Aveva accettato la vita nel Maine come se ci fosse nato. Si offriva volontario per i compiti di guida più lunghi ed era sempre quello che voleva arrampicarsi su un albero per raggiungere i rami più alti da tagliare.

«Lo apprezzo.»

«E so che non c'è bisogno di dirlo, ma lo farò comunque... la pioggia prima della neve renderà instabile il manto nevoso. Solo perché è da molto tempo che da queste parti non si verifica una valanga, non significa che non ce ne saranno.»

«Fammi indovinare, April ti ha bloccato in un angolo e riempito la testa di statistiche sulle valanghe, su quante ce ne sono state nello Stato e su quali sono le condizioni ideali perché si verifichino» disse Chappy con un sorriso.

«Bravo. Ma ha ragione. Ce n'è stata una al Baxter State Park solo un paio di anni fa, e il fatto che tu ti trovi proprio ai piedi del Monte Baldpate non mi piace.»

«Starò bene, mamma» scherzò.

«Dico sul serio» replicò il suo amico in tono burbero.

«Lo so. Ma questa baita è a circa due chilometri dal punto in cui è più probabile si verifichino delle slavine, ammesso che succeda.»

«Ok. Be', goditi il tuo tempo lontano dal trambusto di Newton.»

Chappy rise di gusto. «Oh, sì. Lo spiffererai ad April se non mi farò vivo ogni due giorni?»

Fu il turno di JJ di ridacchiare. «Non c'è bisogno di spiffe- rare. Mi starà addosso, vorrà sapere se ti ho parlato e se stai bene. Se non ti farai sentire, probabilmente troverà il modo di venire lassù per vedere con i suoi occhi che sei tutto intero.»

«Lo farebbe, vero?»

«Sì. Quindi stai rintanato, goditi la solitudine e chiamami, così posso rassicurarla che è tutto a posto e non hai bisogno di essere salvato.»

Sorrise. Lui e gli altri avrebbero potuto lamentarsi del fatto che April fosse una mamma chioccia, ma la verità era che dava una bella sensazione. Chappy non aveva un legame stretto con la sua famiglia. Non ricordava nemmeno l'ultima volta che aveva parlato con sua madre.

«Lo farò. Ci sentiamo.»

«A presto.»

Chiuse la chiamata e scese dalla Jeep. Aveva un bel po' di lavoro da fare prima che il tempo peggiorasse.

Non appena fece quel pensiero, una goccia di pioggia gli cadde sul naso. JJ non si sbagliava, la perturbazione si stava avvicinando *molto* più velocemente del previsto. Alzando lo sguardo vide le cime degli alberi piegarsi per il forte vento. Si accigliò e calcolò mentalmente quali avrebbero dovuto essere potati. Naturalmente ormai era troppo tardi, quindi doveva solo sperare che reggessero sotto il peso della neve in arrivo. Sarebbe stato terribile se uno fosse caduto sulla sua baita.

Facendo un respiro profondo e cercando di non preoccuparsi di cose al momento irrisolvibili, si voltò verso la Jeep. Doveva portare dentro le provviste, accertarsi che il generatore avesse il pieno e funzionasse, assicurarsi che sul portico ci fosse legna da ardere sufficiente per un breve periodo, e occuparsi di quelle che sembravano centinaia di altre piccole faccende.

Aveva tre nuovi libri da leggere, oltre alle altre decine che aveva portato lì negli ultimi due anni e che si trovavano sugli scaffali all'interno. Non vedeva l'ora di trascorrere due piacevoli settimane, rilassanti e monotone, prima di tornare a Newton a fare la sua parte alla Jack's Lumber.

————

Era ufficiale.

Si era persa.

Carlise Edwards era partita in macchina due giorni prima con l'unico obiettivo di allontanarsi, di andarsene da Cleveland. Lontano da chiunque la stesse perseguitando.

Era quasi certa che fosse il suo ex fidanzato.

All'inizio Tommy era sembrato tutto ciò che lei aveva cercato in un uomo... ma in breve tempo era diventato possessivo e geloso. Violento. E se c'era una cosa che non avrebbe mai tollerato, era un fidanzato violento.

Aveva già visto la madre lottare, senza successo, per rendere felice il marito, suo padre; quell'uomo l'aveva picchiata più volte di quante Carlise potesse contarne e lei lo aveva giustificato per molto tempo.

Così, quando Tommy si era arrabbiato dopo essere tornato a casa dal lavoro e aver scoperto che non c'era la cena ad aspettarlo, spingendola con così tanta forza da farla inciampare, farle sbattere la testa sul bancone e cadere a terra, lei aveva chiuso. Sapeva come sarebbero andate le cose, lui si sarebbe scusato, avrebbe detto che non era stata sua intenzione farle del male, avrebbe giurato che non sarebbe più accaduto... finché non lo avrebbe fatto di nuovo. Quel comportamento sarebbe peggiorato fino a farla arrivare a nascondere i lividi e a inventare scuse per le ossa rotte.

Ma non sarebbe successo, perché lo aveva scaricato senza esitazione.

Lui non l'aveva presa bene. All'inizio l'aveva implorata di dargli un'altra possibilità, ma quando non aveva funzionato era diventato ossessionato. La seguiva ovunque, si presentava a casa sua, la chiamava e le mandava messaggi a tutte le ore del giorno e della notte. Il suo comportamento era stato allarmante ed era andato avanti per settimane.

Poi era diventato distruttivo, aveva dipinto la parola "Puttana" sulla sua porta d'ingresso e tagliato tutte e quattro le gomme della sua auto. Almeno, *pensava* che l'atto vandalico fosse stato compiuto da Tommy. Non poteva esserne certa dato che non lo aveva mai colto sul fatto. Aveva anche iniziato a molestarla da un numero di telefono e da un indirizzo e-mail sconosciuti, come se si fosse reso conto all'improvviso che lasciare una traccia elettronica non era molto intelligente.

Ma lei aveva tutti gli altri messaggi e mail con il suo nome, e non le veniva in mente nessun altro nella sua vita che avrebbe potuto voler danneggiare le sue proprietà.

Le sue prime telefonate, i primi messaggi e il fatto che la seguisse, erano state tutte cose abbastanza spaventose, ma dopo gli atti vandalici Carlise aveva cominciato *davvero* a preoccuparsi. Aveva confidato le sue preoccupazioni alla madre e a Susie, la sua migliore amica, e sebbene l'avessero avvertita di stare attenta, nessuna delle due era riuscita a offrire qualcosa di più di un po' di solidarietà.

Era anche andata alla polizia e aveva richiesto un ordine restrittivo temporaneo, ma sospettava che un pezzo di carta non avrebbe impedito a Tommy di continuare con le molestie. E infatti, erano seguiti messaggi ancora più malvagi.

Alla fine Carlise aveva deciso di lasciare la città per un po'.

Forse, se non fosse stata lì, Tommy sarebbe andato avanti con la sua vita dimenticandosi di lei.

Per fortuna aveva un lavoro che poteva svolgere ovunque. Traduceva libri dal francese all'inglese. Aveva odiato quella lingua quando aveva iniziato a studiarla alle medie, ma alla fine aveva imparato ad amarla, rendendosi conto di avere un'affinità naturale con il francese parlato e scritto. E naturalmente l'anno che aveva trascorso in Francia durante l'università era stato la cosa migliore che avesse potuto fare per imparare davvero la lingua.

Ci era quasi finita per caso in quel lavoro. Aveva visto sui social un post di un'autrice francese che voleva sapere se qualcuno avrebbe letto un estratto del suo libro per assicurarsi che l'inglese fosse corretto – non lo era – e quello si era lentamente trasformato in una carriera di traduzione. Non le sarebbe dispiaciuto farlo anche dall'inglese al francese, ma la maggior parte dei traduttori che lo facevano erano madrelingua.

Aveva appena scaricato un nuovo manoscritto, quindi per un po' non avrebbe avuto bisogno di internet, anche se alla fine avrebbe dovuto collegarsi per gestire le nuove richieste di traduzione e controllare la posta elettronica. Negli ultimi giorni Carlise era stata un po' riluttante a collegarsi, temendo che Tommy potesse rintracciarla in qualche modo. Sapeva che era altamente improbabile, e pensava che lui non fosse abbastanza intelligente da capire come fare una cosa del genere, ma non voleva correre alcun rischio.

Aveva solo bisogno di una pausa. Per paura di incontrarlo era diventata esitante a lasciare l'appartamento, nervosa sul fatto di andare al supermercato... di andare *ovunque*, in realtà. Dopo l'incidente delle gomme, aveva temuto che le sue minacce si sarebbero intensificate e che Tommy avrebbe sfogato la sua frustrazione e la sua rabbia su di lei in modi ancora più pericolosi.

Non si sarebbe meravigliata se avesse dato fuoco all'intero edificio con lei dentro.

Così si era messa in viaggio senza dire niente a nessuno tranne che a sua madre, anche se non le aveva detto dove era diretta perché, be'... non *sapeva* nemmeno lei dove stava andando. Non aveva una destinazione in mente, il suo unico piano era quello di lasciare la città e rintanarsi da qualche parte.

Aveva lasciato Cleveland all'alba di due giorni prima, ed era chiaro che avrebbe dovuto riflettere meglio sul suo piano. Aveva cambiato direzione più di una volta, prima dirigendosi verso sud, poi vagando verso est e infine a nord.

Il problema era che non sapeva se da *qualche* parte sarebbe stata al sicuro da Tommy.

Peggio ancora, più guidava e più non poteva fare a meno di pensare che tutto quello che stava accadendo fosse in parte colpa *sua*. Il che era assurdo. Voleva solo trovare un uomo che la amasse quanto lei amava lui. Non qualcuno che perdeva le staffe per una stupidaggine e le faceva del male.

Quella mattina si era ritrovata nel Maine e all'improvviso si era sentita in grado di respirare per la prima volta dopo settimane. Affascinata da tutte le cittadine che aveva visto lungo il percorso, aveva deciso di trovarne una con un albergo, magari con un centro carino da esplorare, e di farne la sua base per un paio di settimane prima di tornare in Ohio, sperando che per allora l'intera faccenda di Tommy si fosse risolta.

Aveva percorso felice diverse strade secondarie, godendosi

i boschi e le strade tranquille... finché non si era resa conto di non aver incrociato un cartello e nemmeno altre auto da un bel po' di tempo. Aveva consultato brevemente il telefono, ma il servizio era sporadico e intermittente in quell'area densamente boscosa. Il GPS era inutile.

Come se non bastasse, il tempo era peggiorato in fretta. All'inizio era caduta una pioggia fredda, che si era trasformata rapidamente in nevischio. Ora nevicava così forte che Carlise non riusciva a vedere nemmeno a un metro dal veicolo.

Non poteva tornare indietro perché sapeva che alle sue spalle non c'era nulla per chilometri. Era da un bel po' che non vedeva una città: niente ristoranti, niente stazioni di servizio. Stava solo continuando a guidare, cercando di trovare una sorta di civiltà. Disperata, svoltò su una specie di strada d'accesso – in realtà era poco più di un largo sentiero – pensando che sicuramente esisteva per un motivo. Doveva portare a un villaggio o anche solo a qualche casa.

Guardò il sedile accanto a lei e fece una smorfia. Aveva mezza bottiglia d'acqua, una barretta di Snickers, un po' di frutta secca assortita e due mini ciambelle, tutti avanzi dell'ultima volta che si era fermata a fare benzina, ore prima. La sua voglia di dolci aveva avuto la meglio così aveva sgranocchiato allegramente mentre guidava, senza preoccuparsi della cena o di dove avrebbe potuto trovare qualcosa da mangiare.

Ora era lì, persa da qualche parte nel Maine, guidando alla cieca sotto una bufera di neve... e spaventata a morte. Aveva combinato un gran casino. Almeno indossava gli scarponi da trekking e aveva una valigia piena di indumenti caldi nel portabagagli della sua Honda CR-V. Il veicolo si comportava abbastanza bene con il maltempo, ma quella bufera si stava rivelando troppo impegnativa per il piccolo SUV.

Non appena ebbe quel pensiero, un albero apparve improvvisamente davanti a lei.

La strada doveva aver curvato, ma a causa della visibilità ridotta non se n'era accorta ed era andata dritta nel bosco.

Schiacciò istintivamente il piede sul freno, ma l'auto continuò a scivolare nella neve. Il paraurti anteriore colpì l'albero e il suo corpo fu sbalzato in avanti. Sbatté la testa sul volante tanto forte da vedere le stelle.

«Merda, merda, merda!» mormorò, facendo un respiro profondo e mettendosi una mano sulla fronte. Non sanguinava, grazie al cielo, ma probabilmente ora aveva un grosso bernoccolo. Il motore dell'auto si era spento dopo l'urto, e anche se aveva la sensazione che sarebbe stato inutile, andò con la mano sulla chiave nell'accensione.

Il SUV, di solito affidabile, non si accese.

Chiuse gli occhi e fece il possibile per non piangere. Era in un grosso guaio e lo sapeva. Fuori si stava facendo buio e si era persa. Inoltre, il vento si era alzato e la neve cadeva così forte che era sicura che nel momento in cui si fosse allontanata dal veicolo, si sarebbe persa irrimediabilmente in quel bianco accecante.

Fece un respiro profondo e aprì gli occhi. Non poteva rimanere lì. Doveva trovare un *posto* dove ripararsi. Mentre guidava sperando di imbattersi in una sorta di città, aveva visto delle piccole baite qua e là nascoste tra gli alberi. Nessuna era sembrata occupata e un paio avevano avuto un aspetto fatiscente... ma rintanarsi in una baita abbandonata era meglio che rimanere sepolta nell'auto.

Carlise in genere non era pessimista, faceva ciò che andava fatto, anche se spiacevole... come rompere con Tommy. Non volendo ricordare quel giorno e quanto lui si fosse arrabbiato, si slacciò la cintura di sicurezza e si girò per spostarsi sul sedile posteriore. Doveva aprire la valigia, indossare quanti più strati di vestiti possibile e poi iniziare a camminare.

Quando fu pronta, le venne un attacco di nausea. In parte per la botta in testa che aveva preso, ma anche perché c'erano buone probabilità che non avrebbe trovato una baita in cui aspettare che passasse la bufera. Poteva essere sopravvissuta alle molestie di Tommy, ma quello sembrava niente in confronto al tentativo di trovare un riparo in mezzo a una tormenta di neve nel Maine.

Si mise lo zaino sulle spalle, rimpiangendo la decisione di avervi infilato il computer e l'iPad che lo appesantivano. Ma aveva procrastinato abbastanza. Se doveva andare, doveva farlo subito.

Fece un respiro profondo, aprì la portiera e si immerse in un inferno bianco e accecante.

Il vento freddo le tolse immediatamente il respiro e le fece lacrimare gli occhi. Naturalmente ciò non aiutò la sua vista, dato che le lacrime si congelarono non appena formate. Sbatté rapidamente le palpebre, si sistemò con le mani guantate la sciarpa sul viso stringendosela di più contro la pelle, e si costrinse a fare un passo per allontanarsi dall'auto. Poi un altro. E un altro ancora.

Trovò la strada, almeno presumeva lo fosse, e sentì una flebile speranza. Avrebbe seguito quel percorso. Magari avrebbe incrociato qualcuno, o un'altra di quelle sporadiche baite.

Rifiutandosi di pensare al fatto di non riuscire a vedere a più di un metro e mezzo davanti a sé, per non parlare di una baita nascosta tra gli alberi che si estendevano intorno a lei, Carlise abbassò la testa e avanzò contro il vento.

CAPITOLO DUE

CHAPPY GEMETTE. Si sentiva di merda.

Stava bene quando era arrivato alla baita, ma aveva avvertito il primo segnale che qualcosa non andava mentre trasportava sul lungo portico l'ultima parte di legna da ardere, che aveva tagliato durante la visita precedente per accatastarla ordinatamente a un'estremità ed essere pronto per la tempesta.

La gola gli faceva male quando deglutiva e i muscoli gli dolevano come se si fosse arrampicato per ore su un precario crinale montuoso dell'Afghanistan, come uno dei tanti che aveva percorso durante le missioni in quel Paese.

Odiava essere ammalato. Lo *detestava*. E l'ultima cosa che voleva era stare male proprio ora. Aveva dei progetti. Libri da leggere. Nevicate da osservare. Tranquillità da sperimentare. Non voleva sentirsi di merda mentre era in vacanza.

Sospirò, accese il fuoco nel caminetto e si accoccolò sotto un cumulo di coperte.

Amava le sue coperte. I ragazzi lo prendevano in giro, ma a Chappy non importava. Più il materiale era morbido e soffice, meglio era. Non c'era niente di così confortante come stare al caldo sotto una coperta, con il fuoco che scoppiettava e un libro in mano.

Ma gli facevano male la testa, i muscoli e la gola. Gli sembrava di aver ingoiato vetro invece che acqua.

«Maledetta influenza» mormorò.

Pochi secondi dopo, mentre si sforzava di addormentarsi, sperando che il riposo potesse aiutarlo, qualcosa attirò la sua attenzione. Si alzò a sedere sul divano e inclinò la testa.

Era stato un rumore proveniente dal cortile di fronte alla baita?

No, dal portico.

Lo ignorò, pensando fosse un animale selvatico che cercava di sfuggire al vento e alla neve. Finché non lo sentì di nuovo: qualcosa che sfregava.

Se fosse stato un orso, avrebbe dovuto spaventarlo per evitare che tentasse di entrare in casa. Non ne aveva visti molti lassù, ma ce n'erano, anche in inverno.

Gettò via le coperte, si alzò in piedi e ondeggiò per un momento.

Maledicendo la debolezza che sentiva, si avvicinò alla finestra sul davanti e sbirciò fuori. Non riuscì a vedere altro che bianco. Andò all'attaccapanni vicino alla porta e si mise il parka, infilò i piedi negli scarponi che si era tolto prima e prese il fucile che teneva lì vicino per ogni evenienza. Non aveva intenzione di uccidere l'orso, o qualsiasi altro animale si trovasse sul portico, ma poteva sparare in aria per spaventarlo.

Aprì con cautela la porta di uno spiraglio, e il vento freddo lo fece rabbrividire violentemente. Tenendo il fucile pronto, Chappy scrutò fuori.

All'inizio non notò nulla. Poi intravide il cane dall'aspetto più pietoso che avesse mai visto in vita sua. Non riusciva a credere che fosse vivo. Capì che era un maschio, ed era così magro che Chappy poteva vedergli le costole. Le ossa sporgevano in modo osceno e la testa era enorme; doveva costituire almeno la metà del suo peso corporeo in quel momento.

Era un incrocio di Pitbull di qualche tipo. Nero. Il pelo spiccava sul bianco della neve. Ma non fece alcun verso. Non ringhiò. Non abbaiò. Rimase semplicemente in mezzo alla bufera, come se non si accorgesse che stava infuriando intorno a lui.

«Da dove vieni?» gli chiese, con una voce più profonda e roca del solito.

Naturalmente non ottenne risposta.

«Vuoi entrare?» continuò, tenendo la porta un po' più aperta.

In risposta il cane indietreggiò, ma non perse il contatto visivo.

Non voleva lasciarlo sotto quella tormenta, era impossibile che sopravvivesse viste le sue condizioni. Ma Chappy non poteva nemmeno restare sul portico per ore con la porta aperta per cercare di guadagnarsi la sua fiducia.

«Vieni» lo esortò. «Non ti farò del male. Dentro fa caldo. Ho del cibo e dell'acqua. Tu puoi metterti in un angolo e io starò sul divano.»

Il cane fece un passo verso di lui facendo aumentare le sue speranze, ma poi la bestiola girò la testa e guardò verso la bufera, poi di nuovo Chappy e guaì.

«Questa cosa è ridicola» mormorò sottovoce. Aveva l'influenza e si sentiva uno schifo, per l'amor di Dio.

Eppure, c'era qualcosa in quel cane che non gli permetteva di tornare in casa e di dimenticarsi di lui. Qualcosa nel suo modo di fare gli fece riaffiorare un ricordo dimenticato da tempo. Una missione di tanti anni prima.

Erano stati inviati insieme a un gruppo di uomini e donne della Royal Australian Air Force. Il gruppo si era portato dei K9, i cani dell'unità cinofila, che aveva usato per trovare ordigni inesplosi nel deserto. Era rimasto affascinato dal modo in cui gli animali comunicavano con i loro conduttori. Era stato impressionante vedere la fiducia che avevano gli uni negli altri... era stata proprio un'esperienza illuminante.

Ma al momento ciò che lo colpiva era che il randagio, affamato e probabilmente infreddolito, si comportava esattamente come uno di quei cani militari addestrati. Come se stesse cercando di comunicargli qualcosa.

«Cosa c'è, ragazzo?» gli chiese. «Mi vuoi mostrare qualcosa? Forse c'è una mamma là fuori con dei cuccioli?»

Il cane abbaiò. Più o meno. Fu un verso strano, che in realtà non assomigliava affatto a un abbaio, ma Chappy sapeva di non poterlo ignorare. Se c'erano davvero dei cuccioli, non avrebbero superato la bufera. La neve stava cadendo con intensità e avrebbe continuato ad accumularsi. Li aspettava almeno un'altra cinquantina di centimetri.

«Dannazione» mormorò chinandosi e appoggiando il fucile sulle assi del pavimento del portico, poi iniziò ad allacciarsi gli scarponi. «Dammi un secondo e vediamo cosa mi devi mostrare.» Si alzò riprendendo il fucile e si prese un momento per appoggiarsi alla parete e tenersi in equilibrio prima di rientrare.

Posò l'arma vicino alla porta, si avvicinò a una cassettiera, si tolse rapidamente il giaccone e mise una felpa sopra la maglia a maniche lunghe che già indossava. Prese il berretto e la sciarpa, poi si infilò di nuovo il giaccone. Quando fu il più infagottato possibile, tornò alla porta.

Una parte di lui sperava che il cane se ne fosse andato. Che non dovesse più preoccuparsi di cosa l'animale stava cercando di dirgli. Ma quando aprì e puntò la luce della torcia verso la bufera, lo trovò proprio dove l'aveva visto poco prima.

Non appena Chappy scese dal portico, il cane si girò e iniziò a camminare in direzione della strada. Non si trattava di una strada vera e propria, ma di un sentiero sterrato a due corsie che si collegava a una strada rurale da una parte e a un vicolo cieco dall'altra.

La sua baita era ben lontana dai sentieri battuti e a lui piaceva così. Da quando viveva lassù, non aveva avuto alcun visitatore a parte i suoi amici, che però non considerava visitatori... loro erano la sua famiglia. Nessuno si imbatteva per caso in quella casa per chiedere indicazioni.

Rabbrividendo e maledicendo il suo corpo e il virus influenzale, arrancò dietro al cane. «Dieci minuti» mormorò. «È tutto ciò che avrai. Perché questa è una follia.»

Dopo nemmeno cinque minuti, con la neve che rendeva ogni passo uno sforzo immane, era pronto a voltarsi e a tornare alla baita quando, sorprendentemente, gli sembrò di vedere qualcosa in lontananza.

Si fermò di colpo e fissò quel punto. Il cane si era fermato in mezzo al lungo vialetto che conduceva alla sua casa. Erano quasi alla fine, dove il sentiero incontrava quella che la mappa chiamava strada. Mentre stava lì immobile la forma in lontananza si avvicinò lentamente.

Era una persona.

Non avrebbe potuto essere più scioccato. Che diavolo ci faceva una persona lì fuori con quella bufera? Non aveva senso. Così come non aveva senso che il cane lo avesse condotto dritto da lui. Se lo avesse ignorato o avesse aspettato un po' di più prima di andare a vedere che animale stesse facendo quel rumore o se avesse perso qualche minuto in più per vestirsi più pesante, quella persona probabilmente avrebbe oltrepassato il vialetto che portava a casa sua.

Le probabilità che Chappy si trovasse lì, proprio nel momento esatto in cui qualche sconosciuto in difficoltà stava per passare, dovevano essere infinitesimali.

Il tizio non aveva ancora sollevato lo sguardo, teneva la testa abbassata sul petto per guardare dove camminava. In realtà, più che camminare si trascinava, mentre seguiva la debole traiettoria della torcia che teneva in mano e che illuminava a malapena una trentina di centimetri davanti a lei. La neve era profonda circa quindici centimetri e stava cadendo più fitta di prima.

Solo quando fu a circa due metri di distanza, finalmente alzò lo sguardo.

Chappy vide due enormi occhi azzurri su un viso pallidissimo.

«Oh!» esclamò la persona, sorpresa.

«Che diavolo stai facendo?» quasi ringhiò. Non aveva pensato a cosa avrebbe potuto dire a quello sconosciuto, ma la sorpresa e il turbamento di vedere *qualcuno* in mezzo a quella bufera avevano preso il sopravvento.

«Ehm... cammino?» gli rispose.

Due cose lo colpirono: la persona di fronte a lui era una donna e il cane che lo aveva condotto da lei non si vedeva da nessuna parte.

«Cosa stai facendo *tu*?» gli chiese quando non replicò nulla.

Quella domanda suonò altrettanto stupida di quando l'aveva fatta lui. Chappy scosse la testa e disse: «Forza, dobbiamo andare dentro.»

Con suo grande stupore, la donna non si mosse e si limitò a fissarlo.

«Che c'è?» le chiese.

«Non ti conosco.»

Si sarebbe messo a ridere. «Nemmeno io ti conosco. Potresti essere una serial killer che ha intenzione di tagliarmi la testa non appena entreremo in casa. Ma al momento sono disposto a correre questo rischio. Qui fuori si gela, mi sento uno schifo e non abbiamo ancora visto il peggio di questa perturbazione. Vieni o vuoi morire qui fuori?» domandò in tono burbero.

Si stupì quando lei esitò ancora un attimo prima di dire: «Sono Carlise. La maggior parte delle persone pronuncia male il mio nome perché aggiunge una L in più che non c'è.»

Chappy sbatté le palpebre. «Eh?» chiese con uno sguardo vuoto.

«C-a-r-l-i-s-e. Si pronuncia così: Car-liis.»

Chappy non riusciva a credere che si stessero presentando nel bel mezzo di una maledetta bufera di neve, ma si limitò a scrollare le spalle. «Io sono Riggs.»

Non sapeva perché le avesse detto il suo nome di battesimo invece del soprannome. Avrebbe potuto dirle che tutti lo chiamavano Chappy, ma non era il momento o il luogo per entrare nei dettagli.

«È un piacere conoscerti, Riggs. Hai detto che la tua casa è qui vicino?»

«Alla fine di questo sentiero» rispose, voltandosi e indicando la direzione da cui era arrivato. Ovviamente, poterono solo vedere i fiocchi di neve che turbinavano nel raggio della sua torcia.

«Ti sarei molto grata se mi permettessi di ripararmi per un po'» disse Carlise in modo austero e formale. «E ti prometto che non sono una serial killer. Tu invece?»

«Cosa faresti se ti dicessi di sì?»

Lei scrollò le spalle. «Continuerei a camminare, a seguire il mio amico a quattro zampe fino a raggiungere un'altra baita.»

«Non ne troveresti altre. La mia è l'ultima.»

«Oh.»

Non disse altro, solo "oh". Chappy sospirò. «Nemmeno io sono un serial killer. Con me sarai al sicuro.»

Vide le sue spalle abbassarsi per il sollievo. Era troppo fiduciosa. O forse solo troppo disperata per mettere in dubbio qualsiasi cosa lui potesse dire in quel momento.

All'improvviso provò un senso di rabbia, ma non verso di lei, verso la situazione. Non sapeva come fosse finita a vagare lì nel mezzo del nulla, ma così come non aveva potuto ignorare il cane, non poteva abbandonare una donna sotto quella bufera. Probabilmente sarebbe morta in meno di un'ora.

«Andiamo» disse, un po' più bruscamente di quanto avesse inteso. «Non so tu, ma io sto congelando.» Chappy iniziò a camminare guardandosi alle spalle, e la vide seguirlo mentre tornava verso la baita.

«Dov'è andato il cane?» chiese lei dopo un paio di minuti.

«Non lo so.»

«È tuo?»

«Non l'ho mai visto prima di stasera. E se avessi un animale domestico non gli permetterei mai di diventare così magro.»

«Pensi che starà bene?»

Non lo sapeva. Ma non poté fare a meno di preoccuparsi anche per lui. Non lo aveva più visto da quando aveva iniziato a parlare con Carlise. Non gli piaceva che il cane fosse là fuori da solo con quel tempo. «Lo spero» mormorò, non sapendo come altro rispondere.

Camminarono in silenzio per il resto del percorso e Chappy si sentì allo stesso tempo grato e confuso. Perché non gli stava facendo altre domande? Avrebbe dovuto cercare di capire dove si trovava, chiedere più informazioni su di lui, voler sapere quando avrebbe potuto andarsene, chiedere un telefono... *qualsiasi cosa*. Invece si limitò a seguirlo, usando le sue impronte come aiuto per proseguire, e a tenere la bocca chiusa.

Quando vide la baita, fu più felice che preoccupato per il fatto che non avesse chiacchierato. Tremava vistosamente e non riusciva a pensare ad altro che a entrare in casa e riscaldarsi davanti al fuoco.

Salì sul portico e sospirò di sollievo. Aprì la porta di scatto e sentì Carlise arrivare dietro di lui.

«Non l'avevi chiusa a chiave?» gli chiese.

Chappy sbuffò. «Non è che qualcuno avrebbe potuto rubare qualcosa mentre ero via» disse in modo un po' sarcastico mentre entrava. Il calore all'interno gli sembrò il paradiso. Una volta che Carlise fu dentro, chiuse la porta e il fragore del vento nelle sue orecchie cessò bruscamente.

Lei non si mosse, se non per scansarsi e permettergli di chiudere, ma si guardò intorno con occhi diffidenti. La baita era composta da un'unica stanza. C'era un letto matrimoniale lungo una parete, un divano al centro di fronte a un grande caminetto, una piccola cucina lungo la parete opposta al letto e una porta che dava sul bagno su quella più in fondo.

Oltre al divano e al letto, c'erano una libreria, un cassettone, un tavolino accanto al divano, un tavolo per due persone in cucina e un grande tappeto rettangolare davanti al caminetto. Tutto lì. Le pareti di tronchi erano prive di decorazioni e non c'erano quadri o altri soprammobili che potessero incasinare l'ambiente.

Era esattamente come piaceva a lui: spartano, pulito e decisamente molto ordinato, a parte la moltitudine di coperte sulla maggior parte delle superfici disponibili.

Un altro brivido lo scosse e si voltò verso l'attaccapanni. Si tolse la giacca e la appese, insieme al berretto e alla sciarpa. Aveva la sensazione di avere i capelli tutti arruffati, ma non gli importava. Non era mai stato il tipo di persona che si preoccupava del proprio aspetto... non che a qualcuno sarebbe importato mentre era in missione o durante una faticosa escursione nei boschi.

Si passò una mano sul viso chiedendosi cosa stesse pensando Carlise. Di lui. Del suo spazio. Ma poi scrollò le spalle. In realtà non aveva importanza. Sarebbe rimasta bloccata lì finché non avesse smesso di nevicare. Pensò che avesse parcheggiato l'auto da qualche parte e non che si fosse materializzata dal nulla. Ma se ne sarebbe occupato più tardi.

Per ora, voleva solo scaldarsi.

———

Carlise rimase immobile a guardare Riggs togliersi il giaccone e avvicinarsi al caminetto, raccogliere due ciocchi che erano appoggiati sul pavimento lì vicino e gettarli sulle fiamme.

Poi si girò verso di lei e le disse: «Se il fuoco si esaurisce o se hai freddo, sentiti libera di gettarne altri. Ho accatastato una tonnellata di legna sul portico, quindi saremo a posto per tutta la durata della bufera. Laggiù c'è il bagno.» Indicò con la testa una porta sul lato opposto della stanza. «Riscaldati. Se hai i vestiti bagnati puoi indossarne alcuni dei miei finché non saranno asciutti. Ho delle maglie e dei pantaloni della tuta nel cassettone laggiù. C'è anche acqua e cibo a sufficienza. Ma non uscire. Non voglio che ti perda.»

Chiuse brevemente gli occhi e a Carlise sembrò che ondeggiasse.

«Scusami, normalmente non ti avrei lasciata a cavartela da sola, ma non mi sento molto bene. Credo di avere l'influenza o qualcosa del genere. Non ti avvicinare troppo, perché l'ultima cosa di cui abbiamo bisogno è che ci ammaliamo *entrambi*. Sono sicuro che presto mi sentirò meglio. Starò qui sul divano. Fai come se fossi a casa tua.»

Poi si sedette, si chinò, si tolse gli scarponi e li gettò vicino al fuoco, si tirò su fino al mento quella che sembrava una coperta pesantissima e si appoggiò allo schienale posando la testa sul cuscino dietro di lui, prima di chiudere di nuovo gli occhi.

Era come se lei non ci fosse, il che la confuse. Di certo non si aspettava di essere trattata come un'amica o addirittura come un'ospite gradita, dato che non era nessuna delle due cose, ma era piuttosto strano che la ignorasse completamente.

Il suo corpo fu attraversato dai brividi e si costrinse a muoversi. Si tolse lo zaino e lo lasciò cadere contro il muro.

Poi si chinò e armeggiò con i lacci degli scarponi. Erano bagnati fradici, intrisi di neve e difficili da slacciare. Quando finalmente riuscì a toglierli, guardò Riggs.

Non si era mosso. I suoi occhi erano ancora chiusi e, se non si sbagliava, le sue guance erano rosse. Si tolse il giaccone, lo appese accanto al suo sull'attaccapanni e si diresse esitante verso il divano.

Aveva bisogno di scaldarsi, ma si ricordò che le aveva detto di avere l'influenza. Provò un po' di rimorso per il fatto che fosse uscito a causa sua.

Si guardò intorno. Non le era sfuggito che la sua baita fosse essenzialmente formata da una sola stanza. Era un sollievo che avesse almeno il bagno, così non sarebbe dovuta tornare fuori per trovarne uno. Non c'erano luci accese, ma la fiamma del caminetto era sufficiente a illuminare lo spazio.

Era... accogliente. Le piaceva molto. Non era una meta turistica. Il piumone del letto non era decorato con motivi di orsi o alci e, da quello che poteva vedere, la cucina era spartana ma funzionale. Non c'erano lampadari appesi al soffitto. In effetti dubitava che quel posto avesse l'elettricità, dato che non vedeva elettrodomestici o lampade che funzionassero a corrente.

Il calore del fuoco la attirava e si sedette sul pavimento davanti alle fiamme danzanti, tendendo le mani con gratitudine. Sarebbe rimasta un po' lì e poi avrebbe cercato qualcosa di caldo e asciutto da indossare.

Era quasi morta là fuori.

Lo sapeva. Probabilmente lo sapeva anche Riggs.

Se non l'avesse trovata, non sarebbe stata in grado di camminare ancora a lungo. Non aveva idea del motivo per cui fosse stato là fuori sotto la bufera, ma gliene era riconoscente.

Carlise rivolse un pensiero al cane. Era apparso dal nulla. Man mano che aveva camminato senza riuscire a trovare alcun tipo di riparo, era diventata sempre più frustrata, depressa e terrorizzata. A un certo punto, quasi delirante per il freddo, aveva persino pensato di fermarsi. Di sdraiarsi, di addormentarsi e lasciarsi morire. Era stato allora che aveva visto il cane.

All'inizio si era spaventata a morte pensando che l'avrebbe attaccata. Invece si era semplicemente unito a lei, camminando lentamente e mantenendo una certa distanza. Ogni volta che lei si era fermata, troppo stanca e infreddolita per fare un altro passo, lui era stato lì a incoraggiarla. Non sapeva dove stava andando, ma aveva seguito il cane perché non aveva davvero avuto altra scelta.

Era estremamente magro, con alcune piccole cicatrici sul muso, ma non si era avvicinato a lei, per quanto l'avesse blandito con parole dolci. E ora che era viva e si stava riscaldando, non riusciva a smettere di pensare a lui.

Dov'era? Stava bene? Aveva freddo?

Era una domanda stupida. Certo che aveva freddo. Fuori c'era una maledetta bufera di neve.

Carlise guardò Riggs. Aveva la bocca un po' aperta e russava leggermente. Si era addormentato.

Si alzò in piedi, si guardò intorno e prese due delle coperte più vecchie che riuscì a trovare. Sperava davvero che lui non si arrabbiasse quando, una volta sveglio, si fosse reso conto di ciò che aveva fatto.

Tornò alla porta, fece un respiro profondo e la aprì.

Ancora una volta, il freddo sembrò penetrare attraverso di lei, ma in tutta coscienza non poteva lasciare il cane a cavarsela da solo. Le aveva salvato la vita, il minimo che potesse fare era cercare di aiutarlo.

Guardandosi intorno non vide alcuna traccia dell'animale; a causa del buio e della neve non poteva vedere a più di qualche metro dalla porta.

Un rumore sulla destra attirò la sua attenzione, si voltò e vide una forma scura in fondo al portico. Il cane si era infilato dietro un'alta catasta di legna. Le si spezzò quasi il cuore quando fece un passo verso di lui e lo sentì guaire.

«Grazie al cielo sei qui. Non ti farò del male. Ti inviterei a entrare, ma non credo che lo faresti, anche se dentro fa molto più caldo. Ti ho portato delle coperte. Ti saranno utili.»

Mantenne la voce bassa e uniforme mentre si inginocchiava. Si mosse piano, rabbrividendo, e spinse le coperte verso di lui, che indietreggiò il più possibile e tremò fissandola.

Carlise avrebbe voluto uccidere chiunque avesse avuto quel cane. Era evidente che fosse stato maltrattato. Sentiva un'affinità con quella creatura. Continuò a mormorare parole dolci, rassicurandolo che non gli avrebbe fatto del male, che era al sicuro, ringraziandolo per averla salvata, per averla portata in quella baita.

Alla fine, riuscì ad avvicinare le coperte quel tanto da permettere al cane di raggiungerle. Poi indietreggiò. «Torno subito» gli disse, prima di rientrare in casa.

Stava ancora tremando per il freddo, ma non poteva riposare prima di essersi presa cura dell'animale.

Andò nella piccola cucina e cominciò ad aprire gli armadietti. Eccitata dalla quantità di cibo che c'era, e sollevata dal fatto che probabilmente non avrebbe gravato su Riggs con la sua presenza, trovò una grande ciotola di plastica e vi svuotò dentro due barattoli di pollo sminuzzato, uno di carote, uno di fagiolini e uno di ceci, prima di mescolare il tutto. Poi prese un'altra ciotola, la riempì d'acqua e tornò alla porta d'ingresso.

Guardò Riggs, che stava ancora dormendo, e aggrottò la fronte. Non conosceva quell'uomo, ma le sembrava strano che si fosse addormentato così tranquillamente dopo aver invitato un'estranea in casa sua, che fosse ammalato o meno.

Scrollò le spalle, tornò fuori e si inginocchiò ancora una volta sulle assi di legno del portico. Posò le ciotole e le avvicinò il più possibile al cane. Si accorse con piacere che, mentre lei era dentro, aveva trascinato le coperte dietro alla legna e le aveva appallottolate alla meglio intorno a sé.

«Bravo ragazzo» disse con dolcezza. «Scommetto che è molto meglio avere delle coperte calde intorno, eh? Ti ho portato del cibo e dell'acqua, anche se immagino che l'acqua si congelerà molto rapidamente, quindi dovresti berla subito. E non mangiare troppo in fretta, altrimenti vomiterai. Domani mattina ti porterò qualcos'altro. Sembra che tu abbia bisogno di tutte le calorie possibili. Prometto di prendermi cura di te, visto che tu l'hai fatto con me quando ne avevo più bisogno.»

Avrebbe voluto rimanere lì, abbracciare il cane. Assicurarsi che mangiasse e bevesse, ma nella fretta di aiutarlo non si era messa la giacca e le sue dita si stavano rapidamente intorpidendo.

Carlise indietreggiò pregando che quella creatura se la cavasse. «Ci vediamo domani, ok? Ti prego, cerca di stare bene. *Ti prego.*»

Si voltò con le lacrime agli occhi e tornò dentro.

Era una cosa stupida, ma non poté fare a meno di chiudere la porta a chiave. Era altamente improbabile che qualcuno si presentasse alla baita con l'intenzione di far loro del male, ma lei veniva dalla città e farlo era naturale come respirare.

Per non parlare del fatto che Tommy avrebbe potuto essere là fuori. Le possibilità che sapesse dove si trovava o che la raggiungesse mentre fuori imperversava una bufera di neve erano scarse o nulle, ma le vecchie abitudini erano difficili da spezzare. Le era impossibile stare in una casa senza chiudersi dentro a chiave.

Tornò verso il caminetto, non aveva fame, la cosa più importante era riscaldarsi. Di tutto il resto si sarebbe preoccupata più tardi.

_____

«Dov'è? La stronza deve aver lasciato la città. _Deve_ essere così. Pensa di essere astuta, ma si sbaglia. Non riuscirà mai a scappare! Devo solo essere paziente. Devo solo aspettare. Farà un passo falso. È troppo stupida per non farlo, non è intelligente come crede!»

Parlò velocemente, con un tono pieno di rancore, mentre riprendeva a camminare avanti e indietro per la stanza... e la telefonata a Carlise passava subito alla segreteria. _Di nuovo._

«Pensi di poterti nascondere da me? Ti troverò e ti pentirai di tutto!»

Idee, strategie, piani su come trovarla... stavano cominciando a formarsi. Avrebbe dato alla stronza ancora qualche giorno per tornare, poi avrebbe dovuto agire.

E se ciò fosse accaduto, Carlise avrebbe sofferto molto di più di quanto non avesse già fatto.

«Ti troverò. Non puoi nasconderti da *nessuna* parte per sfuggirmi!» Le sue parole erano più decise ora, più rabbiose, e pronunciate senza il minimo dubbio.

CAPITOLO TRE

«No! Bob, abbassati! Merda, sta per esplodere!»

Carlise sospirò e rotolò sul divano alzandosi in piedi lentamente, stordita dalla stanchezza.

Era tardi, o presto, a seconda di come la si voleva vedere. Fuori era buio pesto, poco dopo la mezzanotte della sua terza sera nella baita. Da quella prima notte, l'influenza di *Riggs* era solo peggiorata.

Per tutta la giornata era stato delirante a causa della febbre, e aveva borbottato spesso nel sonno. Era sicura che fosse già ammalato prima di uscire nella bufera, ma stare là fuori al freddo di certo non gli aveva fatto bene.

La sera in cui era arrivata, dopo essersi occupata del cane, aver indossato un paio di pantaloni della tuta che aveva trovato nel cassettone ed essersi riscaldata accanto al fuoco, aveva cercato di svegliarlo, ma lui stava dormendo profondamente sul divano. Le aveva fatto strano essere nella casa di uno sconosciuto. Non era nemmeno stata sicura che lui si ricordasse che era lì. Dato che aveva fame si era preparata un panino al burro d'arachidi e marmellata. Lo aveva lasciato dormire per un'altra ora e poi aveva cercato di nuovo di svegliarlo.

Lui si era alzato per andare in bagno, poi era caduto a faccia in giù sul letto. Non sapendo cos'altro fare, Carlise lo aveva coperto con un'altra delle tante coperte morbide che si trovavano nella baita.

Alla fine si era addormentata sul divano, svegliandosi più volte durante la notte, e sentire il vento ululare fuori dalle finestre le aveva fatto provare ancora più gratitudine verso quell'uomo e il cane per averla trovata.

Il giorno prima aveva passato la maggior parte del tempo a cercare di far mangiare e bere qualcosa a Riggs, incoraggiandolo a mandar giù un po' di Tylenol, aiutandolo ad andare in bagno e cercando di fare amicizia con il cane che era ancora rannicchiato sotto le coperte sul portico. Aveva dormito di nuovo sul divano, svegliandosi di soprassalto a ogni minimo rumore proveniente dall'esterno e dall'uomo sul letto.

Era quasi surreale che due giorni prima avesse rischiato di morire e ora vivesse in casa di un estraneo, prendendosi cura di lui mentre si girava e rigirava sul letto in preda alla febbre.

Anche quella notte aveva dormito a singhiozzo, svegliandosi perché si trovava in un posto che non le era familiare, a causa della bufera... perché voleva controllare Riggs. Non lo conosceva, non gli aveva parlato molto, ma per qualche motivo si sentiva responsabile del suo benessere.

E, stranamente, era attratta da lui.

Probabilmente era per un senso di gratitudine perché l'aveva salvata. Ovviamente contava anche che fosse bellissimo. Non era il tipo da scegliere un uomo solo in base al suo aspetto, ma non poteva negare che fosse un bel vedere. D'altra parte, anche Tommy era un bell'uomo, ma si era rivelato uno stronzo violento.

Non poteva sapere che personalità avesse Riggs dato che non era stato cosciente per la maggior parte del tempo. Poteva essere proprio come il suo ex. Poteva essere il tipo di uomo che si approfittava di una donna che aveva bisogno di un posto sicuro e caldo dove rintanarsi durante una bufera... quando non era praticamente svenuto a causa dell'influenza.

Ma in fondo non pensava lo fosse. Anche mentre stava male le aveva detto di usare i suoi vestiti e di mangiare. Si era preoccupato che non tornasse fuori. Piccoli particolari che erano... incoraggianti.

La baita era anche molto ordinata. Non che significasse qualcosa, ma il fatto che non fosse uno sciattone e che pulisse e tenesse in ordine, indicava che non aveva bisogno di una donna che se ne occupasse.

Ripensò ancora una volta a Tommy e scosse la testa. Non gli piaceva fare nessuna faccenda e insisteva sul fatto che, dato che lei lavorava da casa, avrebbe dovuto pulire e preparare la cena per quando lui fosse tornato dal lavoro.

Carlise sospirò non volendo pensare a lui, e si passò una mano sul viso. Al momento era al sicuro da chiunque la stesse perseguitando. Anche se era esausta, non doveva preoccuparsi di ciò che avrebbe potuto trovare aprendo la porta o dei messaggi che avrebbe potuto ricevere al risveglio.

Non aveva mai acceso il telefono negli ultimi due giorni e la sensazione era stranamente liberatoria. Non c'era l'elettricità per ricaricarlo, e pensava che non ci fosse comunque segnale lì in mezzo al nulla. Fino a quel momento non si era resa conto di *quanto* fosse stressante leggere quotidianamente le mail e i messaggi molesti.

«No! Lascialo stare! Cal! Stai bene?»

Carlise si avvicinò al letto dove Riggs si dimenava; era evidente che stesse avendo un incubo. Non sapeva chi fossero Cal e Bob, i nomi che aveva urlato, ma immaginava fossero persone a cui teneva, altrimenti non sarebbe sembrato così preoccupato.

«Va tutto bene» lo tranquillizzò, sentendosi un po' a disagio. Era strano cercare di calmare qualcuno che non conosceva nemmeno. La sua stima per le infermiere di tutto il mondo salì alle stelle.

«JJ! Dove diavolo è JJ?» chiese Riggs, rizzandosi a sedere di scatto e fissando il vuoto.

«Sta bene. Sdraiati, Riggs» lo implorò a bassa voce.

Invece lui si voltò a guardarla, e quegli occhi color ambra sembrarono vedere dritto dentro la sua anima. «Chi sei?» sbottò.

Avevano vissuto quella situazione già un paio di volte dal giorno prima, quindi non si offese. «Sono Carlise. Carlise Edwards. Sono un'amica. Sdraiati.»

«Dove sono gli altri? JJ? Bob? Cal? Che ne hai fatto di loro?»

I suoi capelli castani, cosparsi di striature bionde, erano arruffati e puntavano da tutte le parti. Aveva delle pieghe sulle guance dove il viso era stato premuto contro il cuscino e indossava solo una maglietta e un paio di boxer. Il giorno precedente aveva dovuto lottare per togliergli i pantaloni della tuta prima di condurlo in bagno, e sarebbe stato troppo faticoso cercare di rimetterglieli quando era ricaduto sul letto.

«Siamo nella tua baita. Nel Maine» gli ricordò. «Fuori c'è

una bufera, ma qui siamo al sicuro. I tuoi amici sono nelle loro case. Stanno bene.»

Non sapeva se fosse vero o meno, ma doveva presumere che quegli uomini fossero al sicuro ovunque si trovassero.

«Stanno facendo del male a Cal» gridò con voce tormentata. «Dobbiamo trovarlo!»

Il suo cuore soffriva per lui. Non aveva idea di chi fosse Cal o di cosa avesse subito, ma era evidente che fosse estremamente preoccupato per la sua sicurezza. Gli posò una mano sul braccio. «Starà bene. Per favore, sdraiati.»

Ma non era preparata alla velocità con cui lui si mosse.

Un secondo prima era leggermente chinata su di lui e quello successivo si ritrovò sdraiata sul letto sotto Riggs, che la stava fissando con gli occhi lucidi di febbre. «Fa male!» gemette. «Quando finirà questa tortura? Perché lo stanno facendo?»

Con il cuore che le batteva a mille, Carlise gli posò il palmo sulla guancia calda. Avrebbe dovuto essere terrorizzata, ma nonostante incombesse su di lei, e fosse chiaramente molto più forte anche se indebolito, non le stava facendo male. Si reggeva sui gomiti mentre la teneva intrappolata sotto di sé.

«Ora sei al sicuro. Sei qui nel Maine. Nella tua baita. Non sei lì... non possono più farti niente.» Non aveva idea di cosa stesse dicendo, sapeva solo che voleva lenire la sua evidente sofferenza e la sua paura.

«Hai una bella voce... calmante. Ti proteggerò. Giuro che non permetterò che ti facciano del male!»

Sentì una stretta al cuore. Riggs sembrava così serio. «Qui siamo al sicuro» gli disse.

Ma era come se non l'avesse sentita. «Quando tornano,

non muoverti. Magari non ti vedranno. Li distrarrò, attirerò la loro attenzione su di me. Puoi prendere le mie razioni. Ce ne andremo da qui. Dobbiamo solo aspettare che qualcuno venga a salvarci. Nel frattempo ucciderò chiunque cercherà di toccarti!»

Una lacrima le scese lungo la guancia. Quell'uomo non la conosceva nemmeno e stava giurando di fare qualsiasi cosa per proteggerla dai suoi nemici dell'incubo. «Va bene» sussurrò, non sapendo cos'altro fare o dire in quel momento.

Lui la fissò, guardandola diritta negli occhi con quella che sembrava una completa lucidità, ma lei sapeva che era ancora perso nell'allucinazione causata dalla febbre.

Poi, senza preavviso, le braccia di Riggs cedettero, ma riuscì a spostarsi un po' all'ultimo momento così da non caderle sopra. Era comunque ancora intrappolata sotto di lui, perché nonostante avesse portato la maggior parte del peso sul materasso, aveva un braccio appoggiato sul suo busto e le gambe intrecciate con le sue. Il calore che emanava quasi la scottò. Doveva alzarsi, prendere altra acqua fresca dal bagno e usarla con una salvietta per cercare di abbassargli la temperatura.

Ma, sorprendentemente, Carlise non voleva muoversi. Il letto era molto più comodo del divano su cui dormiva quando non si prendeva cura di Riggs, e tutto ciò che era successo negli ultimi giorni alla fine si stava facendo sentire...

La paura quando aveva deciso di lasciare Cleveland, il fatto di aver guidato senza meta, di essersi persa, di camminare nella neve. Il terrore e poi il sollievo quando Riggs era apparso dal nulla. Dare da mangiare al cane sul portico e tentare, senza fortuna, di convincerlo a entrare in casa, e poi lo stress di cercare di far mangiare e bere Riggs mentre provava a capire cosa preparare senza l'elettricità per poter mangiare lei stessa.

Carlise sospirò. Magari poteva rimanere sdraiata lì per un minuto o due. Tanto non dovevano andare da nessuna parte né fare qualcosa. Anzi, sembrava quasi che fossero le uniche due persone sul pianeta.

Tutte le sue preoccupazioni sembrarono svanire mentre era sdraiata sotto di lui. Contò i suoi respiri e quando Riggs si dimenò, gli sussurrò: «Shhh.»

Incredibilmente, si calmò subito al suono della sua voce.

In quel momento si sentì completamente al sicuro. Susie probabilmente le avrebbe detto che era pazza, che era intrappolata in una baita con uno sconosciuto che pesava più di lei e che avrebbe potuto farle del male anche senza volerlo. Ma nonostante avesse scambiato a malapena una ventina di parole con quell'uomo, non aveva paura di lui. Aveva fatto tutto il possibile per proteggerla. Dalla bufera, dal freddo e dai ricordi degli uomini malvagi del suo passato.

Se ci fosse stato Tommy al suo posto, sarebbe stata sempre in ansia, preoccupata di fare o dire la cosa sbagliata... e che la punisse per quello.

Riggs non le avrebbe fatto del male. Se lo sentiva. Ne era certa come lo era di chiamarsi Carlise.

Il fuoco crepitava dentro alla stanza e all'esterno il vento ululava. Si era scaldata molto stando sdraiata per metà sotto di lui, ma non poteva negare di essere esausta.

Le si chiusero gli occhi mentre si rilassava e, prima di rendersene conto, si addormentò profondamente.

Quando si svegliò le ci volle un attimo per ricordare dove si trovava. Era ancora buio, segno che il sole doveva ancora sorgere, quindi non poteva aver dormito per più di qualche ora, ma era evidente che entrambi fossero stati inquieti. Si erano spostati dormendo e ora Riggs era dietro di lei con un braccio avvolto intorno alla sua vita e l'altro sotto la sua testa, che era posata sul suo bicipite.

Era praticamente rannicchiato intorno a lei. era ben consapevole di ogni centimetro del suo corpo, e invece di sentirsi minacciata o nervosa per quella vicinanza, si sentì... bene.

Forse perché si era presa cura di lui mentre era vulnerabile. Forse perché le aveva salvato la vita. O semplicemente perché era tanto stanca. Qualunque fosse la ragione, Carlise non si era mai sentita così appagata come in quel momento, tra le braccia di quello sconosciuto.

Fu quel pensiero a farla muovere. Riggs *era* uno sconosciuto. Probabilmente non sarebbe stato felice di sapere che era accoccolato a una donna altrettanto sconosciuta che viveva nella sua baita e mangiava il suo cibo. Né gli sarebbe piaciuto essere completamente vulnerabile a qualsiasi cosa potesse fargli.

Riggs grugnì quando lei scivolò da sotto il suo braccio rimanendo per un attimo accanto al letto. Lo vide accigliarsi e agitarsi, come se la stesse cercando ora che non era più tra le sue braccia.

«Il fuoco» mormorò lei tra sé e sé, rendendosi conto che la stanza era fredda perché si era spento mentre dormivano. Costringendosi a distogliere lo sguardo da lui, si avvicinò al caminetto e aggiunse altri tre ciocchi alla brace, e le fiamme tornarono a danzare e a crepitare in pochi secondi.

Carlise si voltò e tornò al letto per controllare Riggs. Sperava che la febbre fosse finalmente scesa, ma quando gli mise una mano sulla fronte, si rese conto che era ancora caldo come negli ultimi due giorni.

«Maledizione» sussurrò. Per la prima volta cominciò a preoccuparsi davvero. Aveva pensato che avesse uno di quei virus che duravano ventiquattro ore o qualcosa del genere. Che la febbre sarebbe scesa e che si sarebbe ripreso in men che non si dica. Ma più la febbre durava, più Carlise si inquietava. Non poteva certo chiamare un'ambulanza. O addirittura accompagnarlo in ospedale o in una clinica. Era da sola, ed era una sensazione spaventosa.

Andò in bagno, fece i suoi bisogni, si spazzolò i capelli e si lavò i denti usando gli articoli da toilette che aveva nello zaino, poi fece un respiro profondo prima di tornare nell'altra stanza. Quando fosse stato abbastanza chiaro, sarebbe andata a controllare il cane, avrebbe preparato qualcosa da mangiare per lui e per sé e avrebbe portato dentro altri ciocchi dal portico.

Ma prima avrebbe provato a far bere qualcosa a Riggs e a fargli prendere dell'altro Tylenol. Poi si sarebbe occupata di tutto il resto, prima magari di leggere uno dei tanti libri che c'erano sulla libreria nell'angolo della stanza.

Qualsiasi cosa pur di non pensare alla situazione surreale in cui si era ritrovata.

———

Chappy stava male.

Dappertutto.

Ricordava solo un'altra volta in cui era stato così sofferente.

Per un attimo si chiese se fosse tornato lì. In quella cella. Incatenato al muro con i suoi compagni feriti intorno a lui.

«Cal?» chiamò.

Ma non ottenne risposta.

Agitato cercò di aprire gli occhi, ma erano pesanti e non ci riuscì.

«JJ? Bob?»

«Shhh, stanno bene» lo tranquillizzò una voce sommessa lì accanto.

Chappy si irrigidì. Quella era una novità. Che lui ricordasse, non c'erano mai state donne in quell'inferno.

Il materasso si abbassò come se qualcuno si fosse seduto vicino a lui. Una mano morbida si posò sul suo viso e lui si girò verso quel tocco. Quando era stata l'ultima volta che era stato toccato? Non riusciva a ricordare. E da una donna? Erano passati anni.

«Bevi questo» ordinò la voce melodiosa. Avrebbe voluto chiedere cosa fosse, ma non ebbe l'occasione di farlo perché si sentì sollevare la testa e posare qualcosa sulle labbra.

Era restio a farlo finché lei non disse: «È solo acqua, Riggs. Te lo assicuro.»

Si fidava di lei. Non sapeva perché, ma si fidava. Così aprì la bocca e bevve.

L'acqua era fresca e lenì la sua gola che sembrava stesse andando a fuoco.

«Piano. Non bere troppo in fretta o starai male.»

Chappy si sentiva debole come un neonato e lo odiava. Pensò di nuovo che l'unica volta che si era sentito così indifeso era stato quando lo avevano tenuto prigioniero.

E si irrigidì al ricordo.

«No, va tutto bene. Sei qui nel Maine, nella tua baita. Sei al sicuro. Lo giuro.»

Era ancora preoccupato e nervoso, ma fu pervaso di nuovo da quella fiducia istintiva. Gli uscì un nome dalle labbra senza nemmeno rendersene conto. «Carlise.»

«Sì. Sono Carlise e tu sei al sicuro. Torno subito.» Il materasso si sollevò quando si alzò e lui le afferrò il braccio impedendole di andarsene.

«Rimani» disse con voce roca.

«Devo mettere altra legna sul fuoco. Non vado da nessuna parte. Anche se volessi, non potrei.»

«Rimani! Ti prego!» la implorò ancora una volta.

«Torno subito, Riggs.»

«Promesso?»

«Te lo prometto. È tutto ok, e i tuoi amici stanno bene. Sei solo ammalato. Presto starai meglio... spero.»

Era un po' stordito ma le lasciò il braccio. Aveva detto che sarebbe tornata e si fidava del fatto che avrebbe mantenuto la parola.

Non sapeva quanto tempo fosse passato prima di sentire il materasso abbassarsi di nuovo.

«Sono qui.»

«Stai bene?» le chiese.

Gli sembrò di sentirla ridacchiare prima che rispondesse: «Sì. Sei tu che stai male.»

«Hai mangiato? Hai freddo? Posso...» Fece per alzarsi, ma lei lo fermò mettendogli una mano sulla spalla.

«Sto bene, Riggs. Giuro.»

Chappy si accigliò. Non gli piaceva sentirsi così impotente. Era confuso riguardo a dove si trovava e a ciò che stava accadendo, ma nel profondo sapeva che qualcosa non quadrava. Non riusciva a capire cosa potesse essere ma voleva proteggere Carlise. Assicurarsi che fosse al caldo, nutrita, a suo agio. Al momento, però, non riusciva nemmeno a stare seduto.

Sentendo il bisogno di legare con quella donna, di tenerla al suo fianco e di assicurarsi che non le accadesse nulla, che non si perdesse di nuovo, Chappy si girò e allungò il braccio che finì... sulle sue cosce? Sembrava fosse seduta proprio accanto a lui sul letto. Strinse la presa e si accoccolò contro la sua gamba.

Delle dita gentili accarezzarono i suoi capelli e sospirò di soddisfazione. Si sentiva uno schifo, aveva dolori ovunque, ma avere vicino quella donna in qualche modo fece svanire il suo disagio.

———

Un paio d'ore più tardi, Carlise sentì il senso di panico crescere. Riggs riusciva a dormire solo per brevi momenti, ma ogni volta che lei cercava di muoversi, lui iniziava a chiamare i suoi amici e a dimenarsi. Sembrava che l'unico modo per tenerlo calmo fosse rimanere dov'era e lasciarsi abbracciare.

Si sentiva un po' in colpa, lui era ammalato, praticamente incosciente... e a lei piaceva stare tra le sue braccia più di quanto volesse ammettere. Quando alla fine la febbre fosse scesa e lui fosse tornato in sé, sarebbe stato certamente inorridito dalle sue azioni. Non che lo avrebbe informato.

Non si era aspettata di dover fare da infermiera a un uomo che non conosceva, anche se non trovava più l'esperienza così imbarazzante come la prima notte. E la preoccupazione non era a senso unico. Anche se Riggs non era del tutto cosciente, si premurava di chiedere se stava mangiando, se aveva freddo, se stava bene.

Sospettava che il suo vero io comparisse quando delirava. E se era così protettivo e preoccupato per lei quando era in quelle condizioni, aveva la sensazione che lo sarebbe stato ancora di più da completamente sveglio e lucido.

Da parte sua, era una sensazione inebriante sapere di poterlo tranquillizzare quando era inconsciamente spaventato, ed essere tenuta tra le sue braccia era... il paradiso.

Da lì il senso di colpa. Stava delirando, era stordito dalla febbre, sofferente e terrorizzato, mentre riviveva qualsiasi terribile esperienza vissuta in passato, e nel frattempo lei se la godeva a stargli vicino. Doveva esserci qualcosa di sbagliato in lei per apprezzarlo così tanto.

Ma era passato troppo tempo dall'ultima volta che si era sentita desiderata o necessaria. Tommy non si accoccolava. Mai. Era il tipo d'uomo che si prendeva il suo piacere, poi rotolava dalla sua parte e iniziava subito a russare. Riggs, invece, la teneva stretta come se non volesse lasciarla più andare.

Molto probabilmente stava immaginando che lei fosse qualcun altro. Doveva essere quello il motivo per cui le stava aggrappato in quel modo, per cui si calmava così rapidamente al suo tocco. Sognava una donna del suo passato.

Quando si era alzata dal letto pochi minuti prima, troppo affamata per restare, Riggs aveva aggrottato le sopracciglia e grugnito con disappunto. Carlise aveva sorriso alla sua reazione. Le era sembrato un bambino a cui era stato tolto il suo giocattolo preferito.

Ma lui non era un bambino. Era un uomo, e la sconcertava

e confondeva rendersi conto di quanto ne fosse attratta. Non sapeva nulla di lui.

Ok, non era vero. Erano tre giorni che viveva nel suo spazio. Sapeva che tipo di libri gli piaceva leggere – thriller e fantascienza – e che era un maniaco dell'ordine. Aveva un'innaturale affinità con il nero, dato che la maggior parte delle sue magliette erano di quel colore. Probabilmente non beveva molto alcol, ammesso che ne bevesse, visto che non ne aveva trovata nemmeno una bottiglia, e preferiva il burro di arachidi croccante a quello cremoso.

Sapeva anche che era estremamente protettivo e leale. Chiunque fossero JJ, Cal e Bob, erano fortunati ad avere qualcuno che si preoccupava per loro come faceva Riggs. Ed era chiaramente un gran lavoratore: c'era così tanta legna fuori dal portico che doveva aver passato ore a tagliare e accatastare.

Pensare al portico le fece venire in mente il cane. Gli aveva dato da mangiare ogni giorno ed era immensamente sollevata che non fosse morto e non si fosse allontanato. Ogni volta che andava a controllarlo desiderava portarlo dentro, al caldo. Ma era ancora molto timoroso e si rannicchiava nel suo fortino di coperte quando gli si avvicinava con il cibo e l'acqua. Aveva bisogno di tempo per imparare che non gli avrebbe fatto del male, ma era stressante lasciarlo fuori con il vento che ululava e la neve che turbinava.

Un rumore proveniente dal letto la indusse a guardare in quella direzione e fu sorpresa di vedere Riggs fissarla. Era sollevato su un gomito e sbatteva le palpebre confuso.

«Riggs?»

«Bagno» borbottò.

Posò il coltello che aveva usato per prepararsi un altro panino al burro d'arachidi – se dopo quello ne avesse

mangiato un altro nella vita, sarebbe stato uno di troppo – e si
precipitò rapidamente al suo fianco.

Appena lo toccò ogni muscolo del suo corpo si rilassò per
il sollievo. La sua maglietta era bagnata e la fronte luccicava di
sudore, ma la febbre era scesa. *Finalmente*.

Lo aiutò ad alzarsi e lo accompagnò in bagno. Ringra-
ziando il fatto di non averlo dovuto aiutare a fare pipì mentre
era ammalato, disse: «Sarò qui fuori dalla porta quando avrai
finito.»

Lui annuì e si diresse lentamente verso il wc.

Carlise arrossì quando lo sentì fare i suoi bisogni. Era ridicolo, dato che stava facendo qualcosa che facevano tutte le
persone del pianeta, ma le sembrò troppo intimo essere lì ad
ascoltare.

Rispetto agli ultimi tre giorni il suo sguardo era meno
annebbiato, ma non le aveva chiesto chi fosse o cosa ci facesse
lì, quindi forse era ancora un po' confuso.

Sentì l'acqua scorrere e non poté impedirsi di fare un
piccolo sorriso. Era ammalato, ancora debolissimo, eppure si
stava lavando le mani dopo aver usato il bagno. Era sicuramente un uomo che poteva piacerle.

Cosa? No. No, no, no. Non poteva piacerle. Viveva in
mezzo al nulla. In casa sua non c'era l'elettricità. Era chiaramente un eremita. Lei veniva dalla città. Le piaceva uscire a
cena ogni tanto. Le piacevano *molto* le docce calde.

E Tommy *non* sarebbe stato contento se avesse iniziato a
frequentare qualcun altro.

Non poteva piacerle quell'uomo...

Il suo monologo interiore fu interrotto dalla porta che si
aprì, e riuscì a malapena ad afferrare Riggs prima che
cadesse di faccia. Gli avvolse un braccio intorno alla vita e

lui le si appoggiò pesantemente contro mentre lo riportava a letto.

Si sdraiò appena il suo sedere toccò il materasso e chiuse gli occhi. Carlise gli sistemò le gambe e lo coprì.

Dopo aver preso una salvietta umida dal bagno, tornò da lui e gli si sedette accanto per lavargli delicatamente il viso. Non doveva essere piacevole avere tutto quel sudore che si era asciugato sul corpo.

Nel profondo sapeva che non lo stava aiutando *solo* per il suo benessere. Probabilmente quella era la sua ultima occasione di stargli vicino. Ora che gli era scesa la febbre, si sarebbe ricordato di ciò che era successo e sarebbero tornati a essere due estranei. Cose come tenerla tra le braccia, calmarsi quando gli parlava, contare su di lei per... be'... *tutto*, sarebbero finite.

Avrebbero provato imbarazzo e disagio e, naturalmente, lui avrebbe voluto sapere cosa diavolo stesse facendo in mezzo a quella bufera. Temeva quella conversazione. Non che non volesse informarlo di avere uno stalker, solo che le piaceva non dover pensare troppo a Tommy o temere che lui la trovasse.

Stare lì, senza elettricità, era così... primitivo. Tutte le stronzate che la aspettavano nel mondo reale non esistevano. Nonostante la preoccupazione per Riggs, per la prima volta dopo secoli si era sentita rilassata e necessaria.

Sospirando si costrinse ad alzarsi. Lui si era riaddormentato, lo capì dai respiri regolari e dal leggero russare. Probabilmente avrebbe dovuto fargli bere ancora un po' d'acqua, ma andare in bagno lo aveva stremato.

Tornò in cucina e riprese il coltello per finire di prepararsi il panino per colazione. Aveva mangiato solo quello negli ultimi tre giorni perché era la cosa più semplice da fare. Nella dispensa c'erano una tonnellata di prodotti in scatola, oltre alla pasta e al riso, ma non aveva idea di come cucinarli senza l'elettricità. Supponeva che Riggs usasse il caminetto, ma lei non sapeva come fare. Perciò... largo ai panini con burro di arachidi e marmellata

Aveva appena finito di mangiare quando sentì uno strano rumore. Lo distinse bene al di sopra di quelli ormai familiari del fuoco e della tempesta che continuava a imperversare. Era un bip costante. Elettronico.

Aggrottò la fronte guardandosi intorno in cucina e non vide nulla che potesse spiegare quel suono, ma cessò prima che riuscisse a trovarne la fonte.

Circa un minuto dopo ricominciò.

Incuriosita e decisa a scoprire da dove provenisse, Carlise iniziò a cercare seriamente. Poteva essere una sorta di allarme, tipo un rilevatore di monossido di carbonio a batteria. L'ultima cosa che voleva fare era ignorarlo, soprattutto se significava che potevano essere in pericolo.

Seguì il rumore fino al cassettone lungo una delle pareti e si accigliò quando non vide alcun tipo di dispositivo appoggiato sopra. Non voleva frugare tra le sue cose, non le sembrava giusto. Sì, aveva dovuto aprire i cassetti per trovare qualcosa di asciutto da indossare, ma era stato diverso.

Quando il suono si interruppe per poi ricominciare una terza volta, capì che avrebbe dovuto invadere la sua privacy.

Aprì il primo cassetto e vide solo dei boxer, e arrossendo lo richiuse

Era stupido imbarazzarsi per aver visto la sua biancheria intima, dato che negli ultimi due giorni era stato solo in boxer e maglietta. Per non parlare del fatto che lei era rimasta incollata a quei boxer mentre dormiva.

Aprì un altro cassetto: calzini. Poi un altro. Bingo. C'era un telefono in mezzo a quelli che sembravano dei pantaloncini e lo prese. Non ne aveva mai visti di simili. Sembrava uno di quelli che apparivano nelle foto degli anni Novanta. Quelli grandi e ingombranti che la gente utilizzava prima che i cellulari diventassero di uso comune.

Ora che sapeva che non si trattava di un allarme, pensò per un attimo di ignorarlo. Rispondere al telefono di Riggs sembrava ancora più sbagliato che frugare nei suoi cassetti. Ma chi stava chiamando era chiaramente insistente. Lo aveva già fatto tre volte e aveva la sensazione che non avrebbe smesso finché qualcuno non avesse risposto.

Guardò il letto pensando di svegliarlo per farlo parlare con chi stava chiamando, ma dormiva profondamente. Il suono non lo aveva fatto minimamente muovere.

Così decise di rispondere, cliccò sul pulsante verde sul davanti e lo avvicinò all'orecchio. «Pronto?»

Ci fu un attimo di pausa prima che un uomo dicesse con tono incazzato: «Chi diavolo sei e dov'è Chappy? È meglio che me lo passi entro due secondi altrimenti per te saranno guai.»

Deglutendo a fatica nel sentire la voce rabbiosa del tizio, si rese conto che tutto il suo corpo si era teso come se si stesse preparando a proteggersi, e per un attimo non riuscì a parlare.

«Dico sul serio. Chi sei e perché hai risposto tu al telefono di Chappy? Dov'è?»

Carlise si accigliò. «Chi è Chappy?» sbottò.

«Chi è Chappy?» ripeté lui. «Merda. Te lo chiedo di nuovo. Chi diavolo *sei* e perché hai il telefono del mio amico?»

«Sono Carlise. Il tuo amico è Riggs?»

Ci fu un'altra pausa prima che l'uomo chiedesse: «Riggs?»

«Sì. Mi ha detto che è il suo nome.»

«Wow. Ok. Nessuno lo chiama così. Ma non mi hai ancora detto cosa ci fai lì e perché rispondi al telefono al posto suo.»

«È ammalato. O lo era. Ora sta migliorando» disse all'uomo misterioso. Più parlavano e meno la sua voce tremava. Non ne era sicura, ma considerando la sua preoccupazione pensò che potesse essere uno dei tre uomini che aveva chiamato mentre delirava.

«È ammalato? Che cos'ha?»

«Ha avuto la febbre alta per qualche giorno. Ma è scesa proprio oggi pomeriggio. Sei... Cal, Bob o JJ?» chiese esitante.

«Sono JJ. Come fai a sapere il mio nome? O quello degli altri?»

«Mentre aveva la febbre ha avuto degli incubi e vi chiamava. Si svegliava e gridava, voleva assicurarsi che voi foste al sicuro. Ho solo pensato...»

«Passagli il telefono» le ordinò.

«Ehm...» Guardò il letto. Riggs stava dormendo con la bocca leggermente aperta e con le gambe e le braccia spalancate, occupando quasi tutto il materasso.

«Dico sul serio. Passamelo *subito* altrimenti verrò lassù con Cal e Bob e scopriremo di persona chi diavolo sei e cos'hai fatto al nostro amico.»

«Non gli ho fatto *niente*» protestò. «Sta bene. Be', sta cominciando a stare meglio, credo. E nevica ancora.»

«Non mi importerebbe nemmeno se ci fosse un'invasione aliena e la Terra stesse bruciando a causa di un'apocalisse. Se hai fatto del male a Chappy o hai fatto qualcosa per renderlo inabile, *non* c'è posto in cui potrai nasconderti. Ti troveremo, cazzo. Mi hai sentito?»

Dannazione. Quel tizio era irruente! Nonostante le sue minacce, provò un po' di gelosia. Avere un amico così leale, così preoccupato per il suo benessere, era un concetto che non le era familiare.

Sì, sua madre le voleva bene, ma era piuttosto pacifica quando si trattava di dire la sua o di difendere se stessa e gli altri. Ovviamente, erano stati gli abusi subiti per anni che l'avevano resa così. Tuttavia, c'erano stati molti momenti nella sua vita in cui aveva desiderato che fosse più decisa.

Susie, la sua migliore amica, era una persona su cui poteva contare. Era stata la sua roccia da quando era iniziato il casino con Tommy... ma comunque non riusciva a immaginarla così energica come lo era stato JJ per voler parlare con il suo amico.

«Sta dormendo» disse, avvicinandosi al letto. «Ma proverò a svegliarlo.»

«Sarà meglio che non *provi* a fare altro.»

«Riggs?» lo chiamò, sedendosi sul materasso.

Nel momento in cui gli toccò la spalla con le dita, lui rotolò e finì per gettarle un braccio sulle cosce, rannicchiandosi contro di lei e seppellendo il viso contro il suo fianco, come aveva già fatto un paio di volte negli ultimi giorni.

Per quanto le piacesse che si fosse subito voltato verso di lei, aveva davvero bisogno che si svegliasse e parlasse con il suo amico. Non dubitava che JJ sarebbe riuscito in qualche modo a raggiungere la baita, se necessario, anche solo per assicurarsi che Riggs non fosse tenuto in ostaggio e torturato.

«Riggs!» disse a voce più alta, cercando di farlo svegliare.

«Mmmm» sospirò lui.

Carlise si bloccò quando la sua mano le risalì lungo la coscia fino al fianco e poi sotto la maglia.

Non l'aveva *mai* fatto prima. La mano sembrava enorme contro la sua vita mentre iniziava ad accarezzare lentamente con il pollice la pelle sensibile del suo fianco.

Era una bella sensazione. Più che bella. Le si inturgidirono subito i capezzoli e l'improvviso desiderio che lui spostasse la mano più in alto fu quasi un dolore fisico.

«Riggs, c'è JJ al telefono. Vuole parlarti.»

Smise di accarezzarla mentre elaborava le sue parole. Inclinò la testa all'indietro e la fissò. Rimasero come paralizzati per un attimo, la mano calda sulla sua pelle nuda, il corpo premuto contro di lei, lo sguardo improvvisamente penetrante nella sua intensità.

«Cosa?» chiese con voce roca.

«Il tuo amico. JJ. È al telefono. È preoccupato per te. Sono giorni che stai male e vuole assicurarsi che io non mi comporti come nel romanzo *Misery* e non ti abbia legato al letto o qualcosa del genere. Minaccia di venire qui se non riuscirà a parlarti. E credimi, non sarebbe sicuro. La bufera è ancora terribile là fuori, e ci sono almeno sessanta centimetri di neve. I cumuli creati dal vento saranno probabilmente il doppio. Anche se ci provasse non credo riuscirebbe a farcela... ma immagino che ciò non lo fermerebbe. Per favore, puoi svegliarti abbastanza da rassicurarlo che stai bene e che non sei mio prigioniero?»

Sapeva che stava blaterando e che JJ poteva sentire ogni parola che diceva, ma era più nervosa per la sensazione di averlo avvolto intorno che per l'opinione che il suo amico poteva avere di lei.

Riggs fece un respiro profondo, sfilò la mano da sotto la

maglia e si girò sulla schiena, interrompendo il loro contatto fisico.

Carlise sentì quasi freddo quando le fece cenno di dargli il telefono.

Era arrivato il momento. L'inizio della loro fine. Non che ci fosse mai stato qualcosa tra loro. Non proprio. Lui era stato delirante, per l'amor del cielo. Era immorale e ridicolo pensare che ci fosse stato un qualsiasi tipo di legame mentre l'uomo non era nemmeno lucido.

Fece per scendere dal letto e dargli tutta la privacy possibile in quella casa composta da una stanza sola – magari andando in bagno - quando all'improvviso lui avvolse la mano intorno alla sua coscia, fermandola.

Carlise si bloccò con la fronte aggrottata, fissando il punto in cui la stringeva. Sapeva che avrebbe potuto liberarsi, ma era così sorpresa che rimase immobile.

«JJ?» disse Riggs con voce roca, dopo essersi portato il telefono all'orecchio.

Non riuscì a sentire la parte di conversazione dell'amico, ma trattenne il respiro, sperando che entrambi gli uomini si sarebbero tranquillizzati dopo aver parlato tra loro.

«Sì... mi sento uno schifo... mm-mm... che giorno è? Davvero? Maledizione. Sì, avevo appena capito di essermi preso qualcosa quando ho sentito un rumore nel portico. Sono uscito per indagare e ho visto un cane malconcio. Voleva che lo seguissi. L'ho fatto ed è stato allora che ho trovato Carlise.»

La guardò e lei inspirò profondamente. Si era chiesta cosa mai lo avesse fatto uscire sotto la bufera dato che stava molto male. A quanto pareva il cane l'aveva *davvero* salvata. Aveva condotto Riggs dritto da lei.

Era sollevata che lo ricordasse. Era felice di non dover spiegare chi era e perché si trovava nella sua baita con quel tempo orribile.

Riggs ascoltò qualcosa che JJ stava dicendo, poi continuò a parlare. «Lo so, amico. Non ne ho idea, ma sto bene. Sì, promesso.» Si guardò intorno, poi incontrò di nuovo il suo sguardo. «Sembra che Carlise abbia tutto sotto controllo. Sono molto debole. Non andrò da nessuna parte almeno per qualche giorno.»

Si accigliò un po', poi disse: «No, è tutto a posto. JJ, pesa almeno venti chili meno di me, è più bassa di qualche centimetro e se voleva farmi del male, ha avuto tre giorni per farlo. È tutto a posto. Va bene... sì, se mi serve qualcosa te lo farò sapere. Certo... non gliel'ho chiesto, ma presumo che abbia un'auto da qualche parte, probabilmente sepolta sotto la neve. Mm-mm. Ok. Lo apprezzerei molto. L'ultima cosa di cui ho bisogno è che Cal o Bob si presentino alla mia porta. Grazie, ma no... perché? Cosa vuoi dirle? Va bene, ma non spaventarla. Dico sul serio.»

Poi Riggs le porse il telefono. «JJ vuole parlarti di nuovo.»

Carlise fissò l'apparecchio per un attimo prima di accettarlo. Si aspettava che spostasse la mano, ma non lo fece, la mantenne sulla sua gamba.

«Pronto?» disse timidamente.

«Ti chiedo scusa» replicò JJ senza esitazione. «Chappy è uno dei miei migliori amici e non ha ospitato mai nessuno in quella baita, a parte me e gli altri amici. Quando hai risposto al telefono, sono andato nel panico. Mi dispiace davvero se ti ho spaventata.»

«Non fa niente.»

«Non è vero. Ma farò il possibile per rimediare. Sei arrivata in macchina?»

«Ehm... sì. Mi sono persa. Quando la nevicata si è fatta più intensa sono uscita di strada, ho sbattuto contro un albero e sono rimasta bloccata.»

«È stata una fortuna che Chappy ti abbia trovata.»

«Lo so.»

«Che tipo di macchina?»

«Cosa?»

«Che tipo di macchina hai?»

«Una Honda CR-V.»

«A quattro ruote motrici?»

«Sì.»

«È già qualcosa. Ok, quando il tempo si calma, vedrò se riesco a trovarla.»

«Oh, grazie.»

«È il minimo che possa fare dopo quello che hai fatto per Chappy. È stato davvero k.o. per tre giorni interi?»

«Quasi.»

«E tu ti sei presa cura di lui?»

«Non c'era nessun altro che potesse farlo.»

«Siamo tutti in debito con te» disse serio.

«No, davvero. Non c'è problema.»

«Il fatto che tu dica di no non significa che non sia vero. Questa bufera non è ancora finita. L'hanno chiamata la tempesta del secolo, il che è ridicolo perché siamo nel Maine e ce ne sarà un'altra di simile in un futuro non troppo lontano. Ma soprattutto, la neve sui pendii non è stabile. Quando uscirà il sole la situazione peggiorerà notevolmente, quindi rimanete chiusi lì.»

«Aspetta, quali pendii? Stai parlando di una valanga?»

«Siete proprio nell'area che circonda la base del Monte Baldpate. Non dico che succederà, ma chi se ne intende *dice* che ci sono le condizioni giuste. La baita di Chappy è protetta e non è nella zona di pericolo, ma a circa un chilometro e mezzo di distanza, in qualsiasi direzione, è un'altra storia. Non muovetevi da lì. È questo che sto cercando di dire.»

«Non avevo intenzione di fare un'escursione per divertimento» non poté fare a meno di replicare.

JJ ridacchiò. «Giusto. Comunque, sarò una spina nel fianco e chiamerò tutti i giorni. Ti sarei grato se ti assicurassi che risponda.»

«Perché non dovrebbe?»

«Perché è testardo. E non gli piace che gli si dedichi troppa attenzione. Grazie ancora, Carlise. E mi scuserò di nuovo quando ti vedrò di persona. Ci sentiamo.»

Quando riattaccò fissò confusa il telefono. Non voleva guardare Riggs, ma non poteva fissare il dispositivo per sempre, quindi si rassegnò e sollevò lo sguardo.

I suoi occhi color ambra erano incollati sul suo viso e sembrava preoccupato. «Stai bene?» le chiese.

«Dovrei chiedertelo *io*. Come ti senti?»

«Malissimo. Mi fanno male i muscoli, la gola mi brucia ancora e mi sento molto debole. Ma visto che JJ ha detto che sono passati tre giorni dall'arrivo della bufera, credo di dover ringraziare te se non sono peggiorato.»

Carlise scrollò le spalle provando disagio per le attenzioni e gli elogi.

Rimasero in silenzio e immobili per un momento, sempre con la sua mano sulla coscia. Poi si sorprese quando le fece una carezza confortante con il pollice per qualche secondo, prima di toglierla.

«Sono sicura che hai fame e sete. E hai bisogno di altro Tylenol. Vado a prenderlo, tu riposati.» Si alzò dal letto, e per la prima volta in tre giorni si sentì a disagio a stare seduta accanto a lui. Appoggiò il telefono sul materasso e si diresse in cucina.

Percepì il suo sguardo seguirla, anche se Riggs non disse nulla.

Nemmeno lei sapeva cosa dire. Odiava che ora le cose tra loro fossero imbarazzanti. Quella era la sua casa e lei si sentiva un'intrusa. Magari si stava chiedendo come facesse a sapere dove trovare le cose in cucina, dove fossero i piatti, i tovaglioli di carta, le posate.

Dio. Ovvio che non se lo stava chiedendo. Non era stupido. Sapeva che era lì da tre giorni, mentre lui era stato in preda alla febbre. Ma le sembrava comunque sbagliato frugare nei suoi armadietti.

Sentì il fruscio delle coperte così si girò e lo vide alzarsi dal letto. «Dove stai andando?» chiese senza pensarci.

Le rivolse un sorriso divertito. «Di certo non fuori a correre per qualche chilometro, te lo assicuro. Devo solo andare in bagno.»

«Oh, giusto. Ovvio. Scusa.»

Le lanciò un'occhiata che non riuscì a interpretare, prima di allontanarsi verso la porta dall'altra parte della stanza. Carlise resistette all'impulso di andare al suo fianco per aiutarlo. Per assicurarsi che non cadesse. Assisterlo quando era ammalato andava bene, ma ora era in via di guarigione e completamente consapevole di ciò che lo circondava. Sembrava anche piuttosto stabile, non gli serviva più il suo aiuto.

Non sapeva perché quel pensiero la rendesse triste e cercò

di scrollarselo di dosso. Ora le cose sarebbero cambiate, e non era sicura se fosse un bene o un male.

«Ti prego, fa che non sia uno stronzo» sussurrò, prima di riportare l'attenzione sul panino che stava preparando. Sarebbe stato meglio per lui se avesse mangiato una zuppa o qualcos'altro, ma non era sicura che gli sarebbe piaciuta fredda e non sapeva ancora come usare il caminetto per riscaldare le pietanze. Forse una volta che si fosse sentito meglio le avrebbe mostrato come fare.

Tuttavia non sarebbe rimasta lì abbastanza a lungo per padroneggiare davvero l'arte di cucinare sul caminetto.

Anche quel pensiero la rattristò, ma scacciò quell'emozione. Era sollevata che Riggs stesse meglio. Per un po' l'aveva preoccupata davvero. Doveva solo aspettare che smettesse di nevicare e sarebbe potuta ripartire.

Non sapeva ancora dove sarebbe andata, ma non poteva nascondersi da Tommy per sempre. Nel frattempo, sarebbe rimasta lì e si sarebbe goduta la sensazione di essere al sicuro.

CAPITOLO QUATTRO

CHAPPY FISSÒ il suo riflesso nello specchio e fece una smorfia.

Si sentiva da schifo. Sporco. Aveva un bisogno estremo di una doccia, ma prima di poterla fare doveva andare fuori per accendere il generatore in modo da avere l'acqua calda. Aveva la sensazione che uscire con quel tempo non gli avrebbe fatto bene in quel momento. In passato aveva resistito anche più a lungo senza fare la doccia. Sarebbe sopravvissuto.

Ma si prese il suo tempo per cercare di togliersi con una spugna il sudore dal corpo. Si lavò i denti, usò il regolabarba e si mise il deodorante. Quando finì si sentì un po' meglio. Era ancora pallido e aveva la testa un po' intontita, ma sperava che mangiare qualcosa lo avrebbe aiutato.

Appoggiandosi pesantemente al ripiano fissò di nuovo lo specchio, ma la sua mente non era concentrata sul suo aspetto... ma sulla donna nella sua baita. Carlise.

Non ricordava molto degli ultimi tre giorni, solo qualche frammento, ma una cosa che *ricordava* era di essersi svegliato disorientato e di averla stretta a sé. Avevano dormito vicini come amanti di lunga data e prima di riaddormentarsi aveva provato un senso di conforto e soddisfazione.

Chappy non era un uomo che si fidava con facilità, ma per qualche ragione con lei lo aveva fatto istintivamente. Forse perché avrebbe potuto fare davvero qualsiasi cosa mentre lui era praticamente svenuto. Avrebbe potuto derubarlo, mettergli della droga nell'acqua per ucciderlo o lasciarlo da solo ad affrontare il suo malessere. Non aveva fatto nulla di tutto ciò.

Si era presa cura di lui.

Odiava essere ammalato, odiava sentirsi indifeso, e quella donna, un'estranea, si era prodigata a fare tutto il necessario per assicurarsi che non morisse.

Non che pensasse che avrebbe tirato le cuoia, ma sicuramente sarebbe stato nei guai se non ci fosse stata lei. Aveva tenuto la baita calda alimentando il fuoco, lo aveva aiutato ad andare in bagno quando ne aveva avuto bisogno, lo aveva fatto bere il più possibile e gli aveva fatto prendere le medicine.

In breve... aveva fatto più del dovuto per aiutare uno sconosciuto.

Si raddrizzò troppo in fretta e dovette tenersi al muro per non cadere. «Niente movimenti improvvisi» mormorò, prima di arrivare alla maniglia della porta. Voleva vedere Carlise. Parlare con lei. Conoscerla. E stare in bagno non gli avrebbe dato le risposte che gli servivano. Voleva sapere tutto della donna nell'altra stanza. Da dove veniva. Cosa faceva per vivere. Perché diavolo stava guidando su quelle strade secondarie del Maine nel bel mezzo di una bufera di neve.

Aprì la porta e si diresse subito verso il cassettone. Dando le spalle alla cucina, si tolse la maglietta che indossava da troppo tempo e la sostituì con una pulita. Poi, senza proprio pensarci, perché non aveva mai avuto ospiti nella baita, spinse giù i boxer lungo le gambe e si piegò per indossarne un paio di puliti.

Sentì un leggero ansito provenire dalla cucina e fece una smorfia.

«Scusa» mormorò senza voltarsi, mentre frugava in uno dei cassetti per trovare un paio di pantaloni della tuta. «Mi ero dimenticato che eri lì.»

Non era affatto vero. Sotto sotto ne era stato consapevole. In passato si era sentito nervoso e a disagio quando sapeva che qualcuno lo stava osservando, ma lo sguardo di Carlise gli provocava più un senso di euforia che di allarme.

«Non c'è problema» replicò lei in tono tranquillo.

Chappy finì di vestirsi, poi raccolse gli indumenti sporchi e li mise nel cesto accanto al cassettone. Fece un respiro profondo e si voltò verso la sua ospite. Per il momento ignorò il letto – era rimasto sdraiato lì troppo a lungo – e andò verso il tavolo. Gli tremavano un po' le gambe e maledisse la sua debolezza.

«Ti ho fatto un panino» lo informò, mettendogli davanti un piatto. «Volevo prepararti una zuppa o qualcosa del genere, ma ho pensato che non volessi mangiarla fredda.»

La guardò confuso. «Perché avrei dovuto mangiarla fredda?»

«Be', perché non hai l'elettricità e se avessi provato a scaldarla sul fuoco probabilmente l'avrei bruciata, o mi sarei bruciata una mano rovinando nel frattempo la pentola.»

«Il piano cottura è a gas» le disse con dolcezza

«Cosa?»

«I fornelli funzionano a propano. Il piano è collegato a una piccola bombola che si trova sotto il lavandino. Posso scaldare l'acqua, fare il soffritto, la pasta e il riso e qualsiasi altra cosa si possa fare con una pentola su un fornello.»

Carlise lo fissò per un lungo momento. «Oh» mormorò infine.

«C'è anche una ghiacciaia sul lato del portico. La uso d'inverno perché è più economico rispetto a collegare il piccolo frigorifero che ho nel garage. Trovi carne, latte e formaggio là fuori. Anche le uova, ma probabilmente sono congelate. Accidenti, probabilmente è tutto congelato.»

«Aspetta, hai un frigorifero che si può collegare alla corrente? Pensavo non ci fosse elettricità qui.»

Era ancora in piedi accanto al tavolo e lo fissava. Chappy avrebbe voluto allungare la mano e tirarla giù per farla sedere nell'altra sedia, ma non voleva spaventarla toccandola senza permesso. Sì, avevano dormito abbracciati e lei non si era spaventata quando le aveva messo una mano sulla coscia, ma non voleva tirare troppo la corda.

«Ho un generatore fuori. Quando ho bisogno di ricaricare i dispositivi elettronici o di usare i pochi elettrodomestici che ho, posso accenderlo e avere la corrente per un po'. Non lo uso molto perché è rumoroso e a me piace la pace e la tranquillità di questo posto.» Sospirò. «Mi dispiace tanto» disse, scuotendo la testa.

«Per cosa?»

«Per non averti mostrato tutto e spiegato come funzionano le cose prima di crollare.»

«Mica l'hai fatto apposta» affermò con una piccola scrollata di spalle. «Avrei dovuto capirlo dai fornelli. Sono stata una stupida.»

Non gli piacque sentirla denigrarsi. «Non sei stupida. Sei

riuscita a tenere il fuoco acceso. Ti sei presa cura di me. Hai fatto ciò che dovevi fare per sopravvivere. Non sapere del fornello o del generatore non ti rende stupida.»

Lei scrollò di nuovo le spalle.

«Ti va di sederti con me mentre mangio?» le chiese.

Lei lanciò un'occhiata al panino che gli aveva preparato e con una smorfia fece per prendere il piatto. «Non sei obbligato a mangiarlo. Lascia che ti scaldi un po' di zuppa.»

Chappy reagì senza pensarci. Le afferrò il polso per impedirle di prenderlo. «Il burro di arachidi e la marmellata sono i miei cibi preferiti» le disse, completamente serio. «Perché pensi che abbia così tanti vasetti di quella roba?»

Le accarezzò il polso con il pollice, mentre lei lo studiava cercando probabilmente di decidere se insistere o meno sulla questione. La sua pelle era straordinariamente liscia e poteva sentire la pulsazione del suo cuore. Non sapeva se era spaventata o se fosse il suo tocco a farla respirare più velocemente.

Fu quell'incertezza che lo spinse a lasciarla andare. L'ultima cosa che voleva era metterla a disagio.

Magari non l'aveva invitata lui, ma ora era lì, e dal rumore della tempesta all'esterno era chiaro che non se ne sarebbe andata tanto presto. Non voleva che la sua permanenza fosse imbarazzante o spiacevole. Soprattutto dopo tutto quello che aveva fatto.

Chappy non ricordava l'ultima volta che qualcuno si era preso cura di lui senza aspettarsi qualcosa in cambio. Dopo che lui e i suoi amici erano stati salvati, li avevano portati in un ospedale militare in Germania dove infermieri e medici si erano occupati delle loro ferite e avevano fatto il possibile per curarli... ma quello era il loro lavoro. Quando era tornato negli Stati Uniti le donne gli avevano ronzato intorno, ma sapeva che era perché il team era apparso su tutti i media dopo quello che era successo. L'ultima cosa che voleva era che una donna lo frequentasse per il desiderio di stare con qualcuno di "famoso".

Era piuttosto sicuro che quella accanto al tavolo della sua cucina, scompigliata in modo adorabile, non avesse idea di cosa gli era successo. Non si era assicurata che restasse al caldo, che fosse nutrito e idratato perché aveva visto la sua faccia al telegiornale. L'aveva fatto per bontà d'animo. Sì, era essenzialmente intrappolata nella baita con lui a causa della bufera, ma se non le fosse importato davvero del suo benessere, avrebbe potuto limitarsi a fare il minimo indispensabile.

«Per favore siediti, Carlise» insistette.

Con suo grande sollievo, spostò la sedia accanto a lui e vi si accomodò lentamente.

Le tese la mano e disse: «Forse possiamo ricominciare da capo. Sono Riggs Chapman. I miei amici mi chiamano Chappy.»

«Carlise Edwards» replicò lei un po' timidamente, mettendo la mano nella sua.

Le sorrise. «Piacere di conoscerti. Benvenuta nella mia casa lontano da casa.»

Vide il suo sguardo interrogativo mentre gliela stringeva. Non avrebbe voluto lasciarla andare, ma lo fece comunque. «Ho un appartamento a Newton. È la città più vicina a questo posto. Io e i miei amici abbiamo un'azienda che si occupa degli alberi, si chiama Jack's Lumber e ha sede lì.»

«Chi è Jack?» chiese lei, aggrottando la fronte.

«Giusto... allora, forse dovrei tornare un po' indietro. Io e i miei amici eravamo tutti nell'esercito insieme. Quando ci siamo congedati, abbiamo deciso di metterci in affari.»

«Cal, Bob e JJ, giusto?»

«Sì. Callum 'Cal' Redmon, Kendric 'Bob' Evans e Jackson 'JJ' Justice sono i miei migliori amici. Avremmo potuto chiamare l'attività Lumberjacks, ma credo che JJ si sarebbe arrabbiato.»

Carlise ridacchiò.

Quel suono lo fece sorridere. «Comunque, tagliamo e potiamo gli alberi, dissotterriamo i ceppi, aiutiamo i soccorritori quando ci sono alberi caduti sulle strade. Ci occupiamo anche della manutenzione del sentiero degli Appalachi, assicurandoci che sia sgombro e che i segnavia siano visibili e non consumati, e accompagniamo le persone che non si sentono sicure di percorrere da sole il sentiero nella parte che passa dal Maine.»

«Wow. Allora immagino tu sia piuttosto occupato.»

«Nei mesi più caldi, sì. Non altrettanto in inverno, il che va bene a tutti. Ho comprato questa baita e l'ho sistemata per avere un posto dove rilassarmi quando ne ho bisogno.»

Carlise annuì come se avesse capito perfettamente, anche se sapeva che la maggior parte delle persone avrebbe probabilmente riso. Non era che Newton fosse una grande metropoli o che il suo lavoro fosse troppo stressante. Tuttavia, c'erano momenti in cui aveva bisogno di stare da solo.

Quel pensiero lo stupì. Avrebbe dovuto essere sconvolto dal fatto che il suo rifugio per allontanarsi dal mondo e per calmare i pensieri cupi che a volte gli turbinavano in testa fosse stato invaso da un estraneo. Stranamente, non considerava Carlise un'estranea.

Aprì la bocca per dire qualcos'altro, non sapeva bene cosa, quando lei ebbe un sussulto e si alzò di scatto dalla sedia.

Chappy si alzò altrettanto bruscamente, ed ebbe un lieve

giramento di testa mentre si guardava intorno per vedere cosa l'avesse spaventata. Non vedendo nulla, la osservò cercare freneticamente tra i barattoli della dispensa.

«Che problema c'è?» chiese preoccupato.

«Avevo quasi dimenticato Baxter!»

«Baxter? Chi è?»

Si girò verso di lui. «Il cane che mi ha trovata.»

«Il Pitbull?» domandò sorpreso.

«Sì.»

«È qui?» Si guardò di nuovo intorno, cercando di trovarlo. La baita non era poi così grande, avrebbe dovuto individuarlo subito.

«Non vuole entrare. Credimi, ci ho provato. È sul portico. Spero non ti dispiaccia, ma ho preso un paio di coperte che erano qui in giro. Non quelle più nuove e soffici. C'è uno spazio tra la parete della baita e la legna che hai accatastato, e lui si è fatto un rifugio con le coperte. Fa ancora molto freddo, ma per quanto mi sforzi, non riesco a farlo allontanare dalla sua tana. Però gli ho dato da mangiare.»

«Non ho cibo per cani» disse inutilmente, perché ovviamente lei lo sapeva.

«Ho usato la roba che avevo sottomano. Ceci, fagiolini, tonno in scatola e pollo... cose del genere. Ma ora che so di poter usare il fornello, posso cucinare del riso e includere anche quello. Scommetto che gli piacerebbe avere qualcosa di caldo nella pancia.»

Smise di parlare di colpo come aveva iniziato, e lo guardò. Le sue guance diventarono di un rosso acceso mentre lui la fissava. «Voglio dire... se per te va bene. È il tuo cibo. Magari non vuoi che lo usi per sfamare un randagio. Scusami tanto, non ci avevo pensato.»

Chappy non poté impedirsi di avvicinarsi. Carlise era davanti alla dispensa che lui aveva costruito per contenere gli alimenti secchi e in scatola. I suoi amici avevano riso della quantità di cibo che teneva lì dentro, ma voleva essere sempre pronto.

Quando fu davanti a lei sollevò la mano, fermandola a pochi centimetri dal suo viso. «Posso?» le chiese con dolcezza.

Per un attimo lo guardò confusa, poi sembrò capire che gli stava chiedendo il permesso di toccarla e annuì.

Chappy fece scorrere lentamente il dorso delle dita sulla sua guancia prima di posare la mano su un lato del collo. La accarezzò sotto la mascella con il pollice, poi scosse piano la testa e disse: «Ti ammiro, Carlise.»

Lei aggrottò le sopracciglia, di nuovo confusa.

«Avresti potuto morire. Probabilmente eri congelata fin dentro le ossa. Eppure, quando ti ho vista quella prima volta, ho notato subito la determinazione nei tuoi occhi, nel modo in cui continuavi a mettere un piede davanti all'altro. Non ti saresti fermata finché non fossi stata al sicuro. Ovviamente non potevi sapere che non c'era nulla nella direzione in cui stavi andando. Che non c'era nient'altro che la mia baita. La strada che stavi percorrendo alla fine si sarebbe interrotta, e avresti trovato solo alberi e natura selvaggia per chilometri e chilometri. Ma per miracolo ti ho trovata. Ti ho portata qui... e poi sono prontamente crollato davanti a te.» Le fece un piccolo sorriso. «Hai fatto ciò che dovevi fare per tenerci entrambi al sicuro e al caldo. Non solo, ma non ti sei dimenticata nemmeno di quel povero cane.»

«Mi ha salvato la vita» sussurrò lei.

«È vero» concordò Chappy, percorrendo con lo sguardo ogni parte del suo viso. Gli piaceva. Gli piaceva starle così

vicino. Toccarla. Lo guardava con grandi occhi azzurri, e ciò
che vi vide gli fece provare delle belle sensazioni. Sollievo.
Fiducia.

E un'attrazione che gli pervase tutto il corpo.

«Perché Baxter?» le chiese.

«Ho pensato a tanti nomi... dopotutto ho avuto un sacco
di tempo per farlo, ma nessuno mi sembrava quello giusto. Poi
all'improvviso mi è saltato in mente Baxter e l'ho trovato
adatto.»

«Mi piace. Quindi, ha mangiato?»

Carlise annuì. «Ieri sera è stata la prima volta che lo ha
fatto mentre ero là fuori.»

«Sei rimasta seduta là fuori con lui? Ma si gela» affermò
accigliato.

«Lo so, ma gli ho parlato. Volevo che si abituasse alla mia
voce. Non sopporto che stia al freddo mentre noi siamo qui
dentro. Non è giusto.»

Non era giusto, ma finché il cane non si fosse fidato di lei,
di entrambi, non sarebbe entrato. «Che ne dici se prepariamo
del riso e lo aggiungiamo al suo cibo?»

«Non ci vorrà troppo? Voglio dire, è già passato l'orario in
cui di solito gli do da mangiare. Non voglio che pensi che mi
sono dimenticata di lui.»

Le labbra di Chappy ebbero un guizzo. «Non lo penserà.»

«Non puoi saperlo.»

«Quel cane non andrà da nessuna parte. Probabilmente è
più al caldo di quanto non lo sia stato da un bel po' di tempo,
e tu sei la sua fonte di cibo. Non rischierà di perdere queste
cose. Inoltre, ho un po' di riso istantaneo, quello che non ci
mette molto a cuocere. Pensi che mangerà se vengo con te?»

Lei ci rifletté un attimo. «Non so se sia il caso. Non per

Baxter, ma per te. Sei ancora un po' rosso in viso. E non è passato molto da quando deliravi. Non credo sia una buona idea che tu stia fuori al freddo.»

La sua preoccupazione era piacevole. «Non ci resteremo a lungo. Inoltre, devo prendere altra legna per il fuoco.»

«Posso farlo io.»

«Lo so. E lo apprezzo. Ma ora che sono sveglio e consapevole di ciò che mi circonda, non lo farai.»

Si accigliò. «Perché?»

«Perché no.»

«Non è una risposta» ribatté, alzando gli occhi al cielo.

Dio, era adorabile. Ma non era così ingenuo da dirglielo. Non era un esperto in materia di relazioni, ma una volta, nel suo lontano passato, aveva detto adorabile a una donna e lei aveva sostenuto di trovare offensivo quell'aggettivo. Non sapeva perché, forse aveva avuto qualche esperienza negativa. Aveva la sensazione che fosse stato più un problema suo che delle donne in generale, ma era stato molto attento a non usare quella parola per descrivere le ragazze che aveva frequentato successivamente.

«Perché sono tre giorni che ti prendi cura di me» disse dopo una breve pausa. «Non era necessario e non mi aspettavo che lo facessi, ma l'hai fatto lo stesso. Se pensassi che Baxter reagirebbe in modo positivo con me, ti chiederei di restare in casa e mi occuperei io di dargli da mangiare. Ma ormai è abituato a te e non voglio rischiare che scappi se vado da solo.

Ma... sono un protettore, Carlise. Sono fatto così. Quando io e i miei amici siamo usciti dall'esercito, non volevamo intraprendere nessun tipo di professione che comportasse l'uso di armi, tipo agenti della sicurezza o guardie del corpo, quel genere di cose, ma è nel mio DNA cercare di assicurarmi che coloro che mi sono vicini siano protetti e accuditi. Mi mette a disagio il fatto che negli ultimi giorni tu abbia dovuto occuparti di ogni mio bisogno, anche se sono molto sollevato, grato e impressionato che tu l'abbia fatto.»

Chappy non sapeva dove voleva andare a parare con quel discorso, ma non riusciva a stare zitto.

«Potresti ferirti le mani con la legna, conficcarti una scheggia sulla pelle o procurarti uno strappo alla schiena perché alcuni di quei ciocchi sono molto pesanti. E non mi piace pensare che tu ti faccia male. Per me non è un problema prendere la legna perché lo faccio da anni. E l'ho tagliata tutta io.»

Carlise gli posò una mano sul petto. «Ok.»

Quello fermò il suo fiume di parole. «Ok?»

Lei annuì. «Sì. Sarei una stupida se mi mettessi a discutere con te. Voglio dire, probabilmente puoi portarne più di me in una volta sola... anche se hai avuto la febbre per tre giorni. Ma potresti provare a prenderli dall'estremità della pila, lontano da dove si è rintanato Baxter?»

«Certo. Quando il vento e la neve si placheranno, magari gli costruirò una cuccia vera e propria.»

Lei spalancò gli occhi. «Lo faresti davvero?»

«Assolutamente sì. Quel cane ti ha salvata. Ha attirato la mia attenzione e mi ha fatto uscire per vedere perché fosse così agitato. Se non l'avesse fatto, forse ora non saresti qui. Ho la sensazione che farei *qualsiasi* cosa per lui.»

Gli sorrise.

E mentre era lì nella sua cucina, con una mano sul collo di Carlise e la sua appoggiata sul petto, Chappy si lasciò inondare dalle emozioni che stavano divampando dentro di lui.

Emozioni che non ricordava di aver provato spesso. Contentezza. Gratitudine.

E la consapevolezza che era lì che era destino che fosse. Proprio con Carlise.

Non avrebbe voluto muoversi, ma Baxter aveva bisogno di essere nutrito. «Io inizio a preparare il riso, se vuoi tu puoi mettere insieme il resto del cibo.»

«Va bene.»

Ma nessuno dei due si mosse.

Chappy non voleva essere il primo a interrompere il contatto, ma qualcuno doveva farlo. A malincuore, lasciò cadere la mano e indietreggiò, sorprendendosi di quanto fu doloroso allontanarsi.

CAPITOLO CINQUE

«VA TUTTO BENE. È Riggs. Ti ho parlato di lui. È buono. Ricordi? Sei venuto a prenderlo perché potesse trovarmi. Hai mangiato il suo cibo e stai usando le sue coperte. Ti tengono caldo, eh?»

Carlise parlò con calma e dolcezza al cane che cercava di rannicchiarsi il più possibile nel suo piccolo nascondiglio. Anche se sembrava spaventato, la incoraggiava il fatto che non fosse corso via. Avrebbe potuto uscire dalla sua tana e scappare dal lato opposto del portico. Invece, teneva i suoi enormi occhi marroni puntati su lei e Riggs.

A proposito di quell'uomo, aveva insistito per farle indossare due delle sue maglie a maniche lunghe, due paia dei suoi calzini e le sue galosce, oltre al giaccone, il berretto, la sciarpa e i guanti. Era così infagottata che si sentiva come il fratellino di Ralphie nel film *A Christmas Story - Una storia di Natale*.

D'altra parte, le aveva detto di essere un protettore e che si preoccupava del suo benessere, quindi non era sorpresa per quell'eccesso di indumenti. Era passato molto tempo dall'ultima volta che qualcuno si era preso così tanta cura di lei. I suoi pensieri andarono a Tommy, ma li scacciò subito. Non voleva pensare al suo ex in quel momento. Si trovava in un posto sicuro ed era stato davvero un sollievo non dover affrontare nessun tipo di molestia o di pedinamento negli ultimi giorni.

Si voltò e vide Riggs accucciato accanto alla porta della baita. Aveva già preso un po' di legna e ora stava semplicemente dietro di lei a osservarla.

«Oggi abbiamo una sorpresa per te» disse a Baxter, mentre faceva scivolare verso di lui la ciotola del cibo. «Riso. Penso che ti piacerà. Ti scalderà la pancia. Anche se non credo che dovresti abituarti a questa roba da gourmet. Il normale cibo per cani probabilmente ha un migliore equilibrio di sostanze nutritive. Però c'è da dire che questo dev'essere molto più gustoso. Ma chissà cosa mangiavi prima di trovarci, eh? È tutto a posto. Puoi mangiare. È sicuro. Tu sei al sicuro.»

Cominciò a indietreggiare, ma fu fermata dalla mano di Riggs sulla schiena.

«Continua a parlargli. Deve abituarsi alla tua presenza. Mangerà, dagli solo un momento» le sussurrò.

Tutte le altre volte Carlise era tornata dentro per lasciare spazio a Baxter. L'ultima cosa che voleva fare era spaventarlo tanto da non fargli toccare il cibo. Ma si fidava di Riggs, quindi fece come le aveva chiesto.

«Mi dispiace di non averti portato il riso prima. Non sapevo che il fornello avesse il gas. Che sciocca, vero? Avrei dovuto capirlo, ma in mia difesa non sono un granché come cuoca. A volte una ciotola di cereali è soddisfacente quanto un pasto di quattro portate, sai? Ma scommetto che tu non la pensi così, eh? Sembra che tu abbia messo su qualche chilo... certo, potrebbe essere solo un mio desiderio. Eri così magro. Non posso credere che tu sia sopravvissuto così a lungo da solo. Ma non sei più solo, Bax. Se imparerai a fidarti di me, ti porterò a Cleveland quando... ehm... quando sarò certa che sia sicuro. Su, mangia, ragazzo. Ti farà bene. Promesso.»

Non aveva intenzione di dire quella parte sulla sicurezza, ma l'ultima cosa che voleva era portare il cane a casa e che poi il suo stalker decidesse di sfogare la sua rabbia sull'animale indifeso. Baxter ne aveva già passate abbastanza, non voleva rischiare che subisse altri abusi.

Pregò che Riggs non avesse sentito, ma aveva la sensazione che non gli sfuggisse niente.

«Bravo ragazzo» mormorò, mentre il cane annusava la ciotola che gli aveva messo sotto il naso. «Così. Mangia tutto.»

La prima volta che lo aveva visto mangiare si era stupita che non avesse divorato tutto in un paio di bocconi. Magro com'era, aveva pensato che fosse talmente disperato da buttar giù qualsiasi cosa. Invece se l'era presa con calma come stava facendo ora, come se sapesse che ingurgitarlo in fretta avrebbe potuto farlo vomitare.

«È buono, eh?»

Baxter la guardò come se avesse capito ciò che stava dicendo e si leccò la bocca. Poi riabbassò la testa nella ciotola.

«Ha un aspetto migliore da come ricordo di averlo visto la prima volta» disse Riggs a bassa voce.

Il suo respiro le sfiorò la pelle sensibile del collo, e le braccia le si riempirono di brividi. Era accovacciato proprio dietro di lei, con una mano sulla sua schiena e la bocca vicino al suo orecchio, e dovette sforzarsi per non inclinarsi all'indietro e accoccolarsi contro di lui.

Era bellissimo anche da delirante e privo di sensi, ma cosciente, mentre le sussurrava con quella voce bassa e sexy... era letale.

Carlise era una donna pratica. Non credeva nell'amore a prima vista. Diffidava degli uomini in generale, dei loro scopi e delle loro intenzioni nascoste. Ma lui l'aveva affascinata senza nemmeno provarci. Forse era il modo in cui le aveva chiesto il permesso di toccarla in cucina. Forse perché aveva detto, senza alcun imbarazzo o egocentrismo, di essere un protettore. O forse perché aveva insistito che fosse ben infagottata prima di uscire.

Qualunque fosse il motivo, aveva la sensazione che quell'uomo avrebbe potuto sia essere un sogno che diventava realtà sia spezzarle il cuore in un milione di pezzi.

Tenne gli occhi su Baxter annuendo in risposta al commento di Riggs, che non si spostò, ma rimase semplicemente dov'era, sempre con la mano sulla sua schiena.

Il vento non sembrava più impetuoso come negli ultimi giorni, ma la neve continuava a cadere e la visibilità era sempre molto limitata. Loro tre potevano benissimo essere gli unici esseri sul pianeta, nella loro piccola bolla.

«Credo che abbia bisogno di altre coperte» disse Riggs dopo un attimo. «Ne ho una dentro che sarà meglio di queste. L'ho presa quando sono stato in Corea del Sud. La chiamano coperta di visone, ma non è vero visone. Non so cosa sia in realtà, ma è spessa e morbidissima. Forse possiamo stenderla sopra la legna per bloccare il vento.»

Le si sciolse il cuore. Sembrava sinceramente preoccupato per il cane. Si voltò per dirgli di non sacrificare una coperta che dava l'impressione di essere difficile da sostituire, ma lui si stava già allontanando.

Baxter smise di mangiare e osservò guardingo Riggs che indietreggiava verso la porta della baita.

«Va tutto bene» lo tranquillizzò Carlise. «Sta solo andando a prendere un'altra coperta.»

Tornò dopo pochi secondi. «Ecco, ne ho portate due. Una la possiamo mettere sopra la catasta, e useremo alcuni ciocchi per tenerla ferma, l'altra la può tenere nella sua piccola tana per avere più calore. Penso sia meglio che lo faccia tu, però. Si fida più di te che di me.»

«No, metto io quella sopra la legna e tu spingi l'altra verso di lui. Deve sapere che anche tu vuoi che stia meglio e che non gli farai del male. Ma aspettiamo che abbia finito di mangiare.»

Era intimo stare sul portico a guardare Baxter che mangiava, con Riggs seduto dietro di lei che teneva una mano guantata appoggiata sulle assi di legno vicino al suo fianco e l'altra intorno alla sua vita per tenerla contro di sé. Il suo corpo bloccava un po' il vento, e anche se erano entrambi così infagottati che non riusciva a sentirne il calore, le sembrava comunque di avere più caldo contro di lui.

Quando Baxter finì tutto il cibo che gli avevano preparato, leccò ogni centimetro della ciotola e poi li guardò.

«Mi chiedo da dove sia venuto» rifletté Riggs. «Non ci sono altre baite per chilometri.»

«Probabilmente qualcuno l'ha abbandonato.»

«Sì, credo sia così» concordò, spostandosi contro di lei. «Ok, facciamo così. Prima spingerò questa coperta verso di lui, poi tu potrai cercare di drappeggiare l'altra sopra la catasta.»

Baxter tremò mentre si muovevano lentamente, ma non scappò, e Carlise ne fu felice. Una volta sistemato tutto, il rifugio del cane era molto più protetto. «Avrei dovuto pensarci tre giorni fa» disse con tristezza dalla porta della baita.

Baxter era impegnato ad appallottolare la nuova coperta, girando in cerchi stretti nel tentativo di rendere la sua tana il più comoda possibile quanto permettevano le sue zampe.

«Quello che hai fatto è stato perfetto» la rassicurò. «Dai, entriamo, così preparo un po' di tè per riscaldarci.»

Era più che pronta a tornare dentro. Faceva dannatamente freddo. Non appena furono in casa lui andò al caminetto e aggiunse un ceppo prima di tornare alla porta e togliersi la giacca per appenderla all'attaccapanni.

Le sue guance erano rosse e Carlise non ci pensò due volte ad avvicinarsi a lui e posargli una mano sulla fronte. «Sei un po' caldo.»

Riggs scrollò le spalle. «Credo di avere ancora un po' di febbre, ma niente rispetto a prima. Starò bene.»

«Forse dovrei preparare io il tè» suggerì lei.

«Ci penso io. Vai a sederti sul divano e riscaldati. Ci vorrà un po' perché l'acqua bolla.»

«Ma poi verrai anche tu a sederti e a rilassarti?» gli chiese.

La guardò a lungo prima di annuire. «Sì.»

«Ok.»

Le sembrò che volesse dire qualcos'altro, invece si limitò a indicarle il divano con la testa prima di voltarsi verso la cucina.

Dopo gli ultimi tre giorni le sembrava strano stare seduta lì e farsi servire da lui, ma ora che si erano occupati di Baxter e Riggs era in via di guarigione, si rese conto di quanto fosse stanca. Ogni tanto aveva sonnecchiato, ma mai dormito profondamente. Si era svegliata di soprassalto a ogni rumore sconosciuto e ogni volta che lui si era agitato nel sonno.

In quei momenti non lo aveva ammesso con se stessa, ma aveva avuto il terrore che morisse.

Si assopì mentre aspettava che tornasse con il tè.

Quando sentì qualcosa toccarle la spalla, la sua reazione istintiva fu di abbassarsi e rotolare giù dal divano, coprendosi la testa con le braccia per proteggersi dalle botte che era sicura sarebbero arrivate.

Dato che non accadde nulla, inclinò la testa e alzò lo sguardo trovando Riggs seduto sul divano con la fronte aggrottata dalla preoccupazione.

«Non volevo spaventarti. Sei al sicuro qui, Carlise. Non ti farò del male. Mi dispiace di averti toccata senza permesso, ma giuro che non farei mai *nulla* per causarti sofferenza. Scusami se ti ho dato un'impressione diversa.»

Imbarazzata per quella reazione esagerata, fece un respiro profondo e si mise in ginocchio, poi si alzò e tornò sul divano. Si sedette accanto a lui e scrollò le spalle un po' a disagio. «No, scusami tu. Sì, mi hai spaventata, ma so che non mi faresti mai del male. Ne avresti già avuto l'occasione e sappiamo entrambi che non sarei abbastanza forte da riuscire a fermarti.»

«Mi sembra chiaro che *non* lo sai, se la tua reazione è un'indicazione.»

Carlise gli mise una mano sul ginocchio. Non le piaceva che pensasse che aveva paura di lui. Non ne aveva affatto. Anche se era sostanzialmente un estraneo, nel profondo era sicura che non le avrebbe mai fatto del male. Non sapeva *come* facesse a saperlo... era così e basta.

«Mia madre è rimasta in una relazione violenta per anni»

sbottò. «Dovevamo stare attente a tutto ciò che facevamo o dicevamo in presenza di mio padre, per paura che si rivoltasse contro di noi. Lei ha sopportato il peso della sua rabbia per molto tempo, ma quando sono diventata un po' più grande, ha cominciato anche con me. Spesso veniva in camera mia e mi svegliava picchiandomi. La mia è stata una reazione istintiva. Mi dispiace.»

Riggs contrasse la mascella mentre la fissava.

Per qualche motivo, forse nel tentativo di calmarlo, Carlise continuò. «Avevo giurato che non sarei mai stata con un uomo che mi avrebbe picchiato. Non volevo essere come mia madre. È una brava donna, ma non è stata abbastanza forte da lasciarlo finché non è stato quasi troppo tardi. Alla fine l'ha ferita in modo così grave che è rimasta in ospedale per settimane e, finalmente, grazie alle mie sollecitazioni – suppliche, in realtà – ha trovato il coraggio di dire basta.

Poi c'è stata la *mia* ultima relazione... be', pensavo che Tommy fosse un brav'uomo. Che mi amasse. Finché non ha mostrato la sua vera natura. Me ne sono andata quel giorno stesso.»

Riggs fece un respiro profondo, mettendo la mano sopra la sua sul ginocchio. «Giuro sul mio onore che non ti picchierò mai. Non ti sminuirò mai. Non ti farò mai avere la sensazione di non poterti fidare di me. Non ti conosco da molto, ma mi sembra chiaro che sei una donna straordinaria. Forte. L'ho già detto, ma lo ripeto: non molte persone avrebbero fatto ciò che hai fatto tu, mi avrebbero aiutato come hai fatto tu e avrebbero avuto la forza interiore per superare quella bufera.»

Carlise non sapeva cosa dire e si limitò a fissarlo.

«Voglio sapere perché eri là fuori. Perché ti sei persa nel

sentiero che portava qui. Perché hai quello sguardo diffidente negli occhi. Perché a ogni ululato del vento sembra tu abbia timore che qualcuno stia per piombare qui dentro per farti del male... nonostante non siamo minimamente vicino a Cleveland.»

Merda. Aveva ragione. A quell'uomo *non* sfuggiva nulla.

«Ma non è il momento. Ho la sensazione di conoscerti da sempre, ma in realtà sono lucido abbastanza da capire dove mi trovo e cosa mi sta succedendo intorno solo da poche ore.» Fece un piccolo sorriso. «E non ti fidi ancora di me. Aspetterò finché non accadrà. Mi piacerebbe che mi raccontassi tutto e che mi permettessi di aiutarti, ma anche che sia *tu* a volerlo fare. Non vorrei mai che mi dicessi ciò che sta accadendo nella tua vita solo perché ti sembra di non avere altra scelta. Quindi, per ora, che ne dici di scaldarci e di parlare di cose meno intimidatorie?»

Carlise tirò un sospiro di sollievo. Non era pronta a parlargli di Tommy. Di quanto fosse spaventata dal suo stalker che era passato da piccoli atti vandalici e minacce a qualcosa di più fisico. «Tipo cosa?»

«Quanti anni hai. Dove sei cresciuta. Cosa fai per vivere. Questo genere di cose.» Riggs si voltò verso il tavolino accanto al divano, prese una tazza di tè fumante e gliela porse.

Non aveva problemi a condividere cose più generiche su di sé. Soprattutto perché era altrettanto curiosa dell'uomo seduto accanto a lei. Ora che era coerente, voleva saperne di più su di lui, oltre al fatto che aveva cicatrici su tutto il corpo e un piccolo neo sul lato del collo, proprio sotto l'orecchio.

Accettò la tazza e inspirò il profumo di cannella e mela prima di dire: «Ho trent'anni. Sono cresciuta a Birmingham, in Alabama, e traduco libri dal francese all'inglese.»

Riggs si voltò e prese una coperta dallo schienale del divano, scuotendola prima di voltarsi verso di lei indicandola. «Posso?»

Carlise annuì e lui gliela posò delicatamente sulle ginocchia, rimboccandola bene.

«Sei abbastanza calda?»

«Sto benissimo» rispose. Ed era vero. In quel momento si sentiva più rilassata di quanto non lo fosse stata da giorni. Da settimane.

«Io ho trentaquattro anni, ma ci sono giorni in cui mi sento più vecchio di decenni. Sono cresciuto a Macon, in Georgia, e sai che lavoro con gli alberi.»

«In che corpo militare eravate tu e i tuoi amici?» gli chiese, bevendo un sorso del delizioso tè.

«Esercito. Eravamo nelle forze speciali.»

I suoi occhi si allargarono. «Davvero? Tipo i SEAL?»

Lui ridacchiò. «Be', i SEAL sono della marina.»

«Lo sapevo» replicò lei in fretta.

«Comunque sì, tipo loro ma per l'esercito.» Riggs sospirò e prese un'altra coperta. Si coprì, poi si sistemò nell'altro angolo del divano. Le sfiorò il piede con il suo, ma lei invece di allontanarsi glielo premette più forte contro.

Le sorrise un attimo, poi si rabbuiò. «Nella nostra ultima missione è andato tutto storto. Le informazioni erano sbagliate, e quando la situazione è precipitata i soldati che erano con noi si sono fatti prendere dal panico e alla fine io e la mia squadra siamo stati catturati.»

Carlise ansimò. «Oh no!»

«Già. Non è stato un bel momento. È stato allora che abbiamo deciso di smettere, e ci siamo promessi che quando saremmo tornati a casa, *se* fossimo tornati a casa, ci saremmo messi in affari insieme.»

«Ti hanno fatto del male?»

Riggs annuì. «Sì.»

«Le cicatrici» mormorò.

«Sì, non sono belle. Ma io, JJ e Bob siamo stati abbastanza fortunati rispetto a Cal.»

«Aspetta... hai nominato Callum Redmon prima? Perché questo nome mi suona familiare?» chiese.

«È originario del Liechtenstein... e sì, è un Paese vero. Tutti lo abbiamo accusato di essersi inventato un nome fittizio, ma alla fine è legittimo. È cresciuto per lo più in Inghilterra, ha persino l'accento inglese, ma parla correntemente il tedesco, che è la lingua della sua gente, e conosce anche un po' di francese. È il quarto figlio del quarto figlio in linea di successione per la corona... o qualcosa del genere. Non riesco mai a ricordarmelo.»

«Porca miseria, ora mi ricordo! Su internet c'erano dei video in cui veniva torturato.» Ansimò e spalancò gli occhi. «Aspetta, c'eri anche tu?»

«Sì. Ai nostri rapitori piaceva avere tra le loro grinfie un reale. Lui ha ricevuto le attenzioni peggiori.»

Senza esitare Carlise si chinò e posò la tazza di tè sul pavimento, poi si avvicinò a Riggs. Lo abbracciò, appoggiando la testa sul suo petto e stringendolo forte. «Mi dispiace tanto...»

Lui si spostò per posare i piedi per terra e appoggiarsi contro lo schienale, poi, senza il minimo sforzo, se la sistemò di traverso sulle ginocchia. Le circondò le cosce con un braccio e la schiena con l'altro, tenendola contro di sé. «Non è stato così male.»

Lei sbuffò.

«Ok, non è vero. È stato terribile. Ma sono qui, e anche i miei amici, vivo e grato per ogni giorno che posso passare su questa terra.»

«Ma il tuo amico Cal sta bene?»

«Sì. Ha i suoi giorni difficili, ma sta migliorando.»

«Sai, quando stavi male hai parlato di lui e degli altri... li hai chiamati nel sonno. Eri preoccupato per loro.»

Riggs scrollò le spalle. «Non mi sorprende. Farei qualsiasi cosa per quei ragazzi. Abbiamo passato l'inferno insieme e ne siamo usciti.»

«Sono felice che tu abbia loro» mormorò. Lo aveva abbracciato d'impulso, non era riuscita a fare a meno di confortarlo, ma ora non voleva più muoversi. Era così caldo e confortevole. Chiuse gli occhi per un attimo.

«Tu non hai amici a cui sei particolarmente legata?»

«Sì. Susie. L'ho conosciuta quando mi sono trasferita a Cleveland. Vive nel mio condominio. Abbiamo legato molto in fretta, siamo subito entrate in sintonia. Ma...» si interruppe.

«Ma?» le chiese, quando non disse nulla per un po'.

«Non so. Ultimamente sembra che ci stiamo allontanando. Io lavoro da casa, quindi non esco spesso, e lei era solita convincermi ad andare al bar nei fine settimana. Ci divertivamo molto, ma ora quando me lo chiede rifiuto sempre e vedo che ciò la frustra. È che... non mi va più di uscire.» Non voleva dirgli il motivo. Non voleva dirgli che non si sentiva sicura non sapendo dove o quando Tommy sarebbe potuto spuntare. «Andiamo ancora a pranzo, ci sentiamo e ci mandiamo messaggi in continuazione, e ci troviamo nell'appartamento dell'una o dell'altra, ma so che vorrebbe che le cose fossero come prima.»

«Le persone cambiano» le disse.

Le piaceva la sua voce roca e profonda. Con la guancia posata sul suo petto, sentiva le sue parole riverberare in tutto il corpo. «Già. È sempre la mia migliore amica e non so cosa avrei fatto senza di lei in questi ultimi due mesi.»

Riggs si irrigidì lievemente. «Sa dove sei?»

«No. Ho chiamato mia madre prima di lasciare Cleveland. Le ho detto che avevo bisogno di allontanarmi per un po', ma ho pensato che non fosse sicuro dirlo a qualcun altro, nemmeno alla mia migliore amica. Temevo che se l'avesse saputo, avrebbe preteso di venire con me. Normalmente mi sarebbe piaciuto fare un viaggio in macchina con lei, è una ragazza molto divertente, ma era da un po' che avevo bisogno di staccare da tutto. L'avrei chiamata quando mi fossi sistemata in un posto sicuro.»

«Vedo che sei mezza addormentata, quindi ti chiederò in un altro momento cosa intendi per *tutto* e *sicuro*» la avvertì.

Carlise era troppo comoda, troppo calda, troppo assonnata per protestare. «Ok.»

«Hai bisogno di chiamare una delle due per rassicurarle che stai bene? Ormai sei qui da qualche giorno.»

Scosse la testa. «Il mio telefono sarà scarico, e immagino che quassù non ci sia campo.»

«Infatti non c'è, ma ho il telefono satellitare. E possiamo ricaricare il tuo cellulare se hai bisogno di cercare i loro numeri.»

«È vero. Mi ero dimenticata che JJ ti ha chiamato.»

«Si sente in colpa per esserti saltato alla gola.»

Carlise scrollò le spalle. «Era preoccupato per te. Non posso essere arrabbiata per questo.»

«Be', quando vorrai chiamare Susie o tua madre, fammelo sapere e provvederemo.»

«Grazie.»

«E il tuo lavoro?»

Aveva la mente intorpidita, era così stanca. «Il mio lavoro cosa?»

«Hai bisogno di chiamare il tuo capo o altro? Non so nulla di traduzione di libri.»

«Sono il capo di me stessa. Posso lavorare da qualsiasi posto. Ora che so che hai l'elettricità e che posso caricare il portatile, probabilmente dovrei darmi un po' da fare.»

«Tra poco andrò fuori ad accendere il generatore, così potrai ricaricare il cellulare e il portatile. Potremo fare anche la doccia.»

A quell'affermazione si rianimò. «Doccia?»

Riggs ridacchiò. «Sì, con il generatore in funzione avremo anche l'acqua calda.»

«Oh, mi sembra il paradiso.»

«Stai dicendo che puzzo?» scherzò.

In risposta girò la testa e inspirò profondamente. Sapeva di fumo e di uomo, con un sentore di detersivo per il bucato. «No» rispose con un piccolo sospiro.

Le sembrò di sentirlo annusarle i capelli, ma doveva essersi sbagliata. «Sei stanca» le disse dopo un attimo. «Dovresti dormire.»

Carlise sbadigliò. «Ma non è nemmeno mezzogiorno.»

«E allora? Hai avuto dei giorni difficili.»

«Anche tu.»

«Allora possiamo riposare entrambi.»

«Va bene.» Fece per alzarsi, ma Riggs strinse le braccia intorno a lei.

«Resta qui. Sto comodo.»

Inclinò la testa all'indietro e lo guardò. «Non sono troppo pesante?»

«No.»

«Siamo due estranei.»

«No, non lo siamo» replicò senza esitazione. «Non ti sento come un'estranea, ma se ti sto mettendo a disagio...» la sua voce si affievolì.

Scosse subito la testa. «No. Mi dà una bella sensazione stare così. Calda.»

«Mi ricordo questa cosa» mormorò, dopo che lei riappoggiò la testa sul suo petto.

«Quale?»

«Tenerti tra le braccia. È una sensazione familiare. Giusta.»

Non si sbagliava. Carlise sospirò di nuovo, soddisfatta.

Susie le avrebbe detto che si stava comportando in modo troppo impulsivo, l'avrebbe avvertita di stare attenta, di non lasciare che il cuore prendesse il sopravvento sulla testa. Sua madre avrebbe fatto un sospiro malinconico dicendole che era un segno, che lei e Riggs erano destinati a stare insieme. Probabilmente la verità stava nel mezzo.

Ma al momento non riusciva a trovare le energie per pensarci. Per suggerire a Riggs di dormire sul suo letto mentre lei sarebbe stata sul divano. Si sentiva troppo a suo agio lì dov'era. Così gettò la prudenza al vento e si accoccolò ancora di più vicino a lui. Le sue braccia la strinsero per un attimo e lo sentì sollevare la coperta che lei aveva usato sulle spalle per coprirli entrambi.

«Dormi, Carlise.»

Poteva giurare di averlo sentito baciarle la tempia, ma

doveva essersi immaginata quel tenero tocco. Prima che potesse rifletterci, chiuse gli occhi e si addormentò.

CAPITOLO SEI

CHAPPY ERA in cucina a preparare una cena abbondante per sé e per la sua ospite. Aveva fatto rosolare il macinato di manzo, aveva aggiunto del condimento per taco e dei pomodori Ro-Tel e aveva appena versato gli spaghetti in un'altra pentola. La pasta tacos era uno dei suoi piatti preferiti ed era sicuro che Carlise avrebbe gradito un pasto caldo. Odiava che avesse mangiato panini al burro di arachidi per tre giorni, ma l'atteggiamento pratico con cui aveva affrontato la situazione in cui si era trovata, non aveva fatto altro che aumentare la sua ammirazione per lei.

Stava ancora dormendo profondamente sul divano. I suoi capelli biondi erano scompigliati e aveva un'aria esausta. Si era svegliato circa un'ora dopo che si erano assopiti e non era riuscito a riaddormentarsi. Aveva riposato per tre giorni e il suo corpo gli stava dicendo che era più che sufficiente. Così era scivolato via da sotto di lei e poi si era limitato a guardarla per un lasso di tempo imbarazzante.

Quando alla fine era riuscito a staccarsi, era andato in bagno, aveva letto un po', controllato Baxter, si era preparato uno spuntino... e Carlise non si era mossa. Sapeva che probabilmente avrebbe dovuto svegliarla, altrimenti poteva rischiare di non dormire durante la notte, ma non ne aveva avuto il coraggio. Era chiaramente esausta per lo stress di aver badato a lui per giorni.

Ma anche per quello che l'aveva fatta fuggire da Cleveland fino a portarla alla sua baita remota.

Aveva detto abbastanza da fargli supporre che il suo ex, forse quello che l'aveva picchiata, le stesse causando problemi e che stesse scappando proprio da quello stronzo... il che lo faceva infuriare. Chappy odiava pensare che qualcuno potesse farle del male.

Mentre la pasta bolliva uscì ad accendere il generatore, così avrebbe potuto controllare le telecamere. Non era che non si fidasse di lei; non pensava assolutamente che avesse frugato in casa sua in cerca di oggetti di valore da rubare, era più curioso di sapere cosa lui aveva detto durante le allucinazioni.

I suoi amici lo avevano accusato di essere paranoico, e che avere delle telecamere all'*interno* della baita oltre a quelle esterne era esagerato. Ma non gli importava. Dopo essere stato rapito e torturato aveva bisogno della rassicurazione che in casa era tutto a posto quando lui non era presente.

Ce n'erano due di piccole posizionate alle estremità opposte della stanza che gli permettevano di vedere tutto ciò che accadeva. Erano collegate a un'applicazione sul suo cellulare, che per fortuna aveva ancora abbastanza batteria per poter scaricare. Aveva anche la connessione internet via satellite, che funzionava quando il generatore era acceso, permettendogli di ricevere messaggi e mail. Spesso era inaffidabile, soprattutto in caso di vento forte o di altri eventi atmosferici. Aveva avuto intenzione di installare un ripetitore e anche un'antenna migliore, ma non era riuscito a farlo prima che arrivasse la tempesta di neve.

Trattenne il respiro, sperando di avere un segnale sufficiente per scaricare i video dal disco rigido. Per fortuna c'era, ma la connessione era lentissima. Di solito ciò significava che la linea internet si sarebbe interrotta del tutto. Il fatto che stesse riuscendo a scaricare quelli degli ultimi giorni era già di per sé un piccolo miracolo.

Quando terminò, spense il generatore e tornò in casa, si appoggiò al bancone della cucina e aprì l'app sul telefono. Niente di ciò che i video mostrarono gli fece cambiare idea su Carlise.

Scorrendo i filmati, la vide dargli più volte una mano ad andare in bagno e a tornare a letto, aiutarlo a indossare una maglietta pulita, preoccuparsi per lui mentre cercava di farlo bere o mangiare.

Non riusciva a smettere di continuare a guardare il momento in cui si era seduta sul letto per calmarlo quando lui aveva gridato nel sonno. Come l'aveva cercata, anche nel suo delirio.

Come i loro corpi erano accoccolati in modo naturale mentre dormivano.

Non c'era da stupirsi che gli fosse sembrato familiare tenerla tra le braccia quando se l'era messa sulle ginocchia. Si adattava perfettamente a lui, formosa in tutti i punti giusti, e apprezzava particolarmente come mostrava apertamente le sue emozioni e che la prima reazione ai suoi incubi fosse stata quella di cercare di farlo sentire meglio.

La verità era che funzionava. Quando lo tranquillizzava, lo toccava... quando lui la stringeva a sé, tutto il casino che aveva in testa si calmava, dandogli una pace rara e inebriante.

Carlise Edwards aveva qualcosa di speciale, e guardando quei video Chappy decise che non poteva lasciarsela scappare.

Forse era disperato. Forse non aveva l'attenzione di una donna da troppo tempo. Ma non pensava fosse così. Se l'avesse incontrata per le strade di Cleveland, non aveva dubbi che avrebbe sentito la stessa attrazione che provava lì, nella natura selvaggia del Maine. Era stato pronto a prendersi cura di lei, ad aiutarla dopo averla trovata sotto quella bufera, ma i ruoli si erano invertiti. Era stata lei a occuparsi di lui in modo perfetto.

E, stando ai video, lo aveva fatto senza un briciolo di disgusto o di esasperazione. Aveva fatto ciò che doveva per il benessere di entrambi.

Quello era il tipo di donna che voleva. Una che non si spaventava quando le cose si mettevano male. Una che combatteva le avversità. Se l'era cavata per tre giorni senza elettricità o senza poter cucinare il cibo che aveva trovato nella dispensa. Alla fine avrebbe scoperto da sola come far funzionare il fornello o riscaldare qualcosa sul caminetto. Nel frattempo, non si era lamentata delle circostanze che aveva dovuto fronteggiare. Si era semplicemente adattata.

Non poteva negare che anche il modo in cui si comportava con il cane contribuiva a fargli provare affetto per lei. Aveva un debole per gli animali che avevano subito abusi ed era da molto tempo che non vedeva un cane che era stato maltrattato come Baxter. Aveva letteralmente salvato la vita di Carlise ed era sollevato che lei avesse fatto di tutto per dargli uno spazio sicuro e per assicurarsi che mangiasse.

Sì, tutto sommato lei era esattamente il tipo di donna che aveva sognato... quando ancora pensava di avere una possibilità di intraprendere una vera relazione. Essere tenuto prigioniero lo aveva cambiato, aveva modificato le sue prospettive. Da allora tutto ciò che desiderava era essere lasciato in pace.

Finché Carlise non era comparsa nella sua vita. Ora non riusciva a immaginare che se ne andasse.

Si sentiva un po' in colpa per le telecamere, ma glielo avrebbe detto quando si sarebbe svegliata. Non voleva che pensasse che la stava spiando. Erano lì solo per motivi di sicurezza, per quando lui non era nella baita.

Un rumore proveniente dalla zona giorno attirò la sua attenzione e si voltò per vedere Carlise raddrizzarsi a sedere sul divano. Aveva lo sguardo assonnato, i capelli arruffati e la maglietta attorcigliata intorno al busto... di cui poteva vederne ogni deliziosa curva.

«Che ora è?» gli chiese un po' intontita.

«Ho preparato un pasto caldo» disse lui, invece di rispondere alla sua domanda.

«Ha un buon profumo. Anche se credo che a questo punto qualsiasi cosa che non sia un panino al burro di arachidi e marmellata avrebbe un sapore paradisiaco.»

Le sorrise. «Quando ti va è pronto. Più tardi accenderò il generatore, ma ho scaldato dell'acqua se vuoi lavarti.»

«Oh, mi piacerebbe molto» replicò, sembrando un po' più sveglia.

«Allora porto questa pentola in bagno.»

Carlise si alzò e aggrottò le sopracciglia. «Sei sicuro di poterlo fare? Come ti senti? Hai ancora la febbre? Hai preso del Tylenol oggi?»

Non poté fare a meno di sorridere. «Sto bene. Non ho la febbre e sì, ho preso qualcosa.»

«Ok. È solo che... ho passato tre giorni a cercare di farti guarire e mi dispiacerebbe se tu avessi una ricaduta mentre sto dormendo» replicò con una piccola scrollata di spalle.

Chappy non riuscì a trattenersi dall'andare dalla donna che era apparsa dal nulla e che stava rapidamente diventando un'ossessione. Quando la raggiunse la abbracciò.

Con suo grande sollievo, lei non si tirò indietro allarmata. Al contrario, si accoccolò a lui lì accanto al divano.

Le appoggiò la guancia sulla tempia e sospirò soddisfatto. «Grazie» disse con fervore. «Non riesco a ricordare l'ultima volta che qualcuno ha fatto qualcosa di così altruistico per me.»

Carlise ebbe la reazione che si aspettava. Scosse la testa contro il suo petto, poi si tirò indietro e alzò gli occhi per incontrare il suo sguardo. «Non avrei lasciato che ti arrangiassi da solo, Riggs. Sei stato tu a uscire sotto la bufera per trovarmi mentre eri ammalato. Se tu non avessi seguito Baxter...» La sua voce si spezzò e rabbrividì.

«Ma l'ho fatto. Tu stai bene e anch'io» la rassicurò.

«Già.»

L'ultima cosa che voleva era lasciarla andare, ma si costrinse a lasciar cadere le braccia e a fare un passo indietro. «Tre giorni fa eravamo degli estranei e ora mi sembra di conoscerti da sempre.» Scrollò le spalle. «Non lo capisco, ma negli anni ho imparato a non mettere in discussione cose come questa.»

«Lo stesso vale per me» replicò lei, riempiendolo di sollievo. «Ma so che le situazioni estreme a volte fanno sì che le persone si sentano più vicine di quanto potrebbe succedere in un contesto normale.»

Chappy scosse la testa. «Ho la sensazione che mi sarei sentito allo stesso modo a prescindere dal luogo o dal momento del nostro incontro.» Voleva dire di più. Voleva dirle che non l'avrebbe costretta a intraprendere nessun tipo di relazione se lei non avesse voluto. Ma era troppo presto per affrontare una conversazione del genere... giusto?

Si schiarì la gola e indietreggiò verso la cucina. «Ti porto la pentola in bagno, ma fai attenzione perché sarà ancora calda al tatto anche se l'acqua non bolle più. Ok?»

«Certo» rispose annuendo.

Rimase accanto al divano mentre lui portava l'enorme pentola in bagno.

«Fai con calma. Il cibo non andrà da nessuna parte.»

«Va bene. Grazie.» Gli fece un piccolo sorriso prima di andare verso il suo zaino che era appoggiato contro il muro. Chappy l'aveva visto ma non lo aveva spostato. Lei non si era messa a frugare nei cassetti e tra i suoi oggetti personali mentre lui era incosciente, anche se, a essere sinceri, a ruoli invertiti lui lo avrebbe fatto di sicuro. Tuttavia, non voleva ripagare la sua premurosità e il suo altruismo frugando tra le sue cose.

La guardò tirare fuori un cambio di vestiti, poi andare in bagno e chiudere la porta.

Chappy fece un lungo respiro. Era un po' scioccante rendersi conto di quanto la baita sembrasse vuota senza di lei. Era ridicolo, ma non riusciva comunque a liberarsi di quella sensazione. Carlise non ci mise molto a fare le sue cose, e quando riapparve con i capelli bagnati intorno al viso, capì che aveva approfittato dell'acqua calda per lavarselo.

Si chiese subito se si fosse lavata anche altre parti del corpo, ma sentendosi un pervertito, si sforzò di scacciare quel pensiero. Se la immaginava nuda nel suo bagno mentre si passava una delle sue spugne sulle curve morbide...

No... doveva smetterla.

Si schiarì la gola e le chiese: «Tutto bene?»

Lei annuì. «L'acqua calda è stata meravigliosa. Grazie.»

«Domani riaccenderò il generatore e potremo fare la doccia entrambi. Non ci sarà molta acqua calda, ma sarà sufficiente per farne una veloce. Possiamo anche fare una lavatrice.»

«Non darò mai più per scontata l'acqua calda o l'elettricità» disse con un piccolo sorriso. Lasciò cadere i vestiti sporchi accanto allo zaino, poi andò in cucina. «Come posso aiutarti?»

«Non è necessario, È tutto pronto. Siediti pure. Cosa vuoi da bere?»

«Va benissimo l'acqua.»

Chappy percepì il suo sguardo ansioso su di lui, mentre riempiva due piatti di pasta cremosa.

«Che c'è?» non poté fare a meno di chiederle. «Cosa c'è che non va?»

«Niente.»

«Non fare così» disse con calma, catturando il suo sguardo. «Non dire che non c'è niente che non va quando vedo che sei preoccupata per qualcosa. Puoi chiedermi e dirmi qualsiasi cosa. Non mi arrabbierò. Non ti punirò se la pensi diversamente da me. Le cose tra noi sono passate da zero a cento in un lampo, ma non voglio che tu abbia l'impressione di non poter esprimere una preoccupazione o di non potermi dire cosa ti passa per la testa.»

«È solo che non sono abituata a stare seduta e a lasciare che qualcuno si occupi di me» rispose. «Tommy si aspettava sempre che facessi tutto io. Cucinare, pulire, portargli una birra. E, naturalmente, mi sembra anche strano stare ferma qui dopo aver fatto tutto io negli ultimi giorni.»

Non per la prima volta, Chappy avrebbe voluto fare il culo al suo ex. Portò i piatti pieni sul tavolo, poi tornò in cucina a prendere i due bicchieri d'acqua, due forchette e due tovaglioli di carta.

Posò tutto, si sedette, fece un respiro profondo e si voltò verso di lei. «Ho trentaquattro anni. Cucino per me da almeno dieci e mezzo. Mi sono sempre fatto il bucato da solo, ho pagato le bollette, lavato i piatti, i pavimenti, il bagno e tutto il resto. Non mi aspetto che tu, o chiunque altro, faccia queste cose per me. Anzi, mi sembrerebbe molto strano starmene seduto e lasciare che sia *tu* a farle.

Inoltre, non mi piace l'idea che tu abbia dovuto occuparti di tutto mentre io ero ammalato. Non fraintendermi, te ne sono grato e non riesco a ricordare l'ultima volta che qualcuno si sia fatto in quattro per me... ma non mi aspetto, e non voglio, questa dinamica in nessun tipo di relazione, sia essa platonica o romantica.»

Carlise lo stava fissando con uno sguardo così rapito che avrebbe voluto poterle leggere nel pensiero per sapere a cosa stesse pensando. Quando non fece alcun commento, continuò a parlare.

«Devo ammettere che è bello cucinare per qualcuno che non sia io. Faccio sempre troppa roba e vado avanti ad avanzi per giorni. Di solito mi stufo di mangiare sempre la stessa cosa, ma mi sentirei in colpa se buttassi via del cibo che non è avariato. Quindi, mi stai facendo un favore.»

Le sue labbra ebbero un guizzo mentre alzava gli occhi al cielo. «Che io ti permetta di servirmi e riverirmi è farti un favore?»

«Sì» rispose con un sorriso.

«Se lo dici tu» mormorò, e prese la forchetta.

Chappy sapeva che la pasta tacos era buona, ma trattenne il fiato quando lei si mise in bocca il primo boccone: i suoi occhi si allargarono mentre masticava. Dopo aver deglutito, gli sorrise. «Porca miseria, Riggs.... è *buonissima*!»

Lui ridacchiò. «Non so quanto possa essere un complimento visto che negli ultimi tre giorni non hai mangiato altro che panini con il burro di arachidi e la marmellata.»

«No, sul serio. È davvero molto buona» disse entusiasta.

«Be', ce n'è in abbondanza, quindi dacci dentro» replicò, provando un immenso piacere. Era sciocco dato che quello era solo cibo, ma mentre stavano seduti lì, e lei mangiava il pasto che le aveva preparato, si sentì ancora più protettivo verso quella donna. Non era solo per il cibo, nel profondo della sua anima si era insinuato un senso di soddisfazione per aver provveduto a lei.

Non aveva mentito quando le aveva detto di essere un protettore. Gli piaceva essere necessario, fare le cose per gli altri. Ma quella era una sensazione diversa.

Diversa dall'aiutare gli amici o i vicini. Dall'assistere un turista sul sentiero degli Appalachi. Era diverso dal voler ricambiare il favore dopo che lei si era presa cura di lui.

Si stava già innamorando di Carlise.

Non era da lui. Aveva incontrato la sua buona parte di donne nel corso degli anni, e nessuna di loro gli aveva fatto provare ciò che sentiva in quel momento, seduto al tavolo della sua umile baita, orgoglioso di condividere un pasto preparato da lui. Nessuna ci si era minimamente avvicinata.

Forse non conosceva molti dettagli della sua vita, ma sapeva che Carlise era il tipo di persona che avrebbe fatto tutto il necessario per prendersi cura di un suo simile, anche se non lo conosceva. Era il tipo di persona che si preoccupava di un cane randagio, che gli dava da mangiare e si assicurava che fosse al caldo e protetto mentre infuriava una bufera.

Era il tipo di donna che non aveva tollerato di essere maltrattata da un uomo, che se n'era andata la prima volta che aveva alzato le mani su di lei. Che si era rifiutata di ficcare il naso nella vita privata e negli effetti personali di un uomo, anche se lui non lo avrebbe mai saputo perché stava delirando. Il tipo di donna che trovava piacere in qualcosa di semplice come l'acqua calda.

Ok, forse sapeva molte più cose su di lei di quanto pensasse. E ognuna gli faceva venire voglia di saperne di più.

«Sei incredibilmente silenzioso. Penso che tu abbia parlato di più quando stavi delirando» gli disse, con aria un po' nervosa.

«Scusa, non sono abituato ad avere ospiti.»

Lei fece una smorfia. «No, scusa tu. Appena posso mi tolgo dai piedi.»

«Non è quello che stavo insinuando» le disse, sentendosi prendere dal panico. «È solo che... non sono bravo a conversare. Mi stavo solo godendo il fatto di stare seduto qui con te e cercavo di ricordare l'ultima volta che mi sono sentito così contento. Di solito mangio in piedi e velocemente.»

«Anch'io. In un certo senso sedersi a tavola da soli ti fa pesare ancora di più la tua solitudine, vero?»

Chappy si sentì inondare da un senso di sollievo. Aveva

capito. Non avrebbe dovuto esserne sorpreso. «Sì» ammise. «Allora... parlami della tua attività di traduzione. Che tipo di libri traduci? Come hai imparato il francese così bene da poterlo fare? Immagino renda bene visto che ne hai fatta una professione.»

Il volto di Carlise si illuminò. Cominciò a raccontargli tutto ciò che comportava, e lui ascoltò solo metà delle parole. Era più che altro affascinato dalla passione che mostrava per il suo lavoro, da come si animava descrivendolo.

Quando concluse, gli rivolse un sorriso imbarazzato. «Scusa. Probabilmente ho detto molto più di ciò che ti interessava sentire.»

«No» replicò subito. «È affascinante. Credo di non averci mai pensato prima, ma è fantastico che i libri francesi possano essere resi disponibili per lettori di altre lingue. Non so cosa farei senza i libri.»

«Non è meraviglioso potersi perdere in una storia? Essere triste perché sei arrivato alla fine? Una delle cose più belle del mio lavoro è che posso comunicare direttamente con gli autori. A volte vengo ingaggiata dalle case editrici, ma la maggior parte della mia attività la svolgo per gli autori stessi. Quando mi scrivono e abbiamo una vera conversazione via mail, devo darmi un pizzicotto per accertarmi che non sto sognando.»

«È decisamente fantastico» disse Chappy, mentre la fissava con il gomito puntato sul tavolo e il mento posato sulla mano.

«Lo è davvero» concordò lei.

«Negli ultimi giorni non hai potuto fare niente. Sarai in ritardo con i tempi?»

Carlise alzò le spalle. «Non troppo. Voglio dire, probabilmente dovrei rimettermi a lavorare al più presto, ma preventivo sempre un ampio margine di tempo per ogni traduzione. L'ultima cosa che voglio è consegnare un libro in ritardo a un autore e incasinare il suo programma di pubblicazione.»

Diligente. Un'altra caratteristica da aggiungere alla lista dei pro di Carlise.

Rimasero in silenzio per un momento, poi lei inclinò la testa e disse: «Ascolta... lo senti?»

Chappy si irrigidì, sforzandosi di sentire ciò che aveva attirato la sua attenzione. «No, cosa?»

«C'è silenzio» sussurrò. «Mi ero talmente abituata all'ululato del vento che mi sembra strano non sentirlo.»

«Hai ragione. Speriamo significhi che la perturbazione ha finalmente deciso di spostarsi.»

«È quasi ora di dar da mangiare a Baxter. Pensi che potremmo unire un po' di questa deliziosa pasta alla sua cena? È calda, e so che gli piacerebbe. E poi c'è il formaggio... a tutti i cani piace il formaggio e il manzo.»

Lui ridacchiò. «Ne sono certo. È poco speziata e ne ho fatta una tonnellata. Come dicevo prima, quando cucino tendo a esagerare.»

«Be', ne sono felice. Perché potrei mangiarlo a colazione, pranzo e cena e non mi verrebbe mai a noia.»

«Disse la donna che ha mangiato burro di arachidi e marmellata per tre giorni di fila.»

Carlise sorrise e scrollò le spalle.

«Forza, mentre tu prepari il cibo per Baxter, io pulisco. Poi usciamo e ci assicuriamo che stia bene.»

«Posso...»

«No.»

Sbuffò. «Non sai cosa stavo per dire.»

«Stavi per dire che potevi aiutarmi a pulire. Ci penso io. Se mi aiutassi a lavare i piatti e a mettere via gli avanzi, Baxter mangerebbe più tardi.»

«Subdolo» disse, ma con un sorriso, quindi capì che non era davvero arrabbiata.

«No, pratico. Ora, quanta roba pensi di aggiungere al cibo di Baxter?»

Fu piacevole lavorare fianco a fianco con lei. La cucina non era molto grande, quindi si scontravano continuamente, ma fu una sensazione intima e per nulla imbarazzante. Era pazzesco quanto fosse contento di averla nel suo spazio.

Non ci mise molto a lavare i piatti e le altre stoviglie che aveva usato, e nemmeno Carlise per preparare la ciotola di Baxter. Le spiegò che raccoglieva i materiali riciclabili e li portava a Newton quando tornava a casa e che bruciava tutta la spazzatura che poteva. In estate creava anche un cumulo di compost. Per lui era importante causare il minor impatto possibile sull'ambiente e vivere nel modo più naturale che poteva quando era alla baita.

Si infagottarono bene per andare sul portico con la cena di Baxter, e Chappy trattenne il respiro mentre uscivano, pregando che fosse ancora lì.

Era rimasto.

Non appena aprirono la porta, la testa del cane spuntò dalla tana di coperte che aveva fatto. C'erano impronte di zampe che scendevano fino al cortile, quindi era ovvio che fosse andato a fare i suoi bisogni per poi tornare al caldo del suo piccolo rifugio.

«Ehi, Bax» disse Carlise a bassa voce. «Come stai? Sembri comodo. Anche se sarebbe molto più caldo e piacevole stare dentro con me e Riggs. Non ti faremo del male, te lo prometto. La bufera sembra essere passata ed è una buona notizia. Senza il vento dovresti stare molto meglio. Ti ho portato altro cibo e acqua. E oggi ti aspetta una sorpresa... Riggs ha fatto una cremosa pasta tacos! È buonissima. Penserai di essere morto e andato in paradiso. Ho aggiunto dei fagiolini e dei ceci, perché hai bisogno di sostanze nutritive, ma credo che non ti accorgerai nemmeno che ci sono in mezzo a questa delizia di manzo e formaggio che stai per divorare.»

Chappy aveva un sorriso enorme sul volto. Quella donna era adorabile, parlava al cane come se potesse capire quello che diceva. Ma in fondo forse la capiva. Baxter la guardava con la testa inclinata come se fosse concentrato su ogni parola.

Carlise posò le ciotole sulle assi di legno e le spinse verso il cane. Quando iniziò a indietreggiare, le disse: «No, restagli vicino e continua a parlare. Ha bisogno di sapere regolarmente che non gli farai del male. Che non gli darai del cibo per poi portarglielo via.»

«Non lo farei mai.» Sembrò scandalizzata, ma fece come le aveva suggerito e si sedette a terra lentamente, più vicina di quanto era solita fare.

«Bravo ragazzo. So di essere vicina, ma non ti farò del male. Il cibo è tutto tuo. Ho mangiato a sazietà. Più che a sazietà, se lo vuoi proprio sapere» mormorò in tono tranquillo. «E ne è avanzata molta di pasta. Vedrò di controllarmi in modo che tu possa averne un po' anche domani, ma non te lo garantisco. Potrei svegliarmi nel cuore della notte e sgattaiolare fuori fino alla ghiacciaia per mangiare il resto da sola.»

Continuò a parlargli di cose a caso, e alla fine il richiamo del cibo ebbe la meglio e Baxter strisciò fuori quel tanto che bastò per raggiungere la ciotola. Come aveva fatto in precedenza, non lo divorò in fretta, ma sembrò assaporare ogni boccone, come se temesse di non riceverne più e avesse bisogno di godersi l'esperienza finché poteva.

Lo capiva. Quando lui e i suoi amici erano stati prigionieri, non avevano mangiato regolarmente. E quando lo avevano fatto, il cibo era stato disgustoso, tipo farina d'avena annacquata o qualcosa che non sapeva di niente.

Il primo pasto consumato all'ospedale in Germania aveva avuto un sapore migliore di qualsiasi cosa avesse mangiato in vita sua. Aveva impiegato venti minuti per finire una semplice zuppa di pollo. Non perché il suo stomaco si fosse rimpicciolito, ma perché aveva voluto assaporare ogni boccone.

«Sta mangiando» disse Carlise, con lo stesso tono che aveva usato per parlare al cane.

«Chinati e metti la mano vicino alla ciotola. Non cercare di toccarlo, appoggiala lì e basta» le suggerì.

«Non voglio spaventarlo.»

«Per questo non devi toccarlo» replicò con calma.

Senza protestare oltre si chinò lentamente in avanti, continuando a parlare con quel tono calmo, mentre avvicinava la mano alla ciotola.

Baxter smise di mangiare per un attimo, la guardò, poi guardò la sua mano, quindi riportò l'attenzione sul cibo.

«Mi sta ignorando!» disse felice.

Chappy avrebbe ridacchiato se non avesse temuto di spaventare il cane.

Lo guardarono leccare la ciotola da ogni residuo di cibo. Poi, sorprendendoli e riempiendoli di gioia, leccò le dita di Carlise, solo una volta, prima di indietreggiare nella sua piccola tana.

Lei si girò e gli sorrise, e gli ci volle tutta la sua forza di volontà per non prenderla tra le braccia e baciarla senza ritegno.

«Mi ha leccata!» esclamò felice. «Hai visto, Riggs? Mi ha leccata!»

«Ho visto, tesoro.» Quel vezzeggiativo gli uscì senza che se ne rendesse conto. Ora che il cane aveva finito di mangiare e si era rannicchiato nelle coperte, Chappy si accovacciò sui talloni accanto a lei. Si tenne in equilibrio appoggiando una mano sulla sua spalla e l'altra sulla parete.

«Ehi, ragazzo. Sei stato bravo» lo lodò. «Grazie per essere venuto a prendermi e per avermi portato da Carlise.» I suoi amici avrebbero riso a crepapelle se lo avessero visto parlare con un cane, ma lui non aveva ancora avuto modo di mostrargli il suo apprezzamento e pensò che quello fosse il momento giusto per parlargli senza spaventarlo, cioè mentre era, sperava, rilassato e con la pancia piena.

Carlise si appoggiò a lui e i tre rimasero così per un lungo momento. Poi la sentì rabbrividire quando sotto il portico arrivò una folata di vento.

«È ora di rientrare» le disse con fermezza, alzandosi.

Non si lamentò, si limitò a prendere la ciotola del cane ormai vuota e a spingere quella con l'acqua più vicino alla cuccia di Baxter, poi allungò la mano verso l'alto per farsi aiutare ad alzarsi. Quando fu di nuovo in piedi, le passò un braccio intorno alla vita e la condusse alla porta.

Lei guardo il cane e disse: «Buonanotte, ragazzo. Ci vediamo domattina. Stai al caldo e al sicuro, ok?»

Naturalmente non le rispose, ma i suoi grandi occhi marroni rimasero fissi su di loro mentre rientravano nella baita.

CAPITOLO SETTE

CARLISE ERA SEDUTA su un lato del divano con il computer sulle ginocchia. Dopo aver dato da mangiare a Baxter, Riggs le aveva suggerito di lavorare un po'. Lui stava leggendo un libro dall'altro lato e lei non riusciva a fare a meno di lanciargli un'occhiata di tanto in tanto.

Aveva un aspetto migliore rispetto agli ultimi tre giorni. Preferiva di gran lunga che fosse in piedi e che si muovesse piuttosto che sdraiato immobile e ammalato. Era pazzesco come nel giro di poche ore fosse passato dall'essere praticamente incosciente a sembrare che non avesse avuto nulla. Ma era più che sollevata che fosse in via di guarigione.

Ora che lui era lucido si sentiva un po' a disagio. Era un'ospite indesiderata, e viveva nel suo spazio da tre giorni. Certo, in quel periodo di tempo non si era nemmeno accorto di lei, ma comunque...

Carlise aveva dormito tutto il pomeriggio, cosa che non succedeva mai, e ora non era affatto stanca, il che probabilmente era una buona cosa, perché non vedeva l'ora di discutere della sistemazione per la notte. Non ci aveva pensato due volte a dormire nel letto con lui mentre stava male. Era stato evidente che la volesse vicino. Inoltre, non sarebbe stato in grado di fare qualcosa di inappropriato. Ma ora che era sveglio e cosciente, non poteva infilarsi sotto le coperte come niente fosse.

Ma voleva farlo.

Dio, se lo voleva.

Non si era mai sentita così protetta come quando Riggs la teneva tra le braccia. Non si era mai sentita così soddisfatta.

Ed era assurdo. Stupido. Ridicolo.

Riggs Chapman era un estraneo. Non lo conosceva. C'era il rischio che potesse decidere all'improvviso che dovesse ringraziarlo "fisicamente" per averla salvata. Avrebbe potuto imporsi con la forza e Carlise non avrebbe potuto fare nulla, visto che lui era molto più forte. E non poteva andarsene... al momento era bloccata lì.

Il solo pensiero che qualcuno si prendesse qualcosa che lei non voleva dare, senza poi aver altra scelta se non quella di condividere degli spazi ristretti, le faceva quasi venire da vomitare.

«Stai bene?» le chiese.

Lo guardò sorpresa e annuì.

Lui la fissò per un lungo momento prima di ricambiare il suo cenno e tornare a concentrarsi sul libro che stava leggendo.

Cercò di tranquillizzarsi. Riggs non si sarebbe imposto mai a *nessuno*. Era vero che non lo conosceva bene, ma quel giorno aveva avuto molte occasioni per diventare aggressivo, per farle del male se avesse voluto, e non l'aveva fatto. Le aveva preparato la cena, le aveva parlato della sua solitudine, si era seduto con lei mentre dava da mangiare a Baxter.

Era *convinta* che fosse un brav'uomo.

Ma non vedeva l'ora di chiamare Susie per avere la sua opinione. La sua amica era fin troppo schietta e una su cui poteva contare per avere un buon consiglio. Ma forse era meglio non farlo. Si stava godendo la pausa dalla sua vita reale, e anche se non pensava che Tommy potesse rintracciare le sue chiamate, non aveva intenzione di rischiare. Non ancora. Voleva aspettare ancora qualche giorno e sentirsi completamente al sicuro prima di doversi preoccupare che il suo stalker ricominciasse a molestarla.

Facendo un respiro profondo riportò l'attenzione sul libro che stava traducendo. Era uno dei suoi generi preferiti, un romantic suspense. La protagonista era nei guai e aveva bisogno che l'uomo della sua vita la aiutasse a uscirne. Aveva sempre desiderato essere come le eroine di quei libri. Forte. Resiliente. Coraggiosa.

Non si era mai sentita così. Mai. Accidenti, al minimo segno di una minaccia, cosa faceva? Scappava.

Ma le donne dei libri che traduceva non erano come lei. Il più delle volte affrontavano il pericolo con determinazione. Anche quando tutto andava storto continuavano a combattere, non si arrendevano.

Per un attimo Carlise provò a immaginare cosa avrebbe fatto se Tommy si fosse presentato alla baita. Sarebbe stata come una delle eroine dei libri che amava e lo avrebbe affrontato? Lo avrebbe mandato al diavolo preparandosi a proteggersi?

Probabilmente no. Si sarebbe spaventata e il suo primo istinto sarebbe stato quello di nascondersi, di scappare... se

Tommy non fosse riuscito a trascinarla subito via per farle ciò
che voleva.

Rabbrividì, detestando il pensiero che il suo ex potesse
portare a termine tutte le minacce che le aveva fatto via mail
e sms. Doveva essere stato lui, altrimenti chi altro poteva
essere?

Riggs si alzò di punto in bianco e andò verso il letto per
prendere una delle soffici coperte ripiegate sul bordo e
portarla sul divano. Senza dire una parola la scrollò, poi le fece
cenno di spostare il portatile.

Lei lo sollevò e lasciò che le stendesse la coperta sulle
ginocchia, sopra quella che già c'era. Poi si voltò verso il fuoco
e aggiunse un altro ciocco, facendo danzare le fiamme con
rinnovata vivacità.

Infine, si risedette. «Meglio?»

Solo in quel momento si rese conto che l'aveva vista
rabbrividire e aveva pensato che avesse freddo.

All'improvviso le venne voglia di piangere. Era così in
sintonia con i suoi bisogni. Così desideroso di darle tutto ciò
che pensava volesse. Tommy era *mai* stato così? Per niente. E
di sicuro suo padre non si era mai interessato tanto a sua
madre.

«Sì, molto. Grazie» gli rispose.

Le sorrise, poi tornò a concentrarsi sul libro.

Accidenti. Si stava innamorando di quell'uomo.

In un solo giorno si era comportato più lui da fidanzato di
quanto avesse fatto Tommy o qualsiasi altro ragazzo con cui
era uscita. E sembrava che gli venisse naturale. Non stava
esagerando solo per ingraziarsela. Non faceva il ruffiano, né ci
provava apertamente con lei in modo disgustoso. Si comportava esattamente come la persona che era.

E le piaceva molto.

Ma non aveva idea di cosa pensasse di *lei*. Era stata un'ospite inattesa, qualcuno che era stato costretto ad accettare. Perché un uomo come Riggs non avrebbe mai voltato le spalle a qualcuno in difficoltà. E chi poteva sapere per quanto tempo ancora sarebbero rimasti bloccati in quella baita? Quel pover'uomo era andato lassù per avere un po' di pace e tranquillità.

A essere sincera, però, non sembrava poi così turbato. Aveva persino detto che gli faceva piacere avere qualcuno con cui cucinare e mangiare.

Decise di aver bisogno di darsi una calmata, così cercò ancora una volta di concentrarsi sulle parole sullo schermo davanti a lei. La bufera era passata, ciò significava che forse sarebbe stata in grado di tornare alla sua auto, a rimettersi in viaggio e ad andare avanti con la sua esistenza.

Il pensiero di lasciare la baita, di lasciare lui, le provocò una stretta al petto. Aveva la sensazione che quando se ne fosse andata, si sarebbe allontanata da qualcosa di straordinario. Qualcosa che avrebbe potuto cambiarle la vita. Ma che altra scelta aveva? Di certo Riggs non le avrebbe dichiarato la sua eterna devozione implorandola di non andarsene.

Ma una piccola parte nel profondo di lei, quella romantica che credeva nel "vissero felici e contenti" e nel vero amore, desiderava proprio che succedesse. Aveva un lavoro che poteva svolgere ovunque. Perché non farlo da lì? O dal suo appartamento a Newton?

Un nuovo inizio sembrava davvero perfetto. Tommy alla fine avrebbe superato la sua ossessione, o qualunque fosse il suo problema. Sua madre probabilmente avrebbe pensato che aveva preso una decisione importante troppo in fretta, ma alla fine avrebbe capito. E lei e Susie potevano ancora essere migliori amiche, telefonarsi, scriversi mail e messaggi. Potevano ancora spettegolare e ridere insieme.

Era sicura che lei avrebbe amato il Maine. Credeva in cose come il Bigfoot e i rapimenti alieni, e quella zona era un focolaio di appassionati di entrambe le cose.

Per un momento fantasticò di trasferirsi lì. Di incontrare gli amici di Riggs, di salutarlo quando tornava a casa dopo aver fatto da guida a un gruppo sul sentiero degli Appalachi o dopo essere uscito nel cuore della notte per abbattere un albero caduto su una strada o sopra una casa.

Aggrottò la fronte. Era di nuovo ridicola. Nel migliore dei casi, Riggs forse avrebbe cercato di rimanere in contatto con lei dopo la sua partenza, soprattutto per assicurarsi che fosse al sicuro. Ma alla fine si sarebbero persi di vista definitivamente e sarebbero andati avanti con le loro vite.

«Non ti soddisfa?» le chiese.

Carlise sussultò sorpresa e lo guardò. «Cosa?»

«Sei seduta lì a fissare lo schermo senza scrivere. La traduzione non va bene?»

Si sentì infiammare le guance. Merda. Invece di lavorare aveva sognato a occhi aperti di vivere con l'uomo accanto a lei. «No. Va tutto bene. Cioè... stavo solo pensando.»

«A cosa?»

Per niente al mondo gli avrebbe detto la verità, cioè che aveva sognato di salutarlo quando sarebbe tornato a casa e di andare a letto insieme. «Solo alla vita. Cosa farò ora che la perturbazione è passata.»

«Be', non c'è fretta. Ci vorrà ancora un bel po' prima di poter andarcene da qui in sicurezza. Gli spazzaneve non vengono da queste parti. JJ vedrà cosa può fare, ma la priorità sarà la strada principale.»

Non riusciva a capire se fosse irritato o meno per il fatto che sarebbe rimasto intrappolato lì ancora per un po' di tempo. «So che non ti aspettavi di avere ospiti...» iniziò, ma Riggs la interruppe subito.

«Non me lo aspettavo. Ma non mi dispiace che tu sia qui. Forse se fossi una stronza, se ti lamentassi della mancanza di elettricità, del fatto che siamo in mezzo al nulla o se fossi una rompiscatole in generale, mi darebbe fastidio. Ma credo che ti sia adattata perfettamente a questa vita.»

Le sue parole le si insinuarono nell'anima. «In realtà adoro la tranquillità che c'è da queste parti.»

«Anch'io. Anche se non credo che potrei vivere qui a tempo pieno» disse con un'alzata di spalle. «Voglio dire, mi piace venire qui per ricaricarmi, per riconnettermi con la natura, per allontanarmi dalle persone fastidiose, ma alla fine mi manca la possibilità di fare un salto al supermercato per prendere qualcosa che mi serve o di andare a mangiare un hamburger al fast-food o altro.»

«A Newton ci sono i fast food?» lo stuzzicò.

Fece un sorrisetto. «C'è di meglio. Il Granny's Burgers» disse. «È un minuscolo ristorante a conduzione familiare dove fanno i migliori hamburger che abbia mai assaggiato. E le patatine fritte. Signore, sono così buone.»

Carlise sorrise.

«Comunque, sto solo dicendo che amo questa baita, ma *La casa nella prateria* non è la vita che voglio a tempo pieno.»

«Cosa ne sai de *La casa nella prateria*?» gli chiese.

Improvvisamente, una sfumatura rossastra gli colorò le guance. «Ti ho detto che mi piace leggere» rispose un po' imbarazzato.

«Hai letto i libri?»

«Sì. Avevo intenzione di leggerne solo uno... ma mi sono ritrovato risucchiato nella storia. Non riuscivo a smettere. Adoro trovare una bella serie.»

«Anch'io.»

«Gli autori sono crudeli, ci fanno amare tutti i personaggi che si inventano e di solito è impossibile *non* prendere il libro successivo.»

«Vero? E quando nel primo libro introducono un personaggio di cui *vogliamo* assolutamente leggere la storia, per poi scoprire che non lo faremo fino all'ottavo volume? Che cattiveria» concordò Carlise.

Riggs ridacchiò. «Comunque, stavo solo dicendo che pur amando questo posto, non ho intenzione di farne la mia residenza permanente.»

Lo fissò per un lungo momento e alla fine annuì.

«Bene, ora smetto di parlare, così puoi lavorare un po'. Vuoi sistemarti sul tavolo? Potrebbe renderti le cose più facili?»

«No. Sto bene qui. Grazie, comunque.»

«Va bene. Se hai bisogno di qualcosa, fammelo sapere.»

Annuì di nuovo e lo guardò abbassare gli occhi sul libro che aveva in mano. Fece un respiro profondo. Doveva lavorare. Non era ancora in ritardo, ma lo sarebbe stata se si fosse presa troppi giorni di pausa.

Grazie al cielo, in pochi minuti si ritrovò coinvolta dalla storia e la traduzione proseguì abbastanza rapidamente. Era sempre più facile quando le piaceva ciò che stava traducendo. Per fortuna non era troppo esigente e amava leggere praticamente tutti i generi, quindi non succedeva spesso che un romanzo non le piacesse.

La familiarità del suo lavoro prese il sopravvento e Carlise si perse a far sì che la costruzione delle frasi in inglese rendessero perfettamente il significato del francese.

———

Chappy non riusciva a impedirsi di lanciare occhiate a Carlise. Era così affascinato dalla donna accanto a lui che non era stato in grado di rimanere concentrato sul libro e non aveva idea di cosa stesse leggendo; era parecchio che non girava pagina. Aveva notato che le ci era voluto un po' di tempo prima di iniziare a lavorare, ma ora lo faceva sorridere vederla così immersa.

Si accigliava, aggrottava la fronte, digitava qualche parola, inclinava la testa mentre pensava, poi digitava di nuovo. Il processo di traduzione di un libro era incredibilmente interessante. E la donna che lo faceva lo era ancora di più.

Si chiese a cosa avesse pensato così intensamente prima di concentrarsi sul suo lavoro. Sì, l'aveva osservata di nascosto... e aveva visto tante emozioni passare sul suo volto. Più le stava vicino, più voleva entrare nella sua testa.

A Chappy non piaceva che pensasse che stava invadendo il suo spazio, ma era chiaro che ciò la preoccupava. Amava averla lì. Era davvero sollevato e grato a Baxter per averlo condotto dalla sconosciuta che si trascinava sulla strada. L'alternativa lo faceva inorridire. Il suo corpo ormai sarebbe stato sepolto dalla neve. Non l'avrebbe mai vista sorridere. Mai sentita ridere. Non avrebbe visto la sua compassione verso Baxter o verso di lui.

Il mondo sarebbe stato un posto meno luminoso senza di lei.

Ora era inammissibile il pensiero che avrebbe potuto non

incontrarla mai. Gli sembrava di conoscerla da anni. Si sarebbe sicuramente perso qualcosa se non fosse entrata nella sua vita.

Alla fine riuscì a riportare l'attenzione sul libro. Si trattava di un thriller di spionaggio e non aveva ancora idea di chi fosse il cattivo, cosa per la quale doveva fare un plauso all'autore. Di solito riusciva a capirlo abbastanza presto in una storia. Ma non in quella.

Quando lo finì non sapeva quante ore fossero passate, ma guardò Carlise e vide che aveva appoggiato la testa sul cuscino dietro di lei e stava dormendo profondamente. Teneva le dita ancora appoggiate sulla tastiera e si chiese quante volte in passato si fosse addormentata nel bel mezzo di una traduzione.

Chappy si alzò, muovendosi lentamente per non svegliarla. Mise un altro paio di ciocchi sul fuoco, poi tolse con cautela il portatile dalle sue ginocchia e mosse il mouse per far apparire il documento su cui stava lavorando. Grato che non fosse protetto da password, premette su "salva" per sicurezza e chiuse il computer prima di posarlo sul tavolo della cucina.

Poi, senza pensarci due volte, si chinò e le mise le braccia sotto le gambe e intorno alla schiena e la sollevò per portarla a letto.

Aveva avuto in testa quel momento per tutta la sera; come sistemarsi per la notte. La voleva nel suo letto. Voleva stare *con* lei. Avevano dormito rannicchiati quando lui era ammalato, ma l'istinto gli diceva che si sarebbe sentita a disagio a farlo ora, quando lui non era più delirante per la febbre. Se fosse stato un gentiluomo l'avrebbe stesa sul materasso e poi sarebbe andato a dormire sul divano.

Ma non voleva farlo.

«Riggs?» borbottò lei contro il suo petto. Gli aveva messo un braccio intorno al collo mentre la trasportava per quel breve tratto, e trattenne il fiato sdraiandola.

«Sì?» chiese sommessamente.

«Ho freddo.»

Le coperte con cui si era avvolta sul divano erano cadute quando l'aveva presa in braccio, e Chappy le sistemò rapidamente le gambe sotto quelle del letto e la coprì.

«Va meglio?»

«Mmmmm.» Era chiaro che fosse ancora mezza addormentata.

La fissò a lungo, dibattendo con se stesso. Avrebbe dovuto girarsi, tornare sul divano e dormire lì. Sarebbe stato presuntuoso fare diversamente, ed era probabile che lei avrebbe dato di matto se si fosse svegliata tra le sue braccia.

Ma i suoi piedi non volevano muoversi. Si sentiva inchiodato sul posto. Era tormentato dall'incertezza: letto o divano?

Quando lei rabbrividì anche sotto le coperte, prese la decisione.

Prima si era messo un paio di jeans e una maglietta a maniche lunghe, e anche se di solito dormiva solo con un paio di boxer, senza esitare sollevò il piumino e si sdraiò sul materasso completamente vestito.

Carlise aveva freddo e sarebbe stata più calda con lui accanto. Ma con i vestiti addosso avrebbe evitato che si sentisse a disagio al mattino. Stare pelle contro pelle sarebbe stato più efficace, ma non era disposto a fare qualcosa che avrebbe potuto farle pensare che si stesse approfittando di lei. Decidere di non spogliarsi non era stata una scelta difficile.

Nel momento in cui le si accoccolò contro, gli balenò in testa il ricordo di essere stato sdraiato con lei allo stesso modo, ma con le gambe nude intrecciate alle sue. Di aver infilato la mano sotto la sua maglia e di averla posata sulla sua pelle morbida.

Con sua grande sorpresa il suo cazzo si contrasse.

Si costrinse a pensare ad altro. Tipo che l'indomani mattina avrebbe dovuto uscire al freddo per accendere il generatore e anche a spalare la neve. Doveva chiamare JJ e chiedergli di andare ad aiutarlo con la macchina di Carlise...

Il pensiero che se ne andasse uccise all'istante il desiderio che provava.

Per ogni minuto trascorso con lei, ne desiderava dieci volte di più. Quel tipo di attaccamento non gli capitava mai. Di solito le persone lo infastidivano. Molto rapidamente. A volte anche i suoi amici. Gli piaceva stare da solo. Era un introverso. Ma con Carlise si sentiva estremamente a suo agio.

Lei borbottò qualcosa, poi si girò tra le sue braccia, seppellendo il viso nell'incavo del suo collo. Aveva il naso freddo e si dimenò contro di lui, spingendo entrambe le mani sotto la sua maglietta per posarle sulla pelle nuda del suo petto.

Chappy sorrise, anche se gli mancò il respiro al contatto delle sue dita fredde.

«Sei caldo» borbottò assonnata.

«Shhh» replicò, appoggiando il mento sulla sua testa.

Lei infilò una gamba tra le sue e si accoccolò il più stretta possibile.

Non si era mai sentito così rilassato. Erano entrambi completamente vestiti, ma quel momento fu comunque intimo. Carlise si dimenò ancora un po', poi sospirò in un modo che gli fece pensare che fosse appagata.

Per un attimo si preoccupò di nuovo di ciò che sarebbe

successo al mattino. Si chiese se si sarebbe arrabbiata per il fatto che erano a letto insieme. Se sarebbero stati ancora abbracciati in quel modo. Se avrebbe avuto paura di lui perché aveva scelto di dormirle accanto.

Ma più stava sdraiato con lei tra le braccia, più la sua preoccupazione si affievoliva. Avrebbe affrontato la sua reazione una volta svegli. L'avrebbe convinta che non c'era nulla di male in quello che avevano fatto. Che avevano semplicemente condiviso il calore dei loro corpi. Di notte la baita si raffreddava man mano che il fuoco si smorzava. Era la cosa più logica da fare.

Inoltre, era al sicuro con lui. Completamente, al cento per cento. Non le avrebbe mai fatto del male. Anzi, avrebbe dato la caccia a chiunque ci avesse provato.

Era soddisfatto della direzione che avevano preso i suoi pensieri. Quella donna era sua. Lo aveva capito d'istinto. Se lo sentiva fin nel midollo. Era stata condotta dritta alla sua porta per un motivo, e non l'avrebbe lasciata andare senza combattere.

Per fortuna aveva ancora un po' di tempo per convincerla che non era pazzo e che erano fatti l'uno per l'altra. Non aveva idea di come avrebbe fatto, ma qualcosa avrebbe trovato. Doveva farlo. Nella sua mente non c'era alternativa.

CAPITOLO OTTO

LA MATTINA successiva Carlise si svegliò con il sole che le brillava contro gli occhi. Aggrottò la fronte e sbatté le palpebre sorpresa. Erano giorni che non lo vedeva.

«Scusa» disse la voce profonda di Riggs, e percepì dei movimenti prima che il bagliore si affievolisse.

Aprì gli occhi e si accorse che era sdraiato accanto a lei – *proprio* accanto a lei – mezzo sollevato, per bloccare i raggi con la testa.

Si irrigidì e lo guardò, cercando di interpretare ciò che lui stava pensando e provando... senza successo.

«Hai dormito bene?»

Annuì.

«Non hai avuto freddo?»

Scosse la testa.

«Sei sonnolenta di mattina.»

Scrollò le spalle. «Senza caffè mi ci vuole più tempo per svegliarmi.»

«Tra un attimo vado fuori ad accendere il generatore. Preparo la macchina per il caffè e la accendo.»

«Hai una macchina per il caffè?» chiese incredula.

«Sì.»

Carlise chiuse gli occhi in estasi. «Oddio, che emozione» scherzò.

Quando Riggs rise, lo sentì riverberare nel busto. Il che la riportò a pensare alla posizione in cui si trovavano. Era stesa su un fianco con una gamba tra le sue e la mano appoggiata al suo petto sotto la maglietta, mentre con l'altra gli stringeva l'avambraccio. Era aggrappata come se non volesse lasciarlo andare... e si rese conto di non volerlo fare.

«Ehm... abbiamo dormito insieme.» Fece una smorfia non appena le parole le uscirono di bocca.

Ma lui non sembrò minimamente turbato. «Sì. Ti sei addormentata lavorando e non ho avuto il coraggio di svegliarti. Avrei potuto dormire sul divano ma... posso essere sincero? Non volevo. Volevo stare qui. Accanto a te. Ricordo vagamente che abbiamo dormito così quando ero ammalato, e devo dire che è molto meglio ora che non sono fuori di testa a causa della febbre.» La studiò per un attimo, poi aggiunse: «Non sono dispiaciuto, Carlise, ma non voglio che ti preoccupi o ti agiti per questo. Va bene?»

Era un problema che quell'uomo stupendo avesse voluto dormire al suo fianco per tutta la notte? Ehm... accidenti, no! Ma tenne per sé l'eccitazione e rispose solo: «Sì.»

«Ottimo. E ti andrà bene anche stasera, quando sarà ora di andare a letto e lo faremo di nuovo?»

Si sentì inondare da brividi di eccitazione. In realtà lui non stava dicendo che sarebbe successo qualcosa oltre a dormire, ma il suo corpo aveva altre idee. «Sì» ripeté.

Riggs sospirò e mormorò: «Grazie a Dio.»

Poi, con sua grande sorpresa, si chinò e le baciò la fronte. «Chiudi gli occhi, tesoro. Sto per muovermi e ci sarà di nuovo il sole.»

Fece come le aveva suggerito e sentì i raggi contro le palpebre quando lui si allontanò. L'aria fredda si infiltrò nel caldo bozzolo che avevano creato, e si rintanò subito sotto le coperte per cercare di preservare il calore del corpo di Riggs.

«Metto altri ciocchi sul fuoco. Presto la stanza si riscalderà. Per ora resta a letto» le disse.

Carlise aprì gli occhi e, mentre lui andava verso il caminetto, notò che aveva ancora addosso gli indumenti del giorno precedente. Sapere che erano rimasti entrambi vestiti e che, ovviamente, la sera prima non si era approfittato di lei, fece aumentare ancora di più la stima che già aveva di lui.

Il suo istinto aveva avuto ragione. Era un uomo d'onore. Non le avrebbe mai fatto del male. Non l'avrebbe aggredita o violentata non appena lei avesse abbassato la guardia.

Tuttavia, una piccola parte di lei, quella che era sempre stata delusa dagli uomini della sua vita, l'avvertì che ancora non lo conosceva così bene. Non sapeva se ci fossero parti di sé che teneva nascoste.

Lo guardò aggirarsi per la baita e poi tirare fuori da uno degli armadietti una vecchia macchina per il caffè, che lei non si era preoccupata di cercare. A un certo punto la guardò. «Vuoi dare da mangiare a Baxter stamattina? O vuoi restare a letto e lasciare che ci provi io quando esco per accendere il generatore?»

Carlise avrebbe voluto andare a controllare il cane, ma sentì nel suo tono il desiderio di fare amicizia con Baxter. «Puoi farlo tu, se non è troppo disturbo.»

«Mai» le disse lui con un piccolo sorriso.

Lo osservò mentre svuotava due barattoli di pollo sminuzzato in una ciotola, insieme a uno di fagiolini. «Lo stai viziando» gli disse.

«Ehi, questa è la prima volta che non ci sarai tu a dargli da mangiare. Devo incentivarlo a non scappare. Quando esco prendo anche un po' di pasta al formaggio dalla ghiacciaia. Torno subito.»

Dovette sorridere. Dove altro sarebbe potuto andare?

Passarono circa quindici minuti e nel frattempo Carlise si rannicchiò, aspettando il ritorno di Riggs. Quando sentì lo scricchiolio della porta, aprì gli occhi e lo vide entrare con un enorme sorriso sul volto e una ciotola vuota.

«Ha mangiato?» chiese inutilmente.

«Sì. Si sta riprendendo. È solo questione di tempo prima che riusciamo a portarlo dentro. Gli piacerà molto dormire davanti al fuoco. Ho fatto partire anche il generatore. È un po' rumoroso, ma appena avremo finito di fare ciò che ci serve, lo spegnerò.»

Ora che era un po' più sveglia, si rese conto che effettivamente si sentiva un ronzio all'esterno. Dopo aver sperimentato il silenzio della foresta, quel rumore stonava un po'.

«Puoi fare la doccia per prima» le disse. «Ci vorranno ancora una decina di minuti perché l'acqua si scaldi, ma farò partire il caffè e collegherò il tuo portatile in modo che sia completamente carico. Vuoi che metta sotto carica anche il telefono?»

Carlise si costrinse ad alzarsi a sedere. L'aria nella baita non era così fredda come quando si era alzato Riggs. Rifletté un attimo sulla sua domanda, poi scosse la testa.

«Sei sicura?»

«Ma almeno ci sarà campo?»

Lui scrollò le spalle. «Probabilmente no.»

Scosse di nuovo la testa. «Mia madre starà tranquilla ancora per qualche giorno. L'ultima volta che le ho parlato le ho detto che sarei stata offline per un po'.»

«Se ne sei proprio sicura.»

«Sì» replicò. Non era pronta per l'intrusione della vita reale. Voleva fingere di essere in vacanza.

Be'... la verità era che era spaventata a morte dal fatto che una volta acceso il telefono avrebbe ricevuto decine di mail e messaggi spaventosi dallo stalker. Non era ancora pronta ad affrontarlo. Voleva vivere in quel mondo di fantasia con Riggs ancora per un po'.

«Ok. Quando sei pronta, fammelo sapere. Pensavo che oggi potremmo fare una passeggiata.»

Lo fissò accigliata. «Ma ci sarà almeno un metro di neve là fuori.»

«Lo so» ammise lui con un sorriso. «Ma vorrei controllare l'area, vedere se ci sono alberi abbattuti di cui devo occuparmi. E c'è il sole. Probabilmente ci sono almeno sette gradi in più senza il vento che soffia. Sarà divertente.»

«Dice l'uomo abituato agli inverni del Maine» mormorò Carlise.

«Già» replicò Riggs senza il minimo imbarazzo. «Penso che anche a Baxter piacerà avere la possibilità di sgranchirsi le zampe.»

«Pensi che ci seguirà?»

«Penso che andrà ovunque andrai tu.»

«Non ne sono sicura. È abituato a stare da solo» disse, anche se la riempì di gioia il pensiero di piacere così tanto a Baxter che avrebbe voluto seguirla.

«C'è un vecchio detto che dice: "Se salvi una vita, ne sei responsabile". Lui ti ha salvata, quindi ora ti considera sua. Inoltre, gli hai dato del cibo quando stava morendo di fame, delle coperte quando stava congelando e gli hai parlato con un tono rilassante e affettuoso. Ho la sensazione che quel cane farebbe qualsiasi cosa per te.»

La gioia provata un attimo prima svanì quando pensò a ciò che sarebbe successo quando se ne fosse andata.

«Che c'è che non va?» le chiese, avvicinandosi al letto.

«È solo che... non ho mai avuto un cane. Non so come comportarmi. Sarebbe meglio se si attaccasse a te.»

«Troppo tardi, tesoro. Non fasciarti la testa prima di rompertela. Le cose si risolveranno.»

Sembrava così sicuro. Carlise aveva un milione di domande, ma non voleva scocciarlo, non dopo tutte le belle parole che aveva detto su di lei la sera prima. «Ok.»

«Bene. Se ti alzi e mi dai la roba che vuoi lavare preparo un carico per dopo la doccia. Per quando avrai finito di lavarti i denti e di fare le tue cose, l'acqua dovrebbe essere pronta.»

Si rese conto che sarebbe stata nuda dietro la porta del bagno. E non ricordava di aver visto una serratura. Riggs sarebbe potuto entrare mentre lei era sotto la doccia e...

No.

Non lo avrebbe fatto. Ne era convinta. Si costrinse a sollevare la trapunta e a uscire da sotto le lenzuola calde. Andò allo zaino e tirò fuori gli ultimi indumenti puliti che aveva. Le era piaciuto indossare la tuta di Riggs, ma ora che lui era sveglio e cosciente, le sembrava troppo intimo, così era tornata a mettersi la sua roba.

Era sollevata di poter lavare i vestiti, ma le fece un po' strano dargli la biancheria intima. Ovviamente lui non batté ciglio davanti al fagotto di indumenti. Li gettò semplicemente nel cesto che gli aveva visto usare poco prima, lo raccolse e si diresse verso un ampio armadio che non si era presa la briga di esaminare.

Tirò l'anta scorrevole e Carlise vide una piccola lavatrice con un'asciugatrice sopra. Gli elettrodomestici sembravano quasi fuori posto in quella baita, soprattutto dopo che avevano passato tutti quei giorni con il camino come unica fonte di luce. «Aggiungerò i vestiti che hai addosso quando avrai finito di lavarti» disse, mentre si chinava per prendere degli indumenti da mettere nella lavatrice.

Non poté fare a meno di fissargli il sedere. Era un'opera d'arte. Rotondo. Stretto. E le sue dita fremevano per toccarlo.

A quel pensiero si girò e andò in bagno. Stare vicina a Riggs era un inferno per la sua libido. Ma l'ultima cosa che voleva era metterlo a disagio. Le donne dovevano provarci con lui in continuazione. Era così bello. E non voleva fare nulla che potesse fargli rimpiangere di averla ospitata.

Mentre si lavava i denti, diede un'occhiata alla maniglia e vide che aveva avuto ragione. Non c'era la serratura. Ma non provò paura. Quando finì, aprì la doccia e rimase estasiata dalla velocità con cui l'acqua si riscaldò. Si spogliò il più velocemente possibile e fu sotto il getto caldo prima ancora di preoccuparsi del fatto di essere nuda e che solo una fragile porta la separava da Riggs.

Nessuna doccia le era mai sembrata così bella e giurò ancora una volta di non dare mai più per scontata l'elettricità o l'acqua calda.

———

Chappy digrignò i denti quando sentì l'acqua in bagno scorrere. Carlise era dall'altra parte della porta. Nuda. Insaponata. Nella *sua* doccia.

Il cazzo gli diventò duro e, a differenza dell'altra volta, non pensò subito a qualcos'altro per farlo sgonfiare. Prima gli ci era voluta tutta la sua forza di volontà per lasciarla nel letto. Non si era spaventata risvegliandosi tra le sue braccia. L'aveva presa con filosofia, come aveva fatto con tutto il resto da quando si erano conosciuti.

Non era riuscito a trattenersi dal dirle chiaramente che voleva dormire con lei anche quella notte, ed era stato sorpreso e sollevato quando non aveva protestato. Non gli era sfuggito il desiderio nel suo sguardo, né il modo in cui gli si era discretamente dimenata contro. Si era eccitata a quel pensiero e Chappy non era mai stato così elettrizzato in vita sua.

«Piano, Chap. Devi andarci piano» mormorò. «Non puoi saltarle addosso come un animale selvatico.»

Ma era così che si sentiva. Non aveva mai desiderato una donna quanto desiderava Carlise Edwards. In realtà quello era uno dei motivi per cui aveva suggerito di fare una passeggiata. Aveva bisogno di distrarsi dai sentimenti che suscitava in lui. Se fosse rimasto tutto il giorno in quella baita con lei, probabilmente avrebbe fatto qualcosa di cui si sarebbe pentito. Non voleva spaventarla lasciando che la sua brama rovinasse il legame che avevano.

Non era mai stato il tipo di uomo che aveva *bisogno* del sesso, ma più tempo passava con Carlise, più pensava che sarebbe impazzito di desiderio.

Voleva vederla guardarlo con occhi assonnati, far scorrere

le mani sul suo corpo nudo e sentirla tremare sotto e intorno al suo cazzo, mentre la portava al culmine del piacere.

«Dannazione» borbottò, passandosi una mano tra i capelli. Era ora di pensare ad altro. Il suo uccello pulsava nei pantaloni. Le sue palle erano tese, come se fossero pronte a liberarsi al solo pensiero di essere dentro la donna nella sua doccia.

Avrebbe potuto entrare, spogliarsi, unirsi a lei sotto l'acqua, e farla venire in pochi minuti sulle sue mani e sulla lingua. Era così sicuro della sintonia che avevano. Ma non avrebbe fatto nulla che potesse farle perdere la fiducia che stavano costruendo.

Ed era per quello che aveva bisogno di uscire. Per eliminare un po' di quell'energia travolgente. Si sentiva bene, come se non fosse stato ammalato. Senza Carlise sarebbe stato in condizioni molto peggiori, non aveva dubbi. Ma ora era più che pronto a fare qualcosa di fisico... qualcosa che non includesse spogliarsi e abbandonarsi a una maratona di sesso con la sua splendida ospite.

Dannazione. Di nuovo. Doveva darsi una regolata. Una volta in doccia si sarebbe masturbato, almeno si sarebbe calmato.

Chappy sapeva che in fondo si stava prendendo in giro da solo. Sì, masturbarsi poteva farlo sentire meglio per un po', ma non appena avesse posato gli occhi su di lei, il suo cazzo sarebbe stato di nuovo impaziente.

Sospirò e fece del suo meglio per concentrarsi a preparare il caffè. Aveva bisogno di berne una tazza quanto Carlise. Si appoggiò al bancone della cucina e, mentre il liquido scendeva, sentì che l'acqua non scorreva più. Si torturò immaginandola passarsi un asciugamano sul corpo bagnato, chinarsi per mettersi la biancheria intima, portare le braccia dietro la schiena per allacciarsi il reggiseno.

Dio! La sua mente non gli dava tregua! Non smetteva di pensare a quanto sarebbe stata seducente stesa sulle sue lenzuola. Nuda.

Quando lei aprì la porta del bagno, Chappy era così duro che si stupì di non essere venuto nei pantaloni. Gli sorrise e lui riuscì solo a dire: «Il caffè è pronto. Non ci metterò molto.» Poi la oltrepassò affrettandosi ad andare in bagno. Sentire il profumo del bagnoschiuma sulla sua pelle, vedere i suoi lunghi capelli inumidirle la maglietta, gli fece fuoriuscire uno schizzo di liquido preseminale. Aveva a malapena chiuso la porta che si spogliò ed entrò nella doccia.

L'acqua non aveva ancora avuto il tempo di riscaldarsi completamente, ma non era un problema, una doccia fredda gli avrebbe fatto bene. Era stato brusco con lei, e lo sapeva, ma non aveva voluto che Carlise vedesse la sua erezione. Se non fosse stato così conciso avrebbe rischiato di vedere la paura in quei bellissimi occhi azzurri, ed era inaccettabile.

Chappy si prese il cazzo in mano non appena fu sotto il getto, sibilando di piacere mentre iniziava ad accarezzarsi. Non ci volle molto. Non ebbe nemmeno la possibilità di versarsi del sapone sul palmo per aiutarsi a scivolare, perché non appena afferrate le palle con una mano e stretto il cazzo con l'altra, venne. Con violenza.

Schizzi bianchi colpirono la parete di plastica della doccia e immaginò come sarebbe stato vedere Carlise con il suo sperma sulle tette. Gli avrebbe sorriso e se lo sarebbe spalmato sulla pelle...

Merda. Il suo uccello si contrasse di nuovo e un altro schizzo gli ricoprì la mano. L'acqua era tiepida sulle sue spalle e si girò per lasciarla cadere sul viso, costringendosi a pensare a tutte le cose che doveva fare quel giorno.

Dopo circa un minuto fu in grado di prendere il bagno-schiuma e lavarsi, anche se usare la spugna sul cazzo fu quasi doloroso. Le sue palle erano ancora sensibili quando si lavò tra le gambe e gli sfuggì una risatina. Il fatto che avesse pensato che si sarebbe sentito meglio una volta masturbato era quasi esilarante. Se possibile, era ancora più eccitato.

Aveva bisogno di Carlise Edwards in un modo che lo scon-volgeva. E non solo per il sesso. Aveva bisogno dei suoi sorrisi. Della sua calma. Della sua natura premurosa. Quella donna gli era entrata così tanto dentro, così velocemente, che avrebbe dovuto esserne terrorizzato. Invece, tutto ciò che provava era l'ansia di non riuscire a convincerla a dargli una possibilità.

Gli venne in mente la sua espressione quando le aveva suggerito di ricaricare il telefono. Era stata... nervosa? Spaven-tata? Di cosa, non ne aveva idea, ma non gli piaceva. Se qual-cuno avesse osato metterle ancora le mani addosso, se ne sarebbe pentito. Magari lei non lo sapeva, ma aveva un pala-dino pronto. Non aveva trascorso tutti quegli anni nell'eser-cito senza imparare come far fuori un nemico.

L'acqua passò da tiepida a gelida in un attimo, ma rimase sotto il getto ancora per un momento, nella vana speranza che aiutasse il suo cazzo a comportarsi bene una volta vestito e tornato nell'altra stanza. Voleva Carlise nel suo letto, sotto di lui, voleva essere dentro di lei, ma soprattutto desiderava che si fidasse di lui, che si sentisse al sicuro.

E se non fosse mai riuscita a sentirsi a proprio agio nei suoi confronti tanto da voler fare l'amore, lo avrebbe rispet-tato. Avrebbe rispettato *lei*. L'avrebbe comunque protetta e lasciata andare se fosse stato ciò che desiderava. Lo avrebbe ucciso, ma lo avrebbe fatto. Non si sarebbe mai preso più di quanto fosse disposta a dare.

Per molti versi lei era come Baxter. Voleva essere amata. Voleva disperatamente essere al sicuro. Ma non riusciva a fidarsi completamente di coloro che erano disposti ad aiutarla.

Non ancora.

Avrebbe dato a Carlise spazio e tempo. Le avrebbe fatto capire che poteva fidarsi di lui con i suoi segreti, il suo corpo... tutto. E una volta che si fosse aperta, che gli avesse fatto capire da cosa stava scappando, si sarebbe occupato della minaccia con JJ, Cal e Bob.

Poi si sarebbe trattato solo di convincerla a trasferirsi a Newton. Con lui.

Chappy sbuffò. Giusto. Aveva la sensazione che nulla con lei sarebbe stato facile. Ma sarebbe valsa la pena lottare. Non aveva il minimo dubbio.

———

C'era qualcosa di diverso in Riggs, ma Carlise non riusciva a capire cosa fosse. Era sempre amichevole e protettivo, ma l'aveva sorpreso a fissarla più del solito. E dopo la notte precedente, significava qualcosa. Non era allarmante, non proprio, ma era consapevole che la osservava più di quanto avesse fatto il giorno prima.

Era stata un po' riluttante riguardo alla passeggiata, ma una volta fuori si era resa conto di quanto avesse avuto bisogno di uscire dalla baita. Le piaceva, ma era piccola ed era uno stress pensare continuamente a lui. Invece ora, essere fuori al sole era una sensazione straordinaria.

Baxter, ovviamente, si sentiva allo stesso modo. All'inizio aveva temuto che il cane potesse scappare e perdersi, ma Riggs l'aveva rassicurata che non sarebbe successo, dato che gli davano da mangiare e aveva un posto caldo dove dormire sotto il portico.

Era ancora magro, troppo, ma sorprendentemente, anche se aveva mangiato dei pasti completi solo per pochi giorni, aveva messo su un po' di peso. Le ossa non sporgevano più come prima e, al momento, stava saltellando intorno a loro. Fu l'unica parola che Carlise riuscì a trovare per descrivere quello che stava facendo. Baxter si muoveva nella neve come una lepre. Sembrava persino che sorridesse mentre giocava tra i cumuli. Non si avvicinava mai abbastanza per essere accarezzato, ma li teneva sicuramente d'occhio, senza lasciarli andare troppo avanti o restare indietro.

L'aria era fredda, si vedeva il fiato, ma non era gelida come in precedenza. Il vento non era più tanto forte, ma faceva ancora ondeggiare gli alberi sopra le loro teste.

Mentre arrancava nella neve alta, Riggs le prese la mano. Le sembrò naturale, come se camminassero in quel modo ogni giorno.

Sul suo volto si formò un piccolo sorriso. Con la coda dell'occhio aveva visto che la stava fissando – di nuovo – così si girò a guardarlo. «Che c'è?»

Lui scrollò le spalle. «Sembri contenta.»

«Vuoi la verità?»

«Sempre.»

«Lo sono. Voglio dire, non sono esattamente abituata a stare nella natura. Ho sempre vissuto in città. Ma è così pacifico camminare qui fuori, in mezzo al nulla. Essere i primi a lasciare le tracce sulla neve fresca. Mi fa pensare che i miei problemi non siano così insormontabili.»

«Adoro questo posto. Quando io e i miei amici eravamo prigionieri, ero abbastanza sicuro che non avrei mai più avuto la possibilità di fare una cosa del genere. Quindi cerco di non darlo per scontato.»

Carlise gli strinse la mano. Odiava pensare che fosse stato un prigioniero di guerra. Le sembrava inconcepibile. Era così forte, così capace.

Dopo un po' gli chiese: «Andiamo in qualche posto in particolare?»

«Sì. Avevo pensato di andare sulla strada per vedere la tua macchina, ma poi ho deciso di venire da questa parte per mostrarti una cosa.»

«Cosa?»

Le sorrise. «Dovrai aspettare e vedere quando ci arriveremo.»

«Sei cattivo» disse, mettendo il broncio. «Odio le sorprese.»

«Questa ti piacerà» replicò misterioso.

La verità era che adorava le sorprese, ma non ne riceveva di belle da troppo tempo e aveva cominciato a essere diffidente.

Camminarono per un po', probabilmente per una trentina di minuti, fermandosi spesso ad ammirare il paesaggio o a controllare Baxter, poi Riggs si voltò a guardarla. Non era stato facile con tutta quella neve e Carlise sentì una goccia di sudore scenderle su un lato del viso. Era infagottata e all'inizio aveva avuto freddo, ma ora sentiva un po' troppo caldo. La temperatura era probabilmente ben al di sotto dello zero, ma lo sforzo le aveva fatto accumulare calore.

«Sei pronta?» le chiese.

«Sì.»

«Ok, chiudi gli occhi.»

Senza esitare fece come le aveva chiesto.

«Resta qui. Tieni la mano su quest'albero. E non sbirciare, qualunque cosa tu senta. Va bene?»

Era sempre più curiosa. Nel bosco tutto ciò che la circondava le sembrava uguale. Non aveva idea di come Riggs capisse dove stavano andando, ma ovviamente era nel suo elemento. Non dubitava delle sue capacità di orientamento.

«Va bene» lo rassicurò dopo un po'.

Lui lasciò il suo fianco e fu più difficile di quanto pensasse tenere gli occhi chiusi. In quel momento le sembrò di essere da sola nella natura selvaggia. Lo sentiva muoversi lì intorno, ma in un certo senso non le bastava.

«Riggs?» chiamò, odiando il fatto che la sua voce tremasse.

Percepì i suoi passi avvicinarsi.

«Cosa c'è che non va?» le chiese.

Nel momento in cui le sue mani guantate le toccarono il viso, si rilassò. E si sentì subito stupida. «Scusa. Non è niente.»

«Guardami» le ordinò.

Aprì gli occhi. Le aveva piegato indietro la testa, così quando sollevò le palpebre vide solo il suo viso.

«Che problema c'è? Cos'è successo?»

«Mi sono solo... preoccupata per un attimo.»

«Di cosa?»

«Che mi lasciassi qui. Che tu potessi pensare che fosse divertente farmi uno scherzo o qualcosa del genere.»

In risposta Riggs serrò la mascella e le si avvicinò di più. «Non lo farei mai. Non sarebbe affatto divertente.»

«Lo so» sussurrò.

«E perché mai hai pensato una cosa del genere?»

Osservandolo bene, vide quanto fosse turbato dai suoi pensieri, e si sentì malissimo. «Non lo so.»

«Sì che lo sai. Dimmelo, tesoro.»

«Il mio ex... pensava fosse divertente spaventarmi. Saltava fuori da dietro gli angoli e le porte, solo per sentirmi urlare. Oppure mi diceva che doveva prendere qualcosa in un'altra corsia di un negozio, invece usciva e spostava la macchina, facendomi credere di avermi lasciata lì. *Amava* farmi scherzi chiamandomi a tarda notte, ansimando quando rispondevo.» Scosse la testa per cercare di allontanare Tommy dai suoi pensieri. «Lasciarmi qui e nascondersi lo avrebbe divertito molto. Diceva sempre che non sapevo stare allo scherzo.»

«Niente di ciò che hai detto fa ridere» disse Riggs con decisione. «Non spavento la gente per scherzo, e non è bello. Non ti farei mai una cosa del genere. Mai.»

I muscoli di Carlise si rilassarono, sia per la risposta sia per il modo in cui tutto il suo corpo sembrava teso per la rabbia. Ma non era rivolta a lei. «Scusa se ho dubitato di te.»

«Non serve scusarsi» replicò, scuotendo la testa. «Ci stiamo ancora conoscendo, e il tuo passato ti ha insegnato a essere diffidente. Ma puoi abbassare le tue barriere con me. Con il tempo spero di riuscire a dimostrarti che *posso* essere il tuo scudo. Posso proteggerti dagli stronzi del mondo. Dalla merda che la vita di tanto in tanto si diverte a lanciare contro le persone.»

Le sue parole significarono tutto per lei. Non era abituata ad avere qualcuno che la difendesse. A cominciare da sua madre, che era stata incapace di proteggerla dal padre quando era una bambina. Che Riggs avesse giurato di farlo non faceva automaticamente sparire il passato, ma guardando la sua espressione seria, sentì incrinarsi un po' il muro che aveva innalzato intorno al cuore.

Ci volle un attimo, ma alla fine si rilassò anche lui. Sentì il suo pollice accarezzarla sotto la mascella. «Va meglio adesso?»

Annuì. «Credo di sì.»

«Ti farebbe sentire più tranquilla tenere gli occhi aperti e darmi la schiena?»

Fu pervasa dal sollievo. «Sì.»

«Ok.» Portò le mani sulle sue braccia e la girò. Ma non la lasciò andare. Invece si chinò e appoggiò il mento sulla sua spalla. I loro volti erano a un soffio l'uno dall'altro e se avesse girato la testa, le loro labbra si sarebbero toccate.

Spostò una mano sul suo fianco e la tenne contro di sé per un momento. «Guarda Baxter. Si sta divertendo un mondo.»

Carlise scorse subito il Pitbull nero nel meraviglioso paesaggio innevato del bosco. Stava gettando un bastone in aria per poi prenderlo al volo, lanciando la neve tutta intorno a sé.

Sorrise vedendo la sua gioia.

«Sai, ha capito che eri turbata» le disse Riggs.

«Cosa?»

«Stava aspettando di vedere cos'avrei fatto. Si è avvicinato abbastanza da poterti proteggere da me se fosse stato necessario. Ma quando ti sei rilassata, lo ha fatto anche lui.»

Fissò il cane che giocava davanti a lei. «Ma non l'ho visto.»

«Lo so. Hai visto solo me.»

Non si sbagliava. Quando guardava Riggs negli occhi, era l'unica cosa a cui riusciva a pensare. Riempiva i suoi sensi, in modo positivo.

«Torno subito. Non ci metterò molto e ti terrò sempre sott'occhio. Con me sei al sicuro, Carlise. Ti do la mia parola.»

Annuì, sapendo che in quel momento non avrebbe potuto dire nulla nemmeno se ci avesse provato.

Riggs si allontanò da lei e sentì di nuovo il vento freddo soffiarle intorno. Si abbracciò e si appoggiò all'albero. Guardò Baxter giocare nella neve come se non avesse alcuna preoccupazione al mondo. Era stato maltrattato, abbandonato e stava per morire di fame. Nonostante ciò, gli era bastato ricevere un po' di affetto e ora non poteva essere più felice di così.

Pensò che avrebbe potuto imparare molto da quel cane. Lei aveva avuto un'infanzia difficile, eppure aveva sempre saputo che sua madre la amava con tutto il cuore, nonostante fosse troppo debole e spaventata per scappare dal marito. Quando Carlise si era trasferita in una nuova città per ricominciare, era andato tutto un po' meglio. I suoi vicini erano amichevoli, aveva un lavoro che le piaceva e in cui era molto brava, e in Susie aveva trovato una cara amica. Anche sua madre stava andando avanti con la sua vita, felice per la prima volta dopo tanti anni.

Dopo vari appuntamenti falliti, l'unico problema per Carlise era stato la solitudine... il desiderio di avere qualcuno da amare e che la amasse a sua volta. E aveva pensato che Tommy fosse quell'uomo. Invece era diventato il più grande errore della sua vita.

Da quando aveva ottenuto un ordine restrittivo perché le mail e i messaggi "anonimi" erano diventati più spietati, lo aveva affrontato solo una volta. Tommy aveva sostenuto di non sapere di cosa stesse parlando. Aveva negato di averla contattata se non le prime settimane dopo che si erano lasciati.

Eppure, le molestie erano continuate. Nella sua mente il responsabile non poteva essere davvero nessun altro. Poi c'erano stati atti violenti più tangibili, culminati con le gomme tagliate... così era scappata. Era da vigliacchi, ma non aveva voluto aspettare di vedere quale sarebbe stata la sua mossa successiva.

Ora era un po' come Baxter. Cercava il suo posto nel mondo. Un posto dove poter essere al sicuro.

E aveva trovato Riggs.

Un movimento alla sua destra attirò la sua attenzione, si voltò e lo vide a pochi metri di distanza, che la fissava in silenzio.

Sbatté le palpebre. «Scusa, non ti ho sentito.»

«Non ho detto nulla. E non volevo toccarti mentre eri persa nei tuoi pensieri con il rischio di spaventarti. Così ho aspettato. Non è esattamente un sacrificio stare qui a guardarti» disse, con una piccola scrollata di spalle.

A quelle parole, un altro mattone del muro intorno al suo cuore si sgretolò. «È pronta la mia sorpresa?» gli chiese.

Lui aveva un'aria un po' imbarazzata. «Sì, ma ora penso che sia un po' stupida. Non è molto eccitante e probabilmente ho alimentato troppo le tue aspettative.»

Trovò carino che fosse così preoccupato. «Riggs, potresti condurmi qui e dirmi che vuoi mostrarmi il tuo albero preferito di tutto il bosco e io ne sarei entusiasta. Voglio vedere qualsiasi cosa ti vada di condividere con me.»

Rimase un attimo stupita dallo sguardo intenso che le rivolse, ma passò subito e le sorrise. Non capì perché le sue parole gli avessero fatto quell'effetto.

Le tese una mano. «Vieni qui, tesoro.»

Non le erano sfuggiti i vezzeggiativi che di tanto in tanto si lasciava sfuggire, e ogni volta si sentiva pervadere da un senso di calore. Di sicuro per lui non volevano dire niente, quindi non poteva sperarci troppo. Era probabile che se avesse saputo quanto invece significavano per lei quei semplici nomi affettuosi, sarebbe scappato urlando. Doveva essere cauta. Tenere i suoi sentimenti per sé.

Carlise annullò la distanza tra loro e mise la mano guantata nella sua. Lui le strinse le dita prima di voltarsi e dirigersi verso un gruppo di alberi.

«Questo posto è facile da trovare grazie a questo particolare gruppo di pini. Sono gli unici qui intorno» disse, mentre la conduceva verso il punto in cui c'era della neve smossa davanti agli alberi che aveva indicato.

Si rese conto che aveva ragione. Non aveva nemmeno notato che sembravano un po' fuori posto in mezzo agli abeti rossi e agli aceri che li circondavano.

«Immagino che qualcuno li abbia piantati come una sorta di segnale» proseguì. «Siamo a circa un chilometro e mezzo dalla mia baita, e in passato ce n'era un'altra non troppo lontana da dove ci troviamo.»

«Che fine ha fatto?» gli chiese, guardandosi intorno e non vedendo alcun segno di strutture.

«È stata travolta da una valanga.»

Si bloccò e lo fissò incredula. «Davvero?»

«Sì. La maggior parte delle persone pensa che nel Maine non capitino mai, ma vedi quella montagna lì?» le disse, indicando oltre i pini.

Carlise vide l'enorme monte che incombeva e un brivido le corse lungo la schiena.

«Siamo al sicuro» la tranquillizzò, come se potesse leggerle nel pensiero. «Fa ancora abbastanza freddo, quindi la neve sui pendii è stabile, ma quando la temperatura comincerà a salire, la storia sarà diversa.»

«La tua baita rischia di essere travolta?»

«No. Ho fatto in modo di costruirla fuori dalla zona di pericolo, ma penso che chi viveva qui prima di me non ci abbia pensato. Non ho controllato gli archivi di quest'area, ma dopo aver visto di persona ciò che sto per mostrarti, ho cercato un po' in giro e ho scoperto dei resti di fondamenta. Una valanga ha distrutto la baita, e chiunque si trovava qui ha deciso di trasferirsi altrove. Se l'avessero costruita ad almeno un chilometro e mezzo più a ovest, dove c'è la mia, sarebbero stati al sicuro.»

Carlise rabbrividì ancora.

«È tutto ok. Non ti avrei mai portata qui se avessi pensato che fosse pericoloso. Ma ti ho fatta agitare e non era mia intenzione. Quindi ti mostrerò ciò che volevo farti vedere, poi torneremo a casa. Va bene?»

Lei annuì con impazienza. Ora non riusciva a togliersi dalla mente l'immagine della neve che li seppelliva entrambi.

Riggs la spinse in avanti e indicò il terreno. «Credo che i precedenti proprietari fossero una sorta di survivalisti, per via di questo.»

Carlise abbassò lo sguardo e vide che lui aveva tolto la neve in una piccola area davanti ai pini. C'era una botola aperta con una scala che portava sotto. «Ma che diavolo...» disse confusa.

Lui ridacchiò. «Quando ho comprato la proprietà, l'agente immobiliare mi ha parlato di questo posto. Da quello che posso dire è un bunker preparato per un'eventuale fine del mondo. Non è enorme, è sufficiente per un paio di persone. Ci sono scaffali di metallo, che erano stati riempiti con vecchie razioni MRE militari e bottiglie d'acqua. Ora è vuoto perché io e i miei amici l'abbiamo ripulito.»

Incuriosita, si avvicinò al buco. Da chiusa la botola era a filo del suolo e pensò che d'estate si sarebbe confusa con il terreno. Ispezionandola, vide un grande anello sulla parte superiore, che ovviamente serviva per aprirla, e c'era quello che sembrava una specie di sistema idraulico attaccato a quella inferiore.

«Posso scendere?» chiese.

«Certo. Fai attenzione, la scala non è molto lunga, ma ti faresti comunque male se cadessi.»

«Vieni anche tu?»

Riggs sembrò a disagio per la prima volta. «Non vado molto d'accordo con gli spazi chiusi» disse con una piccola scrollata di spalle.

Carlise sentì una stretta al cuore per lui. «Mi dispiace.»

«Non dispiacerti. Non è colpa tua. Sono stato lì dentro, ma preferirei non entrarci più a meno che non sia necessario.»

Lei annuì. «Posso guardare da quassù.»

«No» replicò lui con fermezza. «Le mie fobie non sono le tue. So che sei curiosa, ed è per questo che ti ho portata qui. Avevo la sensazione che ti avrebbe affascinata. Vai, starò bene quassù.»

«C'è la possibilità che rimanga chiusa dentro?»

«No, assolutamente no. In realtà si blocca solo dall'interno. Quindi chi è fuori non può entrare, non il contrario. Per questo ho pensato che fosse un bunker per il giorno del giudizio. Chi è dentro vorrà tenere lontano il resto dell'umanità.»

Carlise annuì. Si avvicinò al buco e guardò giù. Era buio e prima che potesse avere un ripensamento o chiedergli se avesse una torcia, le apparve la mano di Riggs proprio con ciò che le serviva.

«Ecco, è una luce intensa. Una volta dentro, puoi metterla sul pavimento e dovrebbe illuminare tutto l'interno.»

Sorridendo, si sedette sulla neve sul bordo dell'entrata e mise i piedi sui pioli della scala. Scese rapidamente, e dopo aver appoggiato la torcia sul pavimento, si guardò intorno affascinata. Il raggio illuminava lo spazio esattamente come le aveva detto. Alzò lo sguardo e lo vide accovacciato all'ingresso.

«È fantastico» gli disse sorridendo.

«Abbiamo lasciato gli scaffali perché sarebbe stata una rottura toglierli. Suppongo che il precedente proprietario li abbia montati mentre era lì sotto, perché non passerebbero attraverso la botola così come sono ora. Nell'angolo in fondo c'era un WC chimico, e se guardi attentamente a sinistra puoi vedere un buco nel soffitto che è stato riempito.»

Si inoltrò nel bunker e guardò dove le aveva indicato. C'era davvero un piccolo buco.

«È il foro per l'aria. Cal pensa che probabilmente c'era una ventola attaccata per aspirarla verso il basso o verso l'alto, se necessario. L'abbiamo coperto per evitare che gli animali potessero entrare e rimanere bloccati.»

Nello spazio c'erano anche i resti di una rete di metallo, ma non c'era un materasso. Guardandosi intorno poteva immaginare una famiglia seduta lì mentre il mondo sopra di loro era nel caos. Aveva tradotto alcuni libri che parlavano di apocalisse e invasioni aliene e riusciva a raffigurarsi molto chiaramente un gruppo di persone rintanate sottoterra, che cercavano di sopravvivere in un pianeta devastato.

Tornò verso l'entrata dove Riggs era ancora accovacciato. «È davvero strabiliante.»

«Già» replicò. «Non ce l'ho fatta a distruggerlo. Non molti

conoscono questo posto, quindi non sono preoccupato che qualcuno lo usi per scopi nefasti. E non è che ci si possa imbattere per caso. Nessuno viene qui a parte me e qualche cacciatore occasionale, ma è difficile da trovare se non si sa cosa cercare.»

Carlise prese la torcia e diede un'ultima occhiata al bunker prima di afferrarsi alla scala. Il posto era alto quanto bastava per permetterle di stare in piedi. Aveva la sensazione che lui avrebbe dovuto chinarsi un po' se fosse entrato. C'erano solo otto pioli per arrivare in cima e non appena fu abbastanza in alto, lui la prese per il gomito per aiutarla a uscire.

Riconsegnò la torcia a Riggs che se la infilò in una delle tasche della giacca.

«Vuoi chiuderla tu?» le chiese.

«Sì!» rispose con un gran sorriso. Non poté fare a meno di essere affascinata dal bunker e dal suo funzionamento. Prima però le mostrò il meccanismo di chiusura interno. Si trattava di un semplice catenaccio, che scorreva in posizione per impedire l'apertura dall'esterno.

Con sua sorpresa, la botola d'acciaio dall'aspetto pesante fu facile da chiudere. Il congegno idraulico impediva che avvenisse di botto, ma non era nemmeno lento. Pensò che se qualcuno stava scappando per salvarsi da un alieno che gli stava alle calcagna, avrebbe preferito non doversi sforzare per entrare, e avrebbe anche voluto che la botola si chiudesse abbastanza rapidamente.

«Vedo le rotelle girare nella tua testa» le disse con un piccolo sorriso, una volta chiusa.

«Stavo immaginando qualcuno che cercava di sfuggire a un'invasione aliena e veniva a nascondersi qui.»

«Hai mai pensato di scrivere dei libri?»

Carlise sbatté le palpebre sorpresa. «Come, scusa?»

«Tu traduci le storie degli altri. Hai mai voluto scriverne di tue?»

«Oh, non sono un'autrice» protestò lei. «Traduco solo per altre persone.»

La fissò a lungo e fu come se potesse leggerle nel pensiero. «Scommetto che sapresti farlo.»

«Fare cosa?» domandò, ma sapeva cosa intendeva.

«Scrivere un libro.»

«Perché lo pensi? Mi hai appena conosciuto» disse, un po' sulla difensiva.

«Ho la sensazione che tu possa fare tutto ciò che ti prefiggi» replicò senza esitazione.

La fiducia che aveva in lei, il modo in cui sembrava così dannatamente sicuro, le fece rimescolare la pancia.

«Inoltre, da quello che sembra, hai tradotto molti libri. Sono sicuro che ti sono venute diverse idee facendo questo tipo di lavoro.»

Carlise annuì con riluttanza.

«Cosa ti trattiene?»

Scrollò le spalle. «Non lo so.»

«Be', credo che dovresti provarci. Anche solo per te stessa. Forse potresti scrivere un romance con gli alieni, dove la protagonista si nasconde da quelli malvagi in un bunker nel bosco. Poi viene trovata da uno buono che la rassicura di essere lì per aiutarla. Per aiutare *tutti* gli umani. Si guadagna la sua fiducia. Trascorrono dei momenti sensuali nel bunker, poi escono e fanno fuori gli alieni malvagi. Lei va sul suo pianeta perché, a quanto pare, lui è il re del suo popolo e non può restare sulla Terra per sempre, e vivrà felicemente al suo fianco come sua regina.»

Lo fissò incredula.

«Che c'è?» domandò con un sorrisetto.

«Io... tu... *ma che diavolo*!»

«Potrei aver letto uno o due romanzi del genere ai miei tempi» ammise ridendo.

«Davvero?»

«Sì.»

Carlise scosse la testa. «Non manchi mai di sorprendermi.»

«Bene. Voglio tenere vivo il tuo interesse» le disse, entrando nel suo spazio personale.

Dovette inclinare la testa all'indietro per mantenere il contatto visivo. Aveva di nuovo quell'espressione intensa.

«Cosa mi stai facendo?» mormorò lui.

Lei deglutì a fatica. Avrebbe voluto fargli la stessa domanda, ma era come bloccata sul posto. Paralizzata. Ma Riggs, per caso, aveva abbassato la testa? Sì. Dio, stava per baciarla? Lo desiderava, più di quanto volesse respirare.

Inclinò il mento verso l'alto, facendogli capire che lo voleva. Che voleva *lui*.

«Posso?» le chiese in un sussurro, con lo sguardo incollato al suo.

Sotto la maglia e la giacca sentì la pelle d'oca sulle braccia. Il fatto che le chiedesse sempre il permesso di toccarla era una delle tante cose che adorava di lui. «Sì. Ti prego.»

Un istante dopo posò le labbra sulle sue.

Erano fredde dato che erano fuori da molto, ma si scaldarono subito. Il bacio iniziò in modo dolce e tenero, due bocche che si accarezzavano, imparando a conoscersi. Ma in breve tempo quel tocco casto si trasformò in qualcosa di più.

All'improvviso si sentì come se non fosse abbastanza vicina a lui. Gli afferrò saldamente la giacca e si tenne stretta.

Riggs fece scivolare una mano sulla sua schiena per premerla contro di sé e l'altra sulla nuca. La tenne ferma mentre le divorava la bocca.

Non era mai stata baciata in quel modo. Come se avesse bisogno di lei per respirare. Le loro lingue vorticarono l'una intorno all'altra, poi le morse il labbro inferiore e glielo succhiò prima di rituffarsi nel suo calore.

Se fosse stato un altro uomo si sarebbe sentita a disagio per il modo in cui la teneva contro di sé. Ma era Riggs. Anche se la stringeva forte, non aveva dubbi che se lei avesse accennato un minimo movimento per tirarsi indietro, l'avrebbe lasciata andare all'istante. Ma non voleva tirarsi indietro. Voleva di più.

Lui fece un gemito che le riverberò nella bocca, e la sua fica si bagnò subito. Sapere che era altrettanto eccitato glielo fece desiderare ancora di più. Il loro bacio era passato da zero a quattrocento in pochi secondi, e mentre lo baciava con più urgenza, Carlise maledisse il fatto che si trovassero in mezzo al bosco invece che nella baita.

Voleva quell'uomo. Non importava che fosse passata meno di una settimana da quando lo aveva conosciuto e che non fosse il tipo di donna che aveva avventure. Quello sembrava tutto tranne che un'avventura. Aveva bisogno di lui più di quanto avesse bisogno di aria.

Alla fine fu Riggs ad allontanarsi, ma non la lasciò andare. Mantenne le mani dov'erano e la fissò negli occhi, mentre entrambi ansimavano cercando di riprendersi.

«Porca puttana» sussurrò lui dopo un attimo.

Gli sorrise. «Già.»

«Ti voglio, Carlise» disse senza girarci intorno. «Non credo di aver mai desiderato una donna quanto desidero te. Ma non per un'avventura di una notte. Mi sei entrata dentro. Non riesco a smettere di pensarti. Mi chiedo cos'ho fatto di buono nella mia vita per far sì che tu sia apparsa come dal nulla.»

«Non avrei dovuto essere su quella strada» sussurrò lei. «Il mio piano era di rimanere sulla Route 2 per arrivare a Bangor.»

«Ma non l'hai fatto. Hai guidato verso di me. Verso la mia montagna. La mia baita.»

«Sì.»

Quello era un momento importante. Lo sentiva. Non era sicura di cosa significasse, se le cose tra lei e Riggs avrebbero mai funzionato, ma lo desiderava davvero tanto.

«Oggi non faremo l'amore» le disse infine.

Lei aggrottò la fronte e lo fissò.

«Lo desidero. Non sai quanto. Ma voglio dimostrarti che sei più di una voglia passeggera. Voglio che tu mi conosca. Ho bisogno che tu ne sia sicura, perché una volta che mi avrai permesso di averti... è fatta. Non si torna indietro, Carlise. Hai capito?»

Lo capiva. Per quanto desiderasse stare con Riggs, una piccola parte di lei temeva che una volta fatto l'amore, lui avrebbe voluto che se ne andasse. Prendersi del tempo per conoscersi meglio era la cosa più intelligente da fare. La cosa più matura. Ma un po' le seccava. Perché, maledizione, quell'uomo sapeva baciare. E se sapeva baciare così bene, non aveva dubbi che fare l'amore con lui avrebbe sconvolto il suo mondo. «Sì.»

«Sì, cosa?» le chiese.

«Dovremmo aspettare. Non vorrei, ma forse è la cosa più intelligente da fare.»

«E per il resto? Dicevo sul serio, Carlise. Una volta che mi lascerai entrare nel tuo corpo, sarai mia. Così come io sarò tuo. Ho bisogno che tu lo capisca.»

Il pensiero che quell'uomo fosse suo la riempì di desiderio. «Sì.»

La fissò per un attimo prima di inspirare profondamente. «Ok.»

«Ok» ripete lei. Dopo qualche secondo sorrise. «Allora, stiamo qui fuori tutto il giorno o torniamo alla baita?»

«Non posso muovermi» ammise lui, aggrottando un po' la fronte.

«Cosa? Perché no? Non stai bene?» gli chiese preoccupata.

Lui sbuffò. «Sto bene. È solo che non voglio lasciarti andare. E per la cronaca, solo perché non faremo l'amore non significa che non dormirai nel mio letto, tra le mie braccia. Quello vale ancora.»

Carlise sorrise di nuovo. «Ottimo. Perché il tuo letto è davvero comodo.»

Riggs ringhiò. «È l'unico motivo per cui ti piace?»

Era divertente prenderlo in giro. «Forse. Mi piace anche il profumo delle tue lenzuola.»

«E?»

«I tuoi cuscini sono meravigliosi. E non ho mai conosciuto un uomo con un'ossessione per le coperte come quella che hai tu.»

«*E?*» chiese di nuovo, attirandola contro di sé con forza. Sentì la sua erezione contro la pancia e fu pervasa dal desiderio ancora una volta.

«E perché in precedenza dormire con un uomo non mi ha mai fatta sentire al sicuro come quando sono tra le tue braccia» ammise sommessamente.

Lui sorrise con dolcezza. «Puoi giurarci. Quando sei con

me, *sei* al sicuro.» Fece un respiro profondo, poi tolse la mano dalla sua nuca.

Sentì subito la mancanza del suo tocco.

Ma lui fece qualcosa di meglio quando si voltò e le cinse la vita con un braccio, tenendola bloccata contro il suo fianco. «Dai che ti porto a casa a riscaldarti.»

«Sei tu che stavi male, non io» gli ricordò.

«E non *voglio* che ti ammali tu» replicò. «Credimi, non è divertente. Anche se ho avuto l'infermiera migliore del mondo.»

Carlise sorrise per tutto il tempo mentre tornavano alla baita. Le cose erano cambiate tra lei e Riggs fuori da quel bunker... ed era elettrizzata. Susie le avrebbe detto che era completamente pazza e che stava andando troppo veloce, che doveva rallentare, che non lo conosceva nemmeno. Ma si sarebbe sbagliata.

Riggs la trattava meglio di chiunque altro, e sapeva, fin nel profondo della sua anima, che lui era esattamente l'uomo che le aveva dimostrato di essere fino a quel momento. Per bene. Buono. Protettivo. Innocuo.

Prima o poi avrebbe dovuto affrontare il motivo per cui aveva lasciato l'Ohio, ma per ora era troppo impegnata a vivere nella sua storia d'amore. Forse avrebbe scritto un libro su una donna che si perdeva nella natura selvaggia del Maine per finire nella baita di un montanaro e poi vivere per sempre felice e contenta.

Aveva le farfalle nella pancia. Si sentiva stordita. Eccitata. Felice.

Era da molto tempo che non provava una di quelle emozioni. Ultimamente era stata sempre in preda all'apprensione, alla paura, alla preoccupazione. Era un bel cambiamento. Un enorme cambiamento.

La sua attenzione fu catturata da Baxter quando, mentre camminavano, inseguì un piccolo animale davanti a loro, ma non scappò via. Sembrava non volesse allontanarsi di più di cinque metri dagli umani che, a quanto pareva, aveva rivendicato come suoi.

«Che ne dici di mangiare salmone a pranzo?» chiese Riggs. «Ne ho un po' nella ghiacciaia che potrei cucinare.»

«Buona idea. Io potrei preparare un'insalata di fagiolini come contorno, che dici?»

«Perfetta.»

Pronunciò quella parola fissandola, ed ebbe la sensazione che non stesse parlando del cibo.

Ricambiò il sorriso e si accoccolò al suo fianco. Era la donna più fortunata del mondo. Avrebbe affrontato di nuovo tutte le cose che aveva vissuto nella sua vita se ciò avesse significato finire proprio lì, al fianco di Riggs.

CAPITOLO NOVE

GLI ULTIMI TRE giorni erano stati sia il paradiso sia l'inferno per Chappy. Il paradiso perché non era mai stato così in sintonia con una donna. L'inferno perché la desiderava da morire, ma stava facendo del suo meglio per essere un gentiluomo. Per dare a entrambi il tempo di essere completamente sicuri dei loro sentimenti prima di rivendicarla.

Carlise era divertente e intelligente. Rideva molto e faceva ridere anche lui. Era anche bella, aveva un profumo fantastico e baciava come se avesse fame di lui. Gli sarebbe piaciuto essere in una località tropicale per poter vedere meglio il suo corpo sinuoso, ma d'altra parte tenerla accoccolata a sé sul divano, sotto una coperta, era quasi altrettanto meraviglioso.

Nella baita l'atmosfera era elettrica per la trepidazione e la tensione sessuale in costante aumento. Lo eccitava incredibilmente. Chappy si masturbava ogni volta che faceva la doccia, anche se serviva poco per placare il desiderio che gli scorreva nelle vene.

La mattina precedente aveva sentito anche lei gemere sommessamente mentre si lavava, e aveva dovuto usare ogni grammo del suo autocontrollo per non unirsi a lei.

Quando finalmente avrebbero fatto l'amore la sua vita sarebbe cambiata. Lo sapeva. Non avrebbe mai più provato interesse per altre donne... e gli andava bene così.

Per quanto gli piacesse stare seduto sul divano a leggere mentre lei lavorava a una delle sue traduzioni, o a parlare con lei del più e del meno, era un po' sollevato che i suoi amici quel giorno sarebbero andati a trovarlo. Loro sostenevano che era per assicurarsi che stesse davvero bene dopo aver avuto quella brutta influenza, ma sapeva che volevano studiare Carlise.

Erano i suoi migliori amici e non poteva essere infastidito se volevano accertarsi che lei fosse abbastanza in gamba per lui. Che non fosse una tossicodipendente o un'approfittatrice. Purtroppo non avrebbe avuto la privacy necessaria per rassicurarli che lei non era come alcune delle stronze che avevano incontrato durante e dopo i loro giorni nell'esercito.

In realtà non vedeva l'ora che la conoscessero, perché non aveva il minimo dubbio che dopo pochi minuti in sua presenza avrebbero capito che era un fortunato figlio di puttana.

Chappy sapeva che lei era un po' nervosa al pensiero di conoscerli. Aveva cercato di rassicurarla sul fatto che l'avrebbero amata, ma, giustamente, avrebbe dovuto vedere con i suoi occhi quanto JJ, Cal e Bob fossero persone alla mano. Il piano prevedeva che avrebbero cercato di trovare la sua Honda CR-V mentre salivano alla baita, e provato a vedere se fossero riusciti a tirarla fuori dalla neve. Le avrebbero anche portato la valigia che aveva lasciato nel bagagliaio.

Per quanto riguardava l'auto, era possibile che la batteria si fosse danneggiata a causa del freddo, o che il motore avesse subito un danno quando era andata addosso all'albero. I suoi amici avrebbero fatto un controllo per aggiornarlo al loro arrivo. Negli ultimi tre giorni c'era stato il sole, ma faceva ancora freddo e la neve non si era sciolta. Sessanta centimetri potevano essere un po' troppi per il SUV, ma non importava. Se Carlise avesse avuto bisogno di andare in città, l'avrebbe portata con la Jeep.

«A che ora pensi che arriveranno?» gli chiese nervosamente.

«Non lo so. Probabilmente verso l'ora di pranzo. Bob ha una lama spazzaneve sul davanti del suo pick-up, ma alla fine saranno le condizioni delle strade a determinare l'ora del loro arrivo.»

«Ok. Spero che Baxter non si spaventi.»

«Non succederà» la rassicurò.

«Non puoi saperlo.»

«Sì che lo so. È stato più tranquillo con noi. Si sta abituando alla nostra presenza e si sta rendendo conto che non tutte le persone sono cattive. Ieri è quasi entrato nella baita quando hai lasciato la porta aperta. Credo che resterà nei paraggi, anche solo per assicurarsi che tu sia a posto.»

«È un po' protettivo, vero?» chiese con un piccolo sorriso.

«Sì. Me la sono quasi fatta addosso ieri quando ha abbaiato mentre ti facevo il solletico sul divano e ti ha sentita strillare attraverso la porta. Sono sicuro che ha pensato che ti stessi facendo del male.»

«Non lo faresti mai» disse Carlise con fermezza.

Gli piaceva che ne fosse così sicura. «Ovvio. Ma Baxter non lo sa. Però lo imparerà.»

«Pensi che Cal si ricorderà di portare il sacco di cibo per cani? Sono certa che a Bax piace la roba che mangiamo noi, ma forse è meglio toglierglielac il prima possibile.»

«Se ne ricorderà.»

«Non posso credere che incontrerò Callum Redmon. È famoso!»

Chappy ridacchiò. «Mi raccomando, non inchinarti e non chiamarlo Sua Altezza. Lo odia.»

«Oh mio Dio, non lo farei mai. Sarebbe... strano.»

«Esatto.»

«Ma ciò non significa che non abbia pensato di farlo» ammise con una risatina.

«So che non c'è bisogno che te lo dica, perché mi fido di te, ma lo dirò comunque. Ti prego, non fissare le sue cicatrici. Ha passato l'inferno quando eravamo prigionieri e ha subito le torture peggiori per mano dei nostri carcerieri.»

«Non lo farò. Le cicatrici non fanno l'uomo, è quello che c'è dentro che mi interessa. Gli uomini più belli a volte sono i più stronzi, mentre quelli che non corrispondono a ciò che la società ritiene sia virile o bello, spesso hanno un cuore più grande e sono le persone più gentili.»

«Verissimo. È solo che hanno detto un sacco di stronzate su di lui a causa del suo status reale e delle cicatrici. Ne ha risentito.»

«Be', qui è al sicuro. Non farei mai nulla di proposito per turbare i tuoi amici.»

«E loro non faranno nulla per turbare te» replicò lui.

«È che... abbiamo...» Fece una pausa. «Penso che saranno preoccupati per la velocità con cui sono progredite le cose tra noi.»

«Non credo.»

«Certo che sì. Voglio dire, è stato veloce, Riggs.»

«A te sembra sbagliato?»

«Be', no, ma...»

«Allora fregatene di quello che pensano gli altri» disse con fermezza. Ma capiva la sua preoccupazione. Non aveva ancora chiamato la sua migliore amica o sua madre perché temeva che la giudicassero, proprio come pensava avrebbero fatto i suoi amici.

«Ok.»

Si trovavano in cucina, e le posò una mano sulla guancia, esortandola a guardarlo. Amava avere le mani su di lei. Toccarla in ogni modo possibile. Carlise aveva la pelle morbida e delicata, e un aspetto così fragile, ma lui sapeva che aveva coraggio e forza da vendere.

«Se Susie dovesse dirti che stai commettendo un errore, le crederai? O ti fiderai di quello che senti sta nascendo tra noi?» Non aveva avuto intenzione di fare quella domanda, ma era un po' preoccupato di quanto sembrasse stressata per la velocità con cui progrediva la loro relazione. Per quanto lo riguardava, erano perfetti insieme, ma se lei non la pensava così, avrebbe aspettato tutto il tempo necessario perché capisse che quello era il loro destino.

«Tu non capisci» sussurrò, abbassando lo sguardo senza rispondere alla sua domanda.

Chappy si sentì stringere lo stomaco. Non avevano parlato di ciò che l'aveva portata nel Maine, ma era lì, tra di loro, come un macigno che alla fine avrebbero dovuto aggirare. Stava cercando di essere paziente, di lasciarle il tempo di raccontare i dettagli quando si fosse sentita a suo agio.

«Allora parlamene» disse, sentendo lui stesso il tono di supplica nelle sue parole.

«Io... ho paura.»

«Di me?»

«No! Non di te. Mai di te.»

«E allora, di cosa?»

Lei aprì la bocca per rispondere, ma si fermò quando sentirono un rumore all'esterno.

Maledicendo tra sé e sé il pessimo tempismo dei suoi amici, Chappy si chinò e le diede un tenero bacio. «Ne parleremo più tardi. Ma nel frattempo, voglio che tu sappia che qualunque cosa sia successa, qualunque sia la cosa di cui hai paura... troveremo il modo di superarla *insieme*. Qualche scheletro nel tuo passato non mi spaventerà, tesoro.»

Gli rivolse un sorriso smagliante e annuì.

Per ora sarebbe bastato. Ma più tardi, una volta soli, Chappy era determinato ad ascoltare la sua storia. A lasciarla sfogarsi. Sapeva che la loro relazione non avrebbe potuto proseguire finché non avessero affrontato ciò da cui lei stava scappando.

«Vieni a conoscere i miei amici. Ti ameranno.»

La aiutò a indossare la giacca e uscirono sul portico. Baxter era nella sua piccola tana sotto la legna, ma teneva d'occhio sia Carlise sia i nuovi arrivati.

Era un cane fantastico e un ottimo protettore. Chappy non poteva che essere felice di quanto fosse in sintonia con lei.

I suoi amici scesero dalla Chevy Silverado di Bob, che aveva un'enorme lama spazzaneve sul davanti, l'unico motivo per cui erano riusciti ad arrivare alla baita, e fu sorpreso di vedere uscire dal veicolo anche April, la loro assistente amministrativa.

«Ehi!» disse Bob con un sorriso, mentre si dirigeva verso di loro portando con sé una grossa valigia. JJ camminava vicino ad April, assicurandosi che non cadesse a causa della neve, con Cal al seguito.

Prima che Chappy potesse salutarli, Baxter uscì dalla sua cuccia improvvisata e fece un basso ringhio avvicinandosi a Carlise.

«Calma. Ok, non mi avvicino» affermò Bob, fermandosi in fondo ai tre gradini che portavano al portico.

«Va tutto bene, Baxter» disse Carlise, mettendosi subito in ginocchio accanto al cane chiaramente agitato. «Sono amici. Non ti faranno del male.»

«Credo che sia più preoccupato che facciano del male a *te*, tesoro» le spiegò Chappy.

Lei alzò lo sguardo su di lui e poi tornò al cane. «Non faranno del male neanche a me» aggiunse.

«Porca puttana, è il cane più magro che abbia mai visto» commentò JJ.

«In realtà durante l'ultima settimana è ingrassato rispetto a quando l'abbiamo incontrato» replicò Chappy con una scrollata di spalle. Si sorprese di vedere Baxter così vicino a Carlise tanto da permetterle di toccarlo; gli aveva posato delicatamente una mano sul collo e notò che il cane tremava.

«Non so se sia una buona idea» le suggerì con diffidenza.

Ma lei ignorò il suo avvertimento. «È tutto a posto. È solo nervoso. Probabilmente è la prima volta dopo molto tempo che vede persone diverse da noi. Stai bene, vero, Bax? Questi sono gli amici di Riggs. Sono venuti a trovarci. Sono brave persone. Non ti faranno del male.»

Quella voce un po' cantilenante gli fece pensare a come avrebbe parlato al loro bambino. Era del tutto assurdo, nonostante ciò, fu pervaso da un desiderio così intenso da metterlo quasi in ginocchio.

«Ti porterò una cena extra-large per ricompensarti del tuo coraggio» continuò, incurante della reazione viscerale che lui aveva provato sentendo la sua dolcezza nei confronti del cane. «Vai, torna a rannicchiarti nella tua tana. Qui fuori fa ancora freddo e finché non ingrasserai, lo sentirai ancora di più.»

Con sua grande sorpresa, Baxter lanciò un'altra occhiata ai quattro nuovi umani, come per dare loro l'avvertimento di non fare del male alla sua persona preferita, poi si voltò e tornò a infilarsi nello spazio dietro la legna che aveva fatto suo.

Carlise si alzò e sorrise ai nuovi arrivati. «Ciao, mi dispiace per la sua reazione. Pensiamo che sia stato maltrattato. Non si fida con facilità. In realtà è stata la prima volta che mi ha permesso di avvicinarmi abbastanza da toccarlo.»

Chappy percepì la sua emozione e per un attimo si risentì della presenza dei ragazzi, visto che non avrebbe potuto condividere la sua gioia nel modo che preferiva, ovvero con un bacio. D'altra parte, se non fossero arrivati, Baxter non avrebbe avuto motivo di essere così protettivo e chissà quanto tempo ci sarebbe voluto prima che trovasse il coraggio di farsi accarezzare da lei.

«Hai un bell'aspetto per uno che è stato ammalato» disse Bob, mentre saliva sul portico e dava a Chappy un tipico abbraccio da uomo... con un braccio e molte pacche sulla schiena.

«Ho avuto un'infermiera eccezionale» replicò lui sorridendole e facendola arrossire, come se non fosse abituata a ricevere complimenti.

«Io sono Bob» disse il suo amico tendendole la mano. Era così grande in confronto alla sua che quando gliela strinse in pratica la avvolse completamente.

«E io sono JJ.» Si fece avanti per stringerle la mano non appena l'altro si allontanò. «Lei è April.»

«Ho cercato di evitare che arrivassero tutti insieme e ti travolgessero, ma non mi hanno dato retta» sostenne la donna in tono esasperato.

«Volevamo vedere come stava il nostro amico» protestò Bob.

April alzò gli occhi al cielo e Carlise si morse il labbro per non scoppiare a ridere.

«Mi sembra di ricordare che quella volta in cui Chappy è stato colpito alla testa da un pezzo di legno volante e sanguinava come un maiale sgozzato, nessuno di voi ha sentito il bisogno di interrompere ciò che stava facendo per vedere come stava. Gli avete solo detto di fasciarsi e di tornare al lavoro.»

Chappy ridacchiò. Non aveva torto. Era stata *lei* a fermarsi un attimo nel suo appartamento dopo il lavoro per assicurarsi che stesse bene.

«Ha la testa dura» mormorò Bob sulla difensiva.

«Niente potrebbe riuscire a spaccargli quel grosso melone» concordò JJ.

«È un duro» aggiunse Cal.

Carlise ridacchiò.

April fece un'altra espressione esasperata.

«Volete entrare?»

Tutti annuirono e Chappy tenne la porta aperta per farli

passare. Cal, che chiudeva il gruppo, si fermò sulla soglia e gli chiese a bassa voce: «Stai davvero bene, amico?»

«Sì. Ero un po' debole finché non mi è scesa la febbre, ma ora è tutto a posto.»

L'altro annuì. «E sembra che anche *lei* ti faccia bene.»

«Cosa?»

«Ti fa bene» ripeté. «Sembri più rilassato. I tuoi occhi non sono costantemente in movimento alla ricerca di problemi, in attesa che qualcuno salti fuori da dietro un albero.»

Aveva ragione e allo stesso tempo torto. Quando avevano fatto la passeggiata, era stato molto attento a dove si trovavano e ai suoni intorno a loro, ma era stato per proteggerla, non perché avesse temuto che ci fossero degli ordigni esplosivi improvvisati nascosti sotto la neve o dei terroristi ribelli nascosti tra gli alberi.

Cal gli diede una pacca sulla schiena senza dargli la possibilità di rispondere ed entrò in casa, portando un enorme sacco di cibo per cani.

Chappy guardò Baxter e disse: «Bravo ragazzo.» Poi entrò e chiuse la porta.

Bob stava mettendo altra legna sul fuoco, Cal si stava dirigendo verso il bagno e JJ era in piedi vicino al divano, dove erano sedute April e Carlise che parlavano come se fossero vecchie amiche che non si vedevano da tempo, e non due donne che si erano incontrate da pochi minuti.

Era una scenetta piacevole. La sua piccola baita con quattro persone in più avrebbe dovuto dargli una sensazione di sovraffollamento. Quasi claustrofobica. Ma il fatto che i suoi amici fossero andati lì per assicurarsi che stesse bene e per conoscere la donna che era apparsa dal nulla, lo riempì di gratitudine.

«Avete fame?» chiese.

«No, siamo a posto.»

«No.»

«No, grazie.»

«Qualcosa mangerei.»

L'ultimo commento arrivò da JJ. Prima che Chappy potesse andare in cucina a vedere cosa poteva offrire al suo amico, April disse: «Jack, hai mangiato appena prima che venissimo qui. Non puoi avere già fame.»

«Sono un ragazzo in crescita» replicò con un sorrisetto.

Lei si voltò verso Carlise. «Rimarresti scioccata se vedessi quanto del budget dell'azienda è destinato al cibo. In ufficio abbiamo un frigorifero stracolmo e gli armadietti stipati. Giuro che mangiano *sempre*.»

Le sorrise. «Sono sicura che bruciano molte calorie abbattendo alberi e tutto il resto.»

L'altra annuì. «È vero, però...»

«Carlise potrebbe prepararti un panino al burro di arachidi e marmellata. È diventata molto brava mentre stavo male» suggerì Chappy ridacchiando. «Praticamente sono crollato appena siamo entrati in casa dopo che l'ho trovata a vagare sulla strada. Non ho avuto la possibilità di spiegarle nulla. Non sapeva che i fornelli funzionano a gas e che non c'era elettricità perché il generatore non era acceso.»

«Oh no! Hai mangiato burro di arachidi e marmellata per tre giorni?» chiese April.

«Sì. Ma non è stato terribile. Voglio dire, ero più preoccupata per Riggs che per il cibo.»

«Riggs. Accidenti, erano anni che non ti sentivo chiamare così» disse Cal rientrando nella stanza.

«Vero?»

«È quello il nome che mi ha detto prima di addormentarsi» affermò Carlise un po' sulla difensiva. «È difficile usarne un altro dopo che per tre giorni, mentre delirava, nella mia mente l'ho chiamato così.»

«Va benissimo» ribadì lui. Non voleva pensasse che non gli piaceva lo chiamasse con il suo nome di battesimo. «Allora... dalla valigia che ha portato Bob presumo che abbiate trovato la sua auto» disse, volendo distogliere l'attenzione da Carlise.

Lei gli sorrise sollevata.

«Sì. Ci siamo fermati mentre salivamo. È sepolta sotto la neve» confermò Bob. Si era appoggiato a una parete ora che aveva ravvivato il fuoco come piaceva a lui.

«Lo immaginavo» disse con un sospiro.

«Già. Siamo riusciti ad aprire il portellone posteriore per entrare nel bagagliaio, ma sembra che sia andata dritta dove la strada fa quella curva di quasi novanta gradi. Il paraurti è coperto e la neve arriva sopra le gomme» aggiunse Cal. «Da quello che abbiamo potuto vedere, c'è una bella ammaccatura nella parte anteriore dove ha sbattuto contro l'albero. Ma non potremo sapere esattamente che danni ci sono finché la neve non si scioglierà un po'.»

«Potremmo scavare, ma ci vorrà parecchio lavoro» concordò JJ. «La prossima settimana dovrebbe essere un po' più caldo. Penso che se aspettiamo un po' e lasciamo che il sole faccia il suo dovere, sarà più facile liberarla e vedere con cosa abbiamo a che fare.»

Chappy guardò Carlise. D'istinto avrebbe voluto protestare contro il fatto di liberare la sua macchina. Ma non poteva certo restare lì per sempre... o no?

Si fissarono per un lungo momento prima che lei rivolgesse la sua attenzione a Bob. «Grazie per aver preso la valigia.

Lo apprezzo molto. E non ho problemi ad aspettare ancora un po'» disse lentamente. «È solo che non voglio approfittare troppo dell'ospitalità.»

«Puoi restare quanto vuoi» sbottò Chappy.

Lei gli fece un altro piccolo sorriso. Era come se fossero le uniche due persone nella stanza.

«Hai bisogno di contattare qualcuno per far sapere dove sei? Un capo? Una famiglia? Un fidanzato? Un marito?» chiese Bob.

A quell'insinuazione Chappy provò un impeto di rabbia e gli lanciò un'occhiataccia.

«Probabilmente dovrei chiamare la mia amica e mia madre al più presto. Ma non c'è nessun altro. Ho la mia attività, ma posso svolgerla ovunque, quindi non devo preoccuparmi di questo» rispose lei con calma.

«Davvero? Posso chiederti cosa fai? O sono troppo invadente?» domandò April.

«Non lo sei. Sono una traduttrice. In pratica mi danno dei libri in francese e li traduco in inglese, in modo che gli autori e le case editrici possano venderli qui da noi.»

«Forte!»

Bob si spostò verso Chappy, ma lui mantenne lo sguardo su Carlise. Sembrava abbastanza a suo agio ed era contento che April avesse accompagnato i suoi amici. Aveva la sensazione che la sua presenza avesse reso più facile l'incontro. JJ e Cal sembravano rilassati, ma non aveva dubbi che stessero ascoltando e analizzando ogni sua parola.

In qualsiasi altra circostanza sarebbe stato contento che gli coprissero le spalle. Ma in quel momento, soprattutto dopo la domanda di Bob, era un po' infastidito dal fatto che non si fidassero completamente del suo giudizio.

«Dovevo chiederlo» mormorò Bob una volta che gli fu vicino.

«Non è stato carino. Pensi davvero che ormai non saprei se è single o meno?»

Il suo amico non sembrò minimamente mortificato. «Scusa» disse, senza mostrarsi però molto contrito. «È ovvio che ti piace.»

«È così» replicò senza esitazione.

«È perché si è presa cura di te? Perché è intrappolata qui? Ti senti in obbligo nei suoi confronti finché non riuscirà a riavere la sua auto? Perché abbiamo abbastanza spazio nel pick-up per portarla a Newton, così potrai avere la pace e la tranquillità di cui, come sappiamo tutti, ogni tanto hai bisogno.»

«No!» sbottò.

A quello Carlise si voltò a guardarlo con un'espressione preoccupata. Le fece un sorriso teso e sollevò il mento per farle capire che andava tutto bene. Lei annuì, poi riportò l'attenzione sulla donna seduta accanto a lei.

«Quello, comunque, è *stato* carino» osservò Bob, imitando le sue parole.

«Cosa?»

«Avete avuto un'intera conversazione senza dire una parola.»

Era vero. Scrollò le spalle. «Sarò sincero, forse non capisco il legame che abbiamo, ma è reale. Non è perché è intrappolata qui o altro. È per quello che lei è. Si è ritrovata in una situazione imbarazzante visto che ha avuto la responsabilità di prendersi cura di un estraneo dopo che lei stessa aveva appena vissuto qualcosa di sconvolgente. E non ha minimamente esitato. Ha fatto ciò che doveva fare, senza lamentarsi. Non ha frugato tra le mie cose, non ha cercato oggetti di valore da infilare nello zaino. Quando non si occupava di me o non mangiava un panino, leggeva. O sonnecchiava. O stava semplicemente seduta sul divano a fissare il fuoco. Praticamente tutto quello che faccio io quando sono qui da solo.»

«Le hai detto delle telecamere?» gli chiese sottovoce.

Chappy fece una smorfia. «No.»

«Avete già fatto sesso?»

Fece del suo meglio per non incazzarsi di nuovo con l'amico.

L'altro sollevò le mani. «Te lo chiedo solo perché se non le hai detto delle telecamere e siete stati in intimità, non sarà contenta di sapere che è stato tutto ripreso. Quello non sarebbe *affatto* carino, amico. Per niente.»

Merda. Non ci aveva nemmeno pensato. Le telecamere erano lì per la sua tranquillità. Solo per i suoi occhi. Ma *nessuna* donna sarebbe stata felice di sapere che era stata filmata a letto a sua insaputa. «Glielo dirò prima di arrivare a quello.»

Bob annuì. «Per quello che vale... mi piace. Non la conosco, naturalmente, ma osservarla fuori con il cane e vedere come ti tiene d'occhio anche mentre sta parlando con April... sono contento per te, Chappy.»

Era contento anche lui. «Grazie.»

Cal si avvicinò a loro. «So che JJ ti ha detto che nei prossimi giorni sarà un po' più caldo... ciò significa che il rischio di valanghe aumenterà» lo avvertì.

«Lo so. Non ci allontaneremo dalla baita finché il rischio non sarà passato.»

«Ti trovi un po' troppo vicino per non preoccuparsi» disse Cal. «Sareste più al sicuro giù a Newton.»

Lo sapeva. Ma non era pronto. Era già abbastanza difficile condividere Carlise con i suoi amici per una breve visita. Gli piaceva stare da solo con lei. Non voleva ancora pensare di portarla in città. Era da egoisti, ma per una volta non gli importò. «Staremo bene. La baita non si trova nella zona a rischio.»

«Se non altro, una valanga vi obbligherebbe a rimanere intrappolati qui ancora più a lungo» scherzò Bob.

Chappy fece un sorrisetto.

«E a quanto pare gli andrebbe benissimo» disse Cal. «Basta che stai attento» aggiunse, facendosi serio.

«Certo.»

«Con il tempo *e* con lei.»

«Non ti ci mettere anche tu» borbottò con un sospiro.

«Cosa sai davvero di lei? Della sua famiglia? Del suo passato? Della sua situazione finanziaria? Potrebbe vederti come una vantaggiosa via d'uscita dai suoi problemi.»

Non gli piaceva che i suoi amici fossero così cinici. E diffidenti. Ma quei sentimenti si scontravano con la soddisfazione di sapere che tenevano a lui. E non poteva negare che solo una settimana prima, se loro fossero stati al suo posto, si sarebbe chiesto le stesse cose.

«Sta nascondendo qualcosa» ammise infine.

I due uomini sollevarono le sopracciglia contemporaneamente a quell'ammissione. Continuò prima che potessero commentare.

«Ha parlato di un ex violento. Non mi ha detto com'è finita sulla mia strada, se non che si è persa. Era diretta a Bangor, da Cleveland. È molto legata alla madre e alla sua migliore amica, ma a parte questo non credo che abbia molte persone su cui contare. Sto cercando di non metterle fretta.

Mi dirà di più man mano che ci conosceremo. Però non mi preoccupa come sia finita qui. Non ha un briciolo di disonestà in corpo. Ne sono certo.»

«Sta scappando?» chiese Cal.

«Il suo ex le ha fatto del male?» ringhiò Bob.

Ecco. *Quello* era il motivo per cui sopportava che i suoi amici fossero ficcanaso e iperprotettivi. Odiavano quanto lui sapere che qualcuno veniva maltrattato o ferito.

«Non ne sono sicuro al cento per cento. Non è il tipo di persona che si arrende quando la vita diventa difficile. Ma in questo caso, credo che abbia paura di qualcosa... o di *qualcuno*.»

«Se avete bisogno di qualcosa, fatecelo sapere» disse Cal in tono basso.

«Sì, saremo anche dei militari falliti, ma siamo più che capaci di proteggere uno dei nostri» concordò Bob.

Si sentì pervadere da un senso di calore. Quegli uomini erano i suoi migliori amici, erano come fratelli. Avevano combattuto insieme e si erano salvati la vita a vicenda più volte di quante ne potesse contare. La loro disponibilità a difendere Carlise, una donna che nemmeno conoscevano, significava tutto per lui.

«Grazie. Quando ne saprò di più, e con il suo permesso, ve ne parlerò e studieremo un piano d'azione, se sarà necessario.»

I due annuirono.

«Sembrate troppo seri laggiù. Va tutto bene?» chiese nervosamente Carlise dal divano.

«È tutto a posto» replicò subito Chappy, volendo rassicurarla.

«Sì, stiamo solo parlando di chi di noi andrà a casa del vecchio Smith domani.»

«Il vecchio Smith?» chiese.

«Non è poi così vecchio» disse April con un sospiro. «E non è nemmeno cattivo.»

«L'ultima volta che sono stato lì ha insistito perché restassi a pranzo e mi ha servito una specie di carne che probabilmente teneva nel freezer da venticinque anni» raccontò JJ. «Si è anche impuntato sul fatto che ci sono persone che lo stanno osservando e che qualcuno lo vuole catturare perché quarant'anni fa era una spia del governo.»

«Ed è vero?» chiese Carlise a occhi spalancati.

«No» rispose, scuotendo la testa divertito.

«È solo» ribatté April. «E non è un gran sacrificio sedersi con lui per un'oretta dopo avergli assicurato che gli alberi del suo giardino non cadranno sulla casa.»

JJ annuì con aria contrita.

«Ora che abbiamo constatato di persona che Chappy non è in punto di morte, devo tornare a Newton» annunciò all'improvviso Bob.

«Sì, c'è un programma alla televisione che voglio vedere» concordò Cal.

«E visto che non mi ha dato niente da mangiare e sto morendo di fame, tanto vale andare via» aggiunse JJ.

Chappy non si prese la briga di contraddirli. Non cercò di farli rimanere più a lungo. Anzi, era in debito con Bob per essere stato il primo a suggerire di andarsene. Forse il suo amico non capiva o non si fidava del tutto riguardo a ciò che stava accadendo tra lui e Carlise, ma lo faceva abbastanza da togliersi dai piedi e lasciarlo fare le sue cose.

«Oh, ma sono sicura che potremmo preparare qualcosa per tutti» protestò Carlise alzandosi.

«No, non vogliamo disturbarvi. Inoltre, sappiamo che a

Chappy piace la solitudine. È per questo che viene qui, per nascondersi e stare da solo» disse Bob.

La vide aggrottare la fronte e avrebbe potuto prendere a calci il suo amico perché non sapeva quando era il momento di stare zitto. Era ovvio che ora fosse di nuovo preoccupata di essere un peso.

«Forse dovrei...»

«Ti scrivo il mio numero» la interruppe April. «Ti do anche quello della Jack's Lumber. La rete quassù è inesistente, ma sono sicura che puoi usare il telefono satellitare di Chappy. Se hai bisogno di qualcosa, fai un fischio e manderò uno dei ragazzi. O se vuoi solo chiacchierare... sai, sentire una voce femminile amichevole, sono solo a una telefonata di distanza.»

«Oh... grazie. Ti do anche il mio.»

Grato per il diversivo, Chappy sospirò mentre i ragazzi andavano a prendere i giacconi dall'attaccapanni vicino alla porta. Rimase dietro alle due donne mentre si scambiavano i numeri, e non si stupì quando Carlise abbracciò April che per un attimo sembrò sorpresa, ma poi un sorriso le illuminò il volto.

Quella ragazza gli era sempre piaciuta. Era il collante che teneva insieme la loro attività e di solito la considerava una di loro. Ma ora si rendeva conto di non sapere molto di lei. Nulla sulla sua famiglia, su come passava il tempo libero, se aveva amici.

Aveva sempre dato per scontato che avesse delle persone con cui uscire quando non era in ufficio, ma vedendo la rapidità con cui era entrata in sintonia con Carlise e il suo evidente piacere per un semplice abbraccio, si chiese se le sue supposizioni fossero sbagliate.

Non ebbe il tempo di far altro che sorriderle perché stava

uscendo dalla baita dietro ai ragazzi. JJ tenne la porta aperta, frapponendosi tra loro e Baxter. Il cane sembrò contento di rimanere rannicchiato nella sua tana e tenere d'occhio quegli sconosciuti.

A un certo punto, April scivolò sulla neve e sarebbe caduta se JJ non fosse stato abbastanza vicino da afferrarla. La attirò a sé tenendola contro il suo fianco finché non riprese l'equilibrio.

Osservando l'amico, Chappy si rese conto che guardava la loro assistente come probabilmente lui guardava Carlise. Come se fosse il sole e allo stesso tempo la luna.

Mentre lo studiava, lo vide cancellare ogni emozione dal viso e scostarsi da April chiedendole: «Tutto bene?»

Lei arrossì ma annuì. «Sono maldestra. Potrei inciampare nell'aria.»

Lui non fece commenti, ma Chappy notò che le rimase vicino mentre proseguivano verso il pick-up.

Restò sul portico a osservare il gruppo che saliva sul veicolo. Tutti abbassarono i finestrini mentre si preparavano a partire. C'era il sole, ma non era sufficiente a riscaldare l'aria gelida. La settimana successiva avrebbe portato un clima più mite, ma per il momento faceva ancora piuttosto freddo.

Senza pensarci, si spostò dietro Carlise e la cinse con le braccia, attirandola contro il suo petto per tenerla al caldo.

«Sono contento che non sei morto» gridò Bob.

April scosse la testa e gli diede uno schiaffo sul braccio. «Sei orribile» lo rimproverò ad alta voce dal sedile posteriore.

Lui si limitò a sorridere, per nulla dispiaciuto del suo umorismo macabro.

«Chiama se hai bisogno di qualcosa» gli ordinò JJ.

«Ci faremo sentire se avremo notizie sull'allarme valanghe» aggiunse Cal.

Sentì Carlise irrigidirsi contro di lui e lanciò un'occhiataccia all'amico.

«Ma sono sicuro che andrà tutto bene» aggiunse, spinto dal suo sguardo contrariato.

«Se avete bisogno di aiuto con la macchina, fatecelo sapere» disse JJ. «Torneremo quassù.»

«Grazie!» gridò Chappy.

Guardarono Bob fare inversione e dirigersi verso la strada. La grande lama liberava la neve dal percorso rendendo ancora più evidente la quantità che era caduta durante la bufera. Anche con quell'attrezzo, doveva essere stato difficile arrivare alla sua baita, ma non ne era troppo sorpreso. I suoi amici erano testardi da morire e non avrebbero mai permesso che un po' di neve impedisse loro di andarlo a supportare.

«Forza, andiamo dentro» disse, girandola verso la porta.

Si stupì quando vide che Baxter era uscito dal suo nascondiglio e si era accucciato accanto a loro. Era così vicino che allungando la mano avrebbe quasi potuto toccargli la testa.

«Oh! Ciao, Baxter. Vuoi entrare anche tu?» chiese Carlise con la stessa voce cantilenante che aveva usato prima. «È bello caldo lì dentro. Ti preparerò un comodo letto accanto al fuoco. Ti piacerà. Te lo prometto.»

Aprì la porta e, sorprendentemente, Baxter entrò come se fosse stato il cane di casa per tutta la vita.

«Riggs! Guarda! È entrato!» sussurrò.

«Vedo, tesoro.»

«Sono così...» Le si spezzò la voce, poi si girò rapidamente e affondò il viso nel suo petto.

La portò dentro e chiuse la porta, poi la strinse tra le braccia e la lasciò piangere contro di lui.

Si riprese in pochi minuti e alzò la testa per guardarlo con occhi arrossati. «Sono così felice» sussurrò.

Chappy ridacchiò. «Perdonami se te lo dico, ma non sembra.»

Gli rivolse un sorriso sbilenco. «Invece lo sono.» Si asciugò gli occhi con le mani, poi le posò sul suo petto abbandonandosi a lui. «Sei mai stato così felice da esserne spaventato perché stai aspettando che le cose vadano di nuovo a rotoli?»

Aggrottò le sopracciglia e strinse le braccia intorno a lei. «Sì.»

«È solo che... Tu, Baxter, il mio lavoro... è tutto così perfetto in questo momento. E ho una paura tremenda che svanisca tutto in una nuvola di fumo. Che magari sto sognando o qualcosa del genere. Che mi sveglierò e tutto sarà sparito. Diverso.»

«Non stai sognando. E io non vado da nessuna parte. Baxter è dentro adesso, e ho la sensazione che non vorrà più dormire fuori. È tutto a posto, tesoro.»

«Il passato riesce sempre a coglierti di sorpresa quando meno te lo aspetti» mormorò.

Chappy trattenne il respiro, sperando che stesse per confidarsi con lui.

Invece sospirò. «Sto facendo la depressa. È tutto ok. Di solito non sono così emotiva.»

Lui imitò intimamente il suo sospiro. L'aveva quasi fatto. Era come se avesse avuto sulla punta della lingua ciò che la preoccupava. Avrebbe voluto insistere, ma dato che l'arrivo di Baxter era un evento felice e importante, non voleva rovinare l'atmosfera. «Puoi essere emotiva quanto vuoi. Posso sopportarlo. Posso gestire *qualsiasi* cosa tu voglia dirmi. Con me sei al sicuro. Punto.»

Lei sorrise e mise una mano sulla sua guancia. «Lo so.»

«Davvero?» Non poté fare a meno di chiedere.

Annuì prontamente.

«Bene. Perché è così. Sei sicura che vuoi rimanere qui con me per un'altra settimana o giù di lì, finché non riusciamo a tirare fuori la tua macchina?»

«A te va bene che io sia qui? Mi hai detto che ti piace la solitudine e il tuo amico me lo ha confermato. Non voglio *davvero* imporre la mia presenza.»

Chappy imprecò tra sé e sé. Era chiaro che avesse preso a cuore le parole di Bob. «Non stai imponendo niente. Sebbene mi piaccia stare isolato, mi sono sentito solo. Da quando sei qui, non mi sento affatto così.»

«Nemmeno io.»

«Bene. È tutto sistemato. Puoi restare quanto vuoi. Che ne dici di mettere Baxter a suo agio e di decidere cosa preparare per pranzo? Sto morendo di fame.»

Ridacchiò. «Come JJ.»

«Sì. Però non hai visto quel ragazzo mangiare. Ci avrebbe svuotato la dispensa.»

Carlise ridacchiò, e quel suono si avvolse intorno al suo cuore e non lo lasciò più. Non aveva mentito, poteva gestire la sua emotività, ma preferiva di gran lunga le sue risate alle lacrime. Anche se erano lacrime di felicità.

Più tardi, mentre Baxter era accoccolato dentro a un cumulo di coperte davanti al caminetto con la pancia piena, Chappy si sedette sul divano con un braccio intorno a Carlise, che gli si rannicchiò addosso e aprì un libro preso dalla sua libreria. Rimasero lì a leggere per almeno un'ora, accoccolati sotto un'altra soffice coperta.

Dovette usare tutto il suo autocontrollo per non strapparle il libro dalle mani e stenderla sui cuscini per darsi da fare con lei. Ma Bob aveva ragione: doveva dirle delle telecamere.

«Devo dirti una cosa» sbottò all'improvviso.

Lei chiuse il libro e lo guardò. «Sembra qualcosa di serio» replicò con la fronte aggrottata.

«Non lo è. Cioè, non credo che lo sia... ma tu forse sì.»

«Cosa?»

«Ho delle telecamere» disse, senza girarci attorno. «Come protezione.»

Lei annuì. «È una cosa intelligente. Questa baita non è esattamente su un sentiero battuto, e se qualcuno volesse entrare, non ci sono vicini che potrebbero vedere e chiamare la polizia.»

«Esatto. Non c'è nulla che mi dispiacerebbe rubassero. Quando non sono qui, non lascio in giro armi o qualsiasi altra cosa che potrebbe essere usata per fare del male a qualcuno. Ma non mi piace l'idea che entrino nel mio spazio. Questa baita è un rifugio per me, e se qualcuno dovesse introdursi, vorrei saperlo.»

«Posso capirlo.»

«Il fatto è che... le telecamere non sono solo all'esterno. Sono anche qui dentro.» Trattenne il respiro mentre aspettava che andasse fuori di testa. La vide riflettere su ciò che aveva appena detto.

Carlise si morse il labbro.

«Non sono collegate a nessun servizio o altro, solo a un'applicazione sul mio telefono. Sono l'unico che può accedervi. Ho impostato un sacco di protocolli di sicurezza, quindi la probabilità che qualcuno li violi e guardi i filmati è minima. L'applicazione conserva le registrazioni per trenta giorni poi le cancella.» Stava parlando velocemente, ma voleva che lei capisse che non stava accumulando centinaia di ore di video o altro.

«Bob mi ha detto che dovevo dirtelo. Che sarei stato uno stronzo se non l'avessi fatto. Quindi ti ho messo a conoscenza di questo particolare.»

Sollevò il mento a quell'affermazione. «Non sei uno stronzo.»

Chappy sbuffò. «È tutto quello che hai da dire? Ti ho appena spiegato che è stata filmata ogni tua mossa nell'ultima settimana, tranne quando eri in bagno, e tu ti preoccupi di più che il mio amico mi insulti?»

«Be'... innanzitutto non sono così sorpresa per le telecamere. Mi hai detto che sei protettivo. Ho pensato che significasse proteggere le tue cose oltre ai tuoi amici. Se devo essere del tutto sincera, non sono entusiasta di essere stata ripresa, ma mi fido di te, Riggs. Se dici che nessuno tranne te li vedrà, ti credo.»

Riuscì solo a fissarla. Come diavolo aveva fatto a essere così fortunato?

«Dove sono?» gli chiese, guardandosi intorno.

«Una è lì.» Indicò l'angolo di fronte a loro. «E l'altra è nell'angolo della cucina, puntata verso la stanza.»

Lei si voltò per incontrare di nuovo il suo sguardo. «Hai guardato i video di quando eri ammalato?»

Non le avrebbe mentito, anche se non sarebbe entrato nei dettagli su come era riuscito a scaricarli per poterli guardare. «Li ho scorsi velocemente. Ma è stato più per assicurarmi di non averti fatto del male in alcun modo che per spiarti.»

«Non ho preso nulla. Né ho guardato tra le tue cose.»

«Lo so.» Si fissarono per un lungo momento. «Le terrò spente finché starai qui» le disse, sorprendendosi di quell'offerta.

Lei lo studiò per un attimo. «Le hai per un motivo. Per sentirti al sicuro. Presumo che il tuo bisogno di averle sia legato a ciò che ti è successo.»

Come al solito la sua intuizione fu accurata. Scrollò le spalle. «Essere tenuto prigioniero mi ha tolto la fiducia nel genere umano per molto tempo. Non mi fidavo di *nessuno*. Degli automobilisti, delle persone che incrociavo per strada, degli escursionisti lungo il sentiero degli Appalachi. Era diventata un'ossessione. Mi chiedevo chi potesse cercarmi, cosa mi avrebbero portato via. I nostri aguzzini mi hanno rubato la sicurezza, cosa che avevo sempre dato per scontata. E li odio per questo» ammise in tono calmo.

«Non spegnerle» gli disse con fermezza.

«Cosa?»

«Lasciale accese. Non vorrei mai fare qualcosa che ti porti a sentirti come quando eri prigioniero.»

«Non è che non mi fidi di te...» cominciò, ma lei gli mise una mano sulla bocca e scosse la testa.

«Lo so. Se hai bisogno delle telecamere per sentirti tranquillo nel tuo rifugio, allora devono restare accese.»

Chappy le scostò la mano e le baciò il palmo. «Nei filmati ci ho visti dormire insieme» chiarì. «Sei salita sul letto quando stavo male... mi sono aggrappato a te e non ti lasciavo andare. Non hai dato di matto, non hai cercato di scappare. Mi hai semplicemente parlato aiutandomi a rilassarmi. E quando ti sei addormentata, non riuscivo a distogliere lo sguardo dalla visione di te tra le mie braccia.»

Carlise deglutì a fatica.

«Se non spengo quelle telecamere... verremo filmati quando faremo l'amore» le ricordò. «Ma nessuno – e intendo davvero *nessuno* – lo vedrà mai. Resterà tra noi. Non condividerò con nessun altro quello che mi darai. Se questo ti crea anche il minimo disagio, le spegnerò prima di andare a letto e le riaccenderò al mattino.»

«Posso vederli?»

«Cosa? I video?»

«Sì. Di noi che dormiamo. Quando eri ammalato.»

«Certo. Non verranno cancellati prima di qualche settimana.» Quando lei non replicò, lui chiese: «Oh, intendi adesso?»

«Se per te va bene.»

Chappy annuì con il cuore in gola. Aveva detto che le telecamere non le davano fastidio, ma la situazione sarebbe potuta cambiare una volta visti i video.

Si staccò da lei e uscì da sotto la coperta, poi andò in cucina a prendere il cellulare che era sul bancone. Lo aveva caricato prima, mentre il generatore era in funzione. Non poteva fare chiamate, ma internet via satellite, quando andava bene, aveva abbastanza potenza per poter usare le applicazioni. E dato che aveva scaricato i file sul disco rigido la prima volta che aveva attivato il generatore, era possibile guardarli.

Tornò al divano e si sedette accanto a lei. Si sentì sollevato quando si accoccolò di nuovo contro di lui. Aprì l'applicazione e andò sui video di quando lei era arrivata.

Le passò il telefono e le mostrò come scorrerli. La guardò da sopra la spalla mentre esaminava le registrazioni.

Passarono dieci minuti buoni prima che lo spegnesse e si allungasse su di lui per appoggiarlo sul tavolino accanto al divano.

Poi lo sconvolse mettendosi a cavalcioni sulle sue gambe. La coperta le cadde dalle spalle, ma lui se ne accorse appena, e le mise le mani sui fianchi fissandola negli occhi.

«Possiamo salvare degli spezzoni di video?» gli chiese.

Chappy aggrottò la fronte e annuì. «Sì.»

«Bene. Quando scaricherai i filmati di oggi, voglio quello di Baxter che entra nella baita. E magari uno di te che cucini, perché sei sexy quando hai in mano una spatola, Riggs Chapman» lo stuzzicò.

Per la prima volta da quando aveva tirato fuori il discorso delle telecamere, i suoi muscoli si rilassarono completamente. Non si era reso conto di essere stato così teso. «Davvero non ti turbano?»

Lei scrollò le spalle. «Non ho fatto nulla di cui mi debba vergognare. E non ne hai messa una in bagno, altrimenti sarebbe stata una cosa completamente diversa. Mi fido di te, Riggs. Ma... potresti cancellare i video di noi due che facciamo l'amore prima che scadano i trenta giorni?» chiese titubante.

«Li cancellerò non appena riuscirò a scaricare il filmato» le promise.

A quello gli rivolse un sorriso così sexy che gli fece contrarre l'uccello. «Be', magari non subito. Non sono mai stata una che guarda i porno, ma questo potrebbe essere un buon momento per iniziare. Voglio dire, forse guardare *noi* insieme non sarà così male» disse, mentre il suo sorriso si faceva timido.

A Chappy sembrò che il cervello gli stesse per esplodere. «Accidenti, donna» sospirò.

«Sono troppo strana?» domandò, facendo una smorfia.

«No! Sei perfetta.»

Lei scosse la testa. «Non è vero. Ho dei difetti, Riggs. Non mettermi su un piedistallo.»

«Bene. Allora sei perfetta per *me*.»

Non cambiò espressione, così la prese per la nuca e la incoraggiò ad appoggiarsi a lui. Si accasciò sul suo petto, tenendo le braccia tra di loro, e si rannicchiò lasciando che lui prendesse il peso del suo corpo.

«Parlami» le sussurrò. «Non c'è nulla che potrebbe farmi cambiare idea sul fatto di averti qui. Di fare l'amore con te. O *qualsiasi* altra cosa.»

«Lo farò. Ma non stasera. Ti dispiace? Stasera voglio solo stare seduta qui e cercare di fingere che nella mia vita tutto sia gioioso e vada bene.»

«Ok, tesoro.» Era dispiaciuto, ma se aveva bisogno di più tempo glielo avrebbe concesso. Perché gli aveva finalmente confermato che nella sua vita *era* successo qualcosa. E aveva detto che lo avrebbe condiviso con lui. Doveva solo essere paziente.

«Grazie. Riggs?»

«Sì, tesoro?»

«Ti prego, non ferirmi. Non credo di poterlo sopportare. Non dopo tutto quello che ho passato.»

«Non lo farò. Né fisicamente, né psicologicamente, né emotivamente. Te lo prometto.»

Lei sospirò, poi si sistemò in modo da essergli ancora più vicina. Fece scivolare un braccio dietro la sua la schiena e portò l'altra mano sulla sua nuca, dove iniziò ad accarezzargli i capelli.

Il suo tocco gli fece venire la pelle d'oca sulle braccia. Quella donna poteva distruggerlo, ma nel profondo sapeva che non sarebbe successo. Lo avrebbe trattato con cura, proprio come lui avrebbe fatto con lei. Chappy voleva uccidere tutti i suoi draghi, semplicemente per avere il diritto di concludere ogni giorno esattamente in quel modo. Con lei tra le braccia, calda e fiduciosa.

———

Gli indumenti volarono per la stanza mentre venivano tirati fuori dai cassetti del comò. Poi fu il turno delle camicie e degli abiti appesi nell'armadio di Carlise.

«Dove sei, stronza? Dove sei?»

Ogni parola era accompagnata dall'affondo di un coltello, mentre i vestiti e la biancheria da letto venivano tagliati più e più volte con frustrazione e rabbia.

Aveva perquisito ogni angolo dell'appartamento. Aveva aperto tutta la posta e rovistato tra le carte sulla scrivania... eppure non c'era niente che facesse capire dove fosse andata quella troia! Era veramente scomparsa senza lasciare traccia.

Ansimando per lo sforzo, si fermò al centro della camera da letto e fissò le decine di magliette e mutandine strappate, i quadri e i soprammobili rotti, cercando di capire cosa fare, dove potesse essere andata.

Era inaccettabile! Era ovvio che Carlise pensasse che andandosene avrebbe fatto scomparire tutto, ma si sbagliava. Si sbagliava di grosso. Una volta scoperto dove si trovava, l'avrebbe pagata per essere sparita senza dire una parola, per aver richiesto quel cazzo di ordine restrittivo. L'avrebbe pagata per *tutto*!

Poi ebbe un pensiero improvviso.

Sua madre.

Ma certo! Era lei la chiave.

Carlise doveva averle già detto dov'era andata o almeno doveva averla chiamata. Sua madre avrebbe saputo esattamente dove si trovava e avrebbe vuotato il sacco, soprattutto usando un po' di... *persuasione* per estorcerle quell'informazione. Quella vecchia perdente era una debole. Proprio come sua figlia.

Sorrise e si diresse verso la porta d'ingresso dell'appartamento, ignorando tutta la distruzione lasciata dietro di sé.

«Ti troverò, stronza. E quando lo farò, ti pentirai di tutte le bugie... di tutto il dolore che hai causato. Ricordati queste cazzo di parole.»

CAPITOLO DIECI

ERANO PASSATE trentasei ore da quando Riggs le aveva confessato che c'erano le telecamere, e Carlise era davvero sorpresa che non la turbasse sapere che lui stava registrando ogni singola cosa che facevano o dicevano all'interno della baita.

Se l'avesse fatto Tommy si sarebbe incazzata, percependola come un'enorme invasione della privacy. Inoltre, non credeva che lui avrebbe tenuto il filmato per sé. Ma dal momento che lei e Riggs stavano insieme ogni minuto di ogni giorno, ed erano entrambi ripresi in ogni momento – per non parlare del fatto importante che si fidava di lui come non avrebbe mai potuto fare con il suo ex – non riusciva a preoccuparsi.

Un'altra cosa che l'aveva sorpresa nell'ultimo giorno e mezzo era che Baxter si era abituato con estrema facilità a stare dentro. Ciò confermava il suo pensiero che in passato era stato l'animale domestico di qualcuno. Non aveva mai avuto incidenti in casa e andava persino a grattare la porta d'ingresso per far capire che voleva uscire. Non si avvicinava abbastanza per essere accarezzato, preferendo la sua cuccia di coperte vicino al fuoco, ma era sicura che con il tempo si sarebbe rilassato ancora di più. Teneva lo sguardo fisso su di loro, sempre vigile, ovunque si spostassero nella stanza.

Carlise e Riggs avevano dormito insieme quasi tutte le notti da quando era arrivata, e non si era mai sentita così al sicuro o soddisfatta. Con Tommy, invece, era sempre stata tesa, in allerta, e quindi non era mai riuscita a riposare completamente.

Avrebbe dovuto lasciarlo molto prima. Era rimasta in parte perché si vergognava di essersi ritrovata in un tipo di relazione che aveva giurato non avrebbe mai avuto dopo essere cresciuta con un padre violento, ma anche perché aveva sempre trovato delle scuse per Tommy: lavorava troppo, era stressato, si preoccupava di provvedere a lei...

Aveva tenuto nascosto a Susie, e soprattutto a sua madre, quello che stava accadendo, non volendo che si preoccupassero. Ma quando non si era più limitato a essere crudele e a minacciarla, ma era arrivato a spingerla così forte da farla sbattere contro il bancone e ferirsi, aveva finalmente aperto gli occhi.

Entrambe le donne, non avendo alcun sentore della sua infelicità, le avevano chiesto perché avesse deciso improvvisamente di lasciarlo. Quando lo aveva confessato, la sua amica si era chiesta se l'abuso fosse stato un caso isolato... se magari avrebbe dovuto dargli un'altra possibilità. Non c'era da stupirsi, visto che lui era bravissimo ad affascinare chiunque non lo conoscesse bene. Vista da fuori la loro relazione era sembrata perfetta, e Tommy era un buon partito.

Carlise sapeva che era colpa sua, perché non si era presa la briga di spiegare che gli uomini come lui non cambiavano, che le loro scuse erano vuote e che non sarebbe passato molto tempo prima che ricadesse in un modello comportamentale fatto di percosse e falsi rimpianti. Sapeva anche che Susie non avrebbe mai capito del tutto. Non aveva mai avuto una relazione con un uomo violento. Non era cresciuta chiedendosi di che umore sarebbe stato suo padre una volta tornato a casa. Se sarebbe stato felice o se avrebbe iniziato subito a tirare pugni, senza curarsi di chi avrebbe ferito.

Ovviamente, sua madre lo capiva fin troppo bene.

Però, quando Carlise aveva iniziato a ricevere minacce, la sua migliore amica era stata più solidale con lei. In effetti, si era indignata... anche se aveva avanzato il dubbio che potesse trattarsi di qualcun altro. E non aveva tutti i torti. Tagliare le gomme, dipingerle la porta di casa, lasciarle biglietti... non era nel suo stile. Lui era più il tipo che affrontava le cose faccia a faccia, che cercava uno scontro diretto. Il tipo che sarebbe andato alla sua porta e avrebbe suonato il campanello per dirle di persona che era una stronza.

Ma se non era Tommy a molestarla, non aveva idea di chi altro potesse essere. Non riusciva a pensare a nessuno che la odiasse così tanto da voler rendere la sua vita miserabile come lo era stata prima di lasciare Cleveland.

C'era quella donna che al supermercato aveva dato in escandescenze quando Carlise aveva preso l'ultima vaschetta di gelato alla menta e cioccolato, l'aveva seguita fino alla cassa e poi alla macchina, strillando per tutto il tempo. Nonostante quella scenata irrazionale, non riusciva a immaginare che qualcuno potesse perseguitarla per un gelato.

Forse era l'autrice che aveva affermato che la sua traduzione era terribile. Non lo era, lo aveva detto solo perché non voleva pagarla per il lavoro svolto.

La possibilità che potesse essere suo padre era sempre presente in un angolo della sua mente. Era sembrato abbastanza sollevato di liberarsi della moglie e della figlia... ma forse, quando aveva saputo che entrambe se la stavano cavando bene, il suo ego non aveva retto. Ed *era* stata Carlise quella che aveva continuamente implorato la madre di lasciarlo.

«Che ora è?» borbottò Riggs accanto a lei.

Fuori era ancora buio. Era accoccolata contro di lui nello stesso modo in cui si metteva a dormire ogni sera. Con una gamba tra le sue, la testa sul suo petto, un braccio sul suo busto, e lo teneva stretto quasi quanto la teneva stretta lui. Aveva addosso una delle sue magliette, che si era sollevata durante la notte, e un paio di mutandine.

Riggs aveva una mano posata sulla sua schiena e le sue dita le sfioravano l'elastico delle mutandine. L'altra era sul braccio sopra il suo busto, come per assicurarsi che non si muovesse dal suo fianco.

«Non è ancora il momento di alzarsi» sussurrò lei.

«Non riesci a dormire?»

Carlise scosse la testa. «Stavo pensando.»

«A cosa?»

Era arrivato il momento. Doveva dirgli dello stalker. Del motivo per cui era fuggita da Cleveland e del perché era finita in casa sua nel bel mezzo di una maledetta bufera di neve. Meritava di sapere che se fossero rimasti insieme, c'era la possibilità che lui fosse in pericolo. Che qualcuno avrebbe potuto trovare quella baita e profanarla in qualche modo. Saccheggiarla, raderla al suolo.

Quell'ultimo pensiero la fece rabbrividire.

«Carlise? Cosa c'è che non va? Parlami.»

«Ho uno stalker» sbottò lei.

Provò un immenso sollievo a quella breve ammissione. Non si era resa conto di quanto le fosse pesato mantenere quel segreto.

Con sua sorpresa, lui non si irrigidì. «Sai chi è?» chiese.

Lei sollevò la testa e cercò di vedere il suo volto nell'oscurità. «Non sei arrabbiato?»

«Oh, lo sono» rispose con calma. «Ma mi servono informazioni per risolvere il problema, e l'ultima cosa di cui hai bisogno in questo momento è che io balzi in piedi, sbraiti e inveisca camminando avanti e indietro per la stanza. Neanche a Baxter piacerebbe. Sono solo contento che finalmente ti fidi abbastanza di me da dirmi cosa ti ha portata qui. Quindi rimarrò calmo e cercherò di raccogliere informazioni, in modo da poterle comunicare a JJ e agli altri e porre fine alla minaccia per tuo conto. Così potremo andare avanti con la nostra vita.»

Era la cosa più dolce e affettuosa che le avessero mai detto. Il che probabilmente era triste, ma pazienza.

«Sono piuttosto sicura che sia il mio ex... non era contento quando l'ho lasciato. E si è arrabbiato ancora di più il giorno dopo, quando ha scoperto che mentre era al lavoro avevo impacchettato tutti i vestiti e le cose che avevo portato a casa sua e me n'ero andata. Mi ha pregato di dargli un'altra possibilità. Mi ha seguita ovunque andassi, anche durante le ore lavorative. È venuto a casa mia, mi ha chiamato decine di volte al giorno per settimane. Mi ha anche mandato messaggi in continuazione. Non ho mai risposto al telefono né alla porta.

All'inizio i suoi messaggi vocali e di testo erano dolci e

pieni di scuse. Poi sono diventati minacciosi, misti a suppliche. A un certo punto ha smesso del tutto di contattarmi e ho pensato che si fosse finalmente arreso. Ma... dopo un po' di tempo sono iniziate a succedere cose strane.»

«Cose strane?» chiese.

Carlise annuì e fece un respiro profondo. «Cose inquietanti. Note lasciate sulla mia auto, sia davanti al mio condominio sia quando ero in giro a fare commissioni. Le gomme dell'auto tagliate. La parola "Puttana" dipinta sulla mia porta. Mail e messaggi da numeri e account sconosciuti.»

«Che dicevano?»

«Niente di bello» rispose, arricciando il naso.

Quando Riggs non fece commenti, sospirò. «Chiunque sia stato ha scritto che sono un'idiota. Una stupida stronza. Un essere umano orribile. Che non sapevo quanto fosse bella la mia vita. Questo genere di cose.»

«Sei andata alla polizia?»

Carlise capì che era turbato, nonostante le accarezzasse il braccio con il pollice in modo rassicurante. Significava molto il fatto che non fosse balzato in piedi infuriandosi per la situazione. «Sì, e ho ottenuto un ordine restrittivo sulla base di tutte le chiamate e i messaggi provenienti dal suo telefono. Ma non hanno potuto fare molto altro, visto che non avevo prove riguardo a chi ha lasciato i biglietti o ha vandalizzato la mia auto e la porta. Non ci sono telecamere nel mio condominio.

Mi hanno detto che avrei dovuto trovare qualcuno per vedere se le mail o i messaggi possono essere rintracciati, ma onestamente, anche se guadagno abbastanza per vivere, non ho fondi illimitati per assumere degli esperti in cose del genere. Mi è sembrato più facile lasciare la città per un po' e sperare che la cosa si risolvesse, piuttosto che pagare qualcuno per rintracciare chi mi sta molestando.»

Riggs rimase in silenzio a lungo. Aveva la sensazione che non fosse d'accordo con la sua decisione, ma apprezzava che non la rimproverasse.

«Chi altro potrebbe essere, oltre al tuo ex?» chiese infine.

Gli raccontò dell'autrice che non era stata soddisfatta del suo lavoro. Della donna del supermercato. Fece i nomi di ogni singola persona che poteva aver infastidito, anche solo lievemente, nelle settimane precedenti l'inizio delle molestie.

Lui scosse la testa, e Carlise si sollevò per guardarlo. «Che c'è?»

«Le persone non fanno le cose che hai subito perché non le hai lasciate entrare nella tua corsia nei pressi di un cantiere stradale, perché hai preso l'ultima vaschetta di gelato o perché non eri d'accordo con loro in un post sui social.»

«La gente è pazza, Riggs» replicò sommessamente. «Ti assicuro che negli ultimi dieci anni o giù di lì sono diventati tutti più permalosi. Possono andare fuori di testa per una stupidaggine.»

«Me ne rendo conto, ma non credo comunque che queste cose farebbero arrabbiare qualcuno a tal punto da rintracciare dove vivi e tagliarti le gomme. Per non parlare di tutte le mail e i messaggi.»

«Già» concordò con un sospiro, mentre riappoggiava la testa sul suo petto. «L'unica altra persona che mi viene in mente è mio padre.»

Riggs si irrigidì. «Tuo padre sa dove vivi? Quando è stata l'ultima volta che hai avuto a che fare con lui?»

«Sì, e circa quattro mesi fa. È venuto a Cleveland per vedere mia madre. Si è trasferita in Ohio su mia insistenza, mi mancava, e ora si trova molto bene lì. Comunque... mio padre di tanto in tanto la chiama. Cerca di convincerla a tornare insieme. Lei rifiuta sempre, ma quando diversi mesi fa è venuto a Cleveland, ha accettato di pranzare con lui. Ero *così* arrabbiata quando in seguito me l'ha detto. Le ho fatto promettere di dirmi se l'avrebbe contattata di nuovo e, sorprendentemente, l'ha fatto. È tornato solo un paio di mesi dopo. L'ho pregata di lasciarmi incontrare con lui al posto suo e ha accettato.»

«Ti prego, dimmi che non sei andata da sola a incontrare quel bastardo violento» ringhiò Riggs.

«Certo che no!» replicò con fervore. «Ho chiesto a Tommy di accompagnarmi, ma ha detto che era occupato. Allora ho chiamato Susie ed è venuta lei. Non è successo niente» lo rassicurò, mettendogli la mano su un lato del collo e accarezzandogli la mascella con il pollice. «Gli ho detto senza mezzi termini che la mamma aveva chiuso con lui. Che eravamo fortunate a non averlo più nella nostra vita.

Ha cercato di dirmi che era cambiato, ma non sono ingenua. Rimarrà sempre un bastardo. Non era entusiasta quando non è riuscito a farmi cedere. Ha iniziato a contrarre la mascella, proprio come faceva prima di arrabbiarsi con la mamma o con me, ma dato che eravamo in un luogo pubblico, non ha potuto fare nulla. Si è semplicemente alzato e se n'è andato.»

«Non è positivo.»

«Lo so. La faccenda delle gomme è qualcosa che potrebbe benissimo aver fatto, ma non so come sia possibile che abbia la mia e-mail o il mio numero di telefono. Di certo io non glieli ho dati.»

«Questo tipo di informazioni non sono difficili da trovare. Hai ricevuto qualche messaggio da quando sei qui?»

«Vuoi la verità?»

«Certo.»

«Ho paura di accendere il telefono. So che dovrei. Devo chiamare mia madre e Susie... ma non voglio vedere se la mia assenza lo ha fatto desistere o arrabbiare di più» ammise.

«Vuoi che lo faccia io? Che lo accenda questa prima volta? Non cancellerò nulla di ciò che potrebbe essere arrivato, perché i messaggi ci serviranno per la polizia come prova delle molestie, ma sentire tutti quei suoni e quelle vibrazioni quando si accende il telefono dopo tanto tempo può essere stressante.»

Carlise si mosse senza esitazione, rotolò fino a sdraiarsi sopra di lui e si ritrovarono incollati l'uno all'altra. Si sollevò leggermente e guardò il suo bellissimo viso, mentre Riggs le posò le mani sui fianchi per tenerla ferma. «Lo faresti per me?»

«Farei qualsiasi cosa per te. Non l'hai ancora capito?»

«Sto iniziando a farlo. Questo è... non ho mai avuto qualcuno che fosse così premuroso come te. Non so come comportarmi.»

«Non devi fare nulla. Solo lasciarmelo fare e accettarlo come qualcosa che ti meriti.»

«Voglio ringraziarti.»

«Per cosa?»

«Per non aver dato di matto. Per non essere saltato giù dal letto e non aver camminato furioso su e giù per la stanza. La rabbia mi fa paura. Ne conosco il motivo, non ci vuole uno scienziato per capire che le azioni di mio padre di quando ero piccola mi influenzano ancora oggi. E stare con Tommy non ha aiutato. Anche quando so che la rabbia non è diretta a me, mi innervosisco comunque. Quindi apprezzo che tu non abbia reagito quando ti ho detto dello stalker. Non ne eri felice, si capiva da quanto eri teso, ma non hai fatto nulla che mi abbia messo a disagio.»

«Aborro la violenza» le disse, senza distogliere lo sguardo dal suo. «È abbastanza ridicolo, considerando quello che facevo per vivere prima di trasferirmi nel Maine, ma dopo essere stato prigioniero di guerra, aver visto i miei amici massacrati di botte senza alcun motivo e le torture che Cal ha subito solo perché gli uomini che ci hanno catturati pensavano fosse divertente fare del male a un reale, non riesco a reggerla. Non posso promettere di non arrabbiarmi mai in futuro, ma ora che so l'effetto che ti fa, farò del mio meglio per tenere la rabbia sotto controllo.»

«Non devi...»

«La terrò sotto controllo» la interruppe con fermezza. «Non ti darò mai una ragione per avere paura di me. *Mai*.»

Carlise deglutì a fatica e sbatté le palpebre per cercare di trattenere le lacrime. «Grazie» sussurrò.

«Possiamo accendere il tuo telefono per controllare, ma, onestamente, anche se la bufera è passata non so se il Wi-Fi funzionerà. Ho internet via satellite, ma è molto instabile. Devo dare un'occhiata all'antenna e probabilmente sostituirla. Ultimamente perde il segnale sempre più spesso. Se non dovesse funzionare, dovrò prendere l'auto e andare più a valle dove c'è campo.

Appena ci alziamo, ti lascerò usare il mio telefono satellitare per chiamare tua madre e Susie. Sono sicuro che ormai saranno preoccupatissime. Devi rassicurarle e accertarti che anche loro stiano bene. Poi magari faremo una passeggiata con Baxter, il bucato, leggeremo, giocheremo a dama, potrai lavorare sul libro che stai traducendo... e dopo prepareremo la cena insieme. Ok?»

«Ok.» I suoi piani per la giornata sembravano meravigliosi. Perché avrebbero fatto la maggior parte di quelle cose insieme.

«Quello che troverò nel tuo telefono determinerà quanto presto dovrai contattare la polizia qui a Newton. Non c'è un dipartimento enorme, ma il comandante è una brava persona. Prenderà sul serio le tue preoccupazioni, tesoro. Non tollererà che qualcuno venga molestato nella sua giurisdizione.»

«Ma non sappiamo chi mi sta mandando i messaggi.»

«Lo scoprirà. Potrebbe aver bisogno di tenere il telefono per un po', per darlo agli esperti di informatica forense dello Stato per analizzarlo, ma risolveremo la cosa. Quando arriveremo in città te ne procureremo uno nuovo, così potrai continuare a comunicare con tua madre e Susie.»

Carlise fissò l'uomo sotto di lei. Il sole stava appena iniziando a fare capolino all'orizzonte, conferendo alla stanza un leggero bagliore. «Riggs» sussurrò.

«È normale» disse lui, scuotendo leggermente la testa con un'espressione seria. «Questo è ciò che un uomo fa per la sua donna. La protegge. Si fa in quattro per assicurarsi che sia felice e al sicuro. Si prende cura di lei. Proprio come lei fa per lui.

Non hai avuto un buon esempio di come dovrebbe essere una relazione, ma ci penso io, tesoro. Se avrai fame, ti darò da mangiare. Se avrai freddo, ti porterò delle coperte. Se avrai paura, ti terrò al sicuro, e se sarai felice, farò tutto il possibile per mantenerti tale.»

Non poteva parlare in quel momento. Non ce la faceva

proprio. Era sopraffatta, in senso positivo. Come diavolo aveva fatto a trovare quell'uomo? Le probabilità erano infinitesimali. Eppure era lì, nel suo letto, tra le sue braccia.

Abbassò la testa senza nemmeno rifletterci. Senza esitazione. Senza alcun dubbio.

Gli sfiorò le labbra con le sue e lui si aprì subito a lei. Lo baciò quasi con disperazione, esprimendo in quel modo le parole che non riusciva a dire a causa del groppo in gola.

Il bacio divenne passionale in pochi secondi. Ciò che era iniziato come un modo per ringraziarlo si trasformò in un attimo in qualcosa di infinitamente più profondo. Lui rotolò portandola sotto di sé, aveva una gamba tra le sue e sentì l'erezione pulsare contro il suo sesso. L'unica cosa che li separava era la biancheria intima. E all'improvviso fu troppo.

«Ti voglio» ansimò Carlise quando lui si tirò indietro per fare un respiro profondo. Riggs aveva le labbra gonfie e bagnate, e mentre lo guardava lui si passò la lingua sul labbro inferiore. Dovette metterci tutta se stessa per non attirare la sua testa verso di sé.

«Sei sicura?»

«Non sono mai stata così sicura di qualcosa in vita mia.»

In risposta, Riggs si allungò verso il comodino. Aprì il cassetto con uno strattone e imprecò quando finì sul pavimento perché ci aveva messo troppa forza. Si spostò da sopra di lei e frugò per terra per un attimo.

Carlise ridacchiò tenendolo per la vita in modo che non cadesse dal letto.

Quando si raddrizzò e si librò sopra il suo corpo, aveva un preservativo in mano. Non avevano mai parlato di protezione, ma apprezzava la sua disponibilità a usarlo. Tommy si era lamentato continuamente di doverlo mettere, tuttavia, ormai sapeva di non poter paragonare i due uomini in nessun caso. Riggs ne sarebbe sempre uscito vincitore.

«Li ho comprati per tenere asciutta l'estremità della canna del fucile quando devo uscire sotto la pioggia o la neve» le disse serio, «non perché abbia avuto un motivo per usarli prima d'ora.»

Gli credette. Come poteva non farlo? Stava facendo il possibile per rassicurarla e per assicurarsi che fosse protetta. Non aveva motivo di dubitare di lui. Annuì e si leccò il labbro inferiore, desiderandolo più di quanto probabilmente fosse normale.

I suoi occhi color ambra la fissarono mentre metteva il preservativo accanto al cuscino, si raddrizzava sulle ginocchia e prendeva l'orlo della maglietta per sfilarsela dalla testa. Carlise si godette la vista. Era magnifico. Odiava vedere le cicatrici sul suo busto, perché ora sapeva come se le era procurate, ma non toglievano nulla alla sua bellezza.

Senza esitare, posò le mani sui suoi pettorali e le fece scorrere lentamente su e giù sul suo corpo. Lui non si mosse. In effetti, era immobile come una statua, e cominciò a preoccuparsi. «Riggs?»

«Sì?» le chiese a denti stretti.

Lei si fermò e lo fissò. Sembrava proprio che non gli piacesse il suo tocco, così tolse le mani colma di incertezza. «Non ti piace che ti tocchi?» sussurrò.

«Non mi piace?» domandò, aggrottando le sopracciglia confuso. «Nell'ultima settimana non ho letteralmente pensato ad altro che alle tue mani su di me. Mi sono masturbato sotto la doccia ogni giorno, sognando come sarebbe stata la sensazione di averti contro di me. Sono più duro di quanto non lo sia stato da anni, e sarà un miracolo se riuscirò a resistere abbastanza a lungo per mettere questo preservativo ed entrare in te. Se non mi piace che tu mi tocchi? Impossibile.»

Le sue parole la fecero sentire meglio, anche se era ancora confusa. «Allora perché non fai nulla? Perché non mi tocchi anche tu?»

«Perché non credo di potermi muovere» ammise. «Ho paura di perdere il controllo se lo faccio.»

Lei sorrise e gli posò di nuovo le mani sul petto. «Vorrà dire che poi durerai di più quando ci daremo davvero da fare» lo rassicurò.

La fissò per un attimo poi scese dal letto, togliendole le mani. Si abbassò i boxer e li calciò via per poi mettersi di nuovo a cavalcioni su di lei.

Carlise non poté fare a meno di arrossire. Non era vergine, aveva visto la sua buona parte di peni, ma il suo era... Dio, era stupefacente. E scoraggiante. Era enorme. Non molto più lungo del normale, ma più grosso di quelli degli uomini con cui era stata, e mentre lo fissava, perché non poteva guardare da nessun'altra parte se non tra le sue gambe, una goccia di liquido preseminale fuoriuscì dalla punta e colò lungo la sua erezione.

«Cazzo, donna, solo avere i tuoi occhi su di me potrebbe farmi esplodere» ammise.

Lentamente, Carlise portò una mano sul suo cazzo e fece scorrere un dito lungo un lato; si contrasse all'istante, come se il suo tocco fosse elettrico.

Riggs gemette, se lo afferrò alla base e lo strinse con forza. «Toccami ancora» la implorò. «Ti prego. Ho bisogno delle tue mani su di me.»

Sorrise, amando il fatto che anche se era lui a stare sopra, in quel momento sembrava fosse comunque lei ad avere tutto il potere. Così riportò la mano sul suo cazzo pulsante, lo afferrò saldamente, meravigliandosi che il pollice non arrivasse a toccare le altre dita, e lo accarezzò verso l'alto.

Lui non aveva mollato la presa che aveva alla base e gettò la testa indietro, gemendo.

Deliziata, iniziò a muovere la mano lentamente su e giù. Il cazzo degli uomini era così sorprendente. Duro come l'acciaio, ma con la pelle morbidissima. Riggs lasciò cadere la testa in avanti e la trafisse con il suo sguardo intenso. La sorprese che stesse fissando *lei* e non la mano sul suo uccello. Carlise, invece, si alternava a guardare lui e ciò che stava facendo.

«Spero non volessi essere solo gentile con ciò che mi hai detto prima» ringhiò con voce bassa e torturata.

«A proposito di cosa?» chiese, affascinata dalla quantità di liquido preseminale che fuoriusciva mentre lo accarezzava.

«Sul fatto che ti va bene che io venga per primo.»

«Non ero solo gentile» lo rassicurò. Vedere quanto fosse eccitato, quanto la desiderasse, eccitava enormemente anche lei. Nessun uomo l'aveva mai guardata come stava facendo Riggs in quel momento. Come se lei fosse la luce del suo mondo. Come se lei facesse girare il mondo stesso.

Tolse la mano e si dimenò sotto di lui, cercando di sollevarsi un po'.

Riggs si raddrizzò in ginocchio, lasciandole lo spazio per muoversi. «Ti sto facendo male?» le chiese preoccupato.

Lei non rispose, si limitò ad afferrare l'orlo della maglia che indossava e a tirarlo verso l'alto, inarcando la schiena in modo da sfilarsela dalla testa. La gettò di lato e si sdraiò di nuovo. «Non voglio che la tua maglia si sporchi» disse timidamente, sorridendogli.

«Merda» imprecò, fissandole il seno. «Sei perfetta. Guardati. Le tue tette sono... maledizione...»

La sua reazione fu più di quanto avrebbe potuto sperare, così inarcò la schiena e riportò la mano sul suo uccello.

«*Sì*... Dio, è una sensazione bellissima sentire la tua mano. È così morbida. Di più, più forte, ti prego... così! Sto per venire.»

E lo fece. Dalla punta uscì uno schizzo di sperma che le colpì il seno. Rise quando ne uscì un altro. Poi un altro ancora. Ora la mano era scivolosa dei suoi umori e l'espressione di Riggs era quasi più di dolore che di piacere. Le aveva sporcato il petto e probabilmente anche il viso, ma non le importava.

Non si era mai sentita così desiderabile. Non era durato nemmeno trenta secondi dopo che si era spogliata. Non c'era indizio migliore del fatto che fosse attratto da lei.

Si era aspettata che le crollasse sopra, ma avrebbe dovuto sapere che non si sarebbe comportato come pensava avrebbero fatto gli altri uomini. La toccò invece con riverenza. Appiattì i palmi sul suo seno e iniziò a massaggiarle la pelle con il suo seme. Il suo profumo muschiato e terroso riempì l'aria.

«Spero che tu sia comoda.»

«Cosa? Perché?»

«Perché staremo qui per un po'. Ora che mi hai tolto la tensione, posso prendermi il mio tempo. Scoprire cosa ti piace, cosa ti fa dimenare, gridare e perdere il controllo. Il bello di vivere qui in mezzo al nulla è che ci sono poche distrazioni. Farò le cose con calma e ti mostrerò quanto può essere fantastico il sesso.»

Il suo discorso era un po' da presuntuosi. Dava per scontato che lei non sapesse già che poteva essere bello, ma aveva la sensazione che qualsiasi esperienza avesse avuto in passato sarebbe impallidita in confronto a ciò che quell'uomo poteva farle provare, quindi forse aveva ragione a esserlo.

In risposta si inarcò verso il suo tocco. «Allora, cosa stai aspettando?»

«Il tuo permesso. La rassicurazione che mi desideri quanto io desidero te. Voglio tutto di te, Carlise. La tua fiducia, il tuo corpo, il tuo cuore.»

Si bloccò sotto di lui.

«Sono innamorato di te» le disse senza la minima esitazione. «Non so come abbia fatto a succedere così in fretta, o perché, ma *so* che sei quella giusta per me. L'ultima donna che vorrò. L'ultima che avrò. Sei la donna che ho cercato per tutta la vita e all'improvviso eri lì, praticamente sulla soglia di casa mia. Sono un fortunato figlio di puttana e farò di tutto per assicurarmi che tu non voglia mai lasciarmi.»

Carlise aveva la bocca secca e la gola chiusa. Faceva sul serio?

La sua vita era stata burrascosa ultimamente, ma dal momento in cui lo aveva visto crollare sul letto per la febbre... aveva capito. Anche se allora non era stata pronta o non aveva potuto ammetterlo. Era suo.

Nel profondo, sospettava che fosse quello il motivo per cui si era presa cura di lui così di buon grado per tre giorni. Per cui non l'aveva turbata dormirgli accanto nonostante fosse un estraneo. Il motivo per cui si era fidata di lui così in fretta.

«Carlise?» Fermò le mani sopra i suoi seni e sembrò che ogni muscolo del suo corpo fosse completamente immobile.

«Sì. Toccami, Riggs. Hai il mio permesso. Ti ho desiderato

dal momento in cui ti ho visto. Sono tua. Tutto di me è tuo. A... anch'io ti amo.»

I suoi occhi si infiammarono di passione. «Spero che tu non lo dica solo per essere gentile» disse quasi disperato.

Carlise non poté fare a meno di ridere. «Ok che non mi piacciono gli scontri, ma non accetterei mai che un uomo mi tocchi, che faccia l'amore con me, solo per essere gentile.»

Le mani di Riggs ricominciarono a muoversi. Le massaggiò i seni prima di chinarsi, prendere in bocca uno dei capezzoli e succhiare con forza. Non ci andò piano. Non le permise di abituarsi al suo tocco. Ci mise subito entusiasmo.

La sua fica era fradicia per lui. Si inarcò contro la sua bocca e gli afferrò la testa stringendogli i capelli in una presa ferrea. «Sssì» sibilò.

Lui portò l'altra mano sul suo fianco e afferrò le mutandine, così si sollevò e lo aiutò come meglio poté a toglierle, mentre si dimenava di piacere sotto le attenzioni della sua lingua e della sua bocca.

Quando lei le calciò via dal letto, Riggs si mise di nuovo in ginocchio, sistemandosi tra le sue cosce, poi la fissò. Questa volta il suo sguardo non andò al suo viso, ma vagò sul seno e sul busto, prima di concentrarsi sulla fica.

«Accidenti, donna.»

Carlise sorrise, felice di essersi presa il tempo di darsi una sistemata sotto la doccia il giorno prima. Non le piaceva depilarsi completamente perché era una rottura da mantenere e non le andava di sembrare una bambina là sotto, ma teneva i peli corti sul monte di Venere e rasati sulle pieghe.

Sentendosi veramente sexy, mentre le parole di Riggs le risuonavano ancora in testa, piegò le ginocchia e allargò lentamente le gambe il più possibile.

Lui la osservò leccandosi le labbra, con evidente desiderio nello sguardo. Incredibilmente, il suo cazzo era di nuovo duro e ogni volta che si muoveva, lo sentiva sfiorarle la coscia e il basso ventre. Il pensiero di prenderlo dentro di sé stava diventando un'ossessione.

«Toccami, Riggs» disse con fermezza.

«Dove?» sussurrò lui.

«Dappertutto.»

Riportò gli occhi sul suo viso e le sorrise. «Preparati, tesoro. Sarà intenso.» Poi passò all'azione.

CAPITOLO UNDICI

CHAPPY SI SENTIVA COME se avesse infilato il dito in una presa di corrente, come se nel suo corpo scorresse elettricità. L'orgasmo che aveva appena avuto sembrava essere successo giorni prima. Il suo cazzo era di nuovo duro e pronto, in realtà era quasi il suo stato normale quando si trovava vicino a Carlise.

Solo che ora era sotto di lui. Meravigliosamente nuda. E non aveva mai visto niente, nessuno, di così bello. Era femminile al massimo. Non era magrissima, ma aveva le curve nei punti giusti. Le sue tette erano abbondanti, ma lui aveva le mani grandi, e aveva un'adorabile pancetta che non vedeva l'ora di esplorare. Le cosce erano robuste... ma era la sua fica che in quel momento lo attirava.

Scese lungo il suo corpo e abbassò la testa, desideroso di respirare la sua essenza. Infilò le spalle tra le sue gambe e le afferrò il sedere, inclinandolo verso di lui. Inspirò profondamente e il suo cazzo si contrasse. Sapeva dove desiderava essere. Sprofondato dentro di lei. Ma avrebbe dovuto aspettare, perché Chappy voleva prima assaporare la sua fica.

Si prese un momento per sollevare lo sguardo oltre le curve del suo corpo, fino agli occhi. Carlise era appoggiata sui gomiti e lo stava fissando. Gli piaceva che volesse guardare ciò che stava per fare.

Chi voleva prendere in giro? Gli piaceva *tutto* di lei.

Il modo in cui i suoi occhi avevano brillato quando era venuto sulle sue tette era qualcosa che non avrebbe dimenticato tanto presto. Le era piaciuto molto. Non tutte le donne amavano quel genere di cose. Ma il sesso "sporco" era il preferito di Chappy. E, come le aveva detto, lei era quella giusta per lui. Punto. Se le cose non avessero funzionato, e quel pensiero gli fece aumentare il battito cardiaco, sospettava che non avrebbe mai più fatto sesso con nessun'altra. Nessuna poteva sostituirla, non aveva alcun dubbio.

«Riggs?» lo incalzò con un piccolo sorriso. «Hai intenzione di fare qualcosa laggiù o ti limiterai a fissarmi?»

«Oh, qualcosa ho intenzione di fare. Sto solo prolungando il momento, la trepidazione di assaporare la tua dolce fica per la prima volta.»

Un intenso rossore divampò sulle sue guance, e pensò che fosse adorabile.

«Tieniti forte» la avvertì.

«A cosa?» domandò lei con una risata.

«A me.» Poi abbassò ancora una volta la testa e fece scorrere la lingua tra le sue pieghe. Un sapore pungente riempì le sue papille gustative, facendogli desiderare di più. Sentì le sue mani sfiorargli i capelli e sorrise prima di darsi da fare.

Dopo pochi istanti Carlise si stava contorcendo nella sua presa, mentre la succhiava e la leccava prestando particolare attenzione al clitoride. Non passò molto prima che quel piccolo fascio di nervi si inturgidisse ed emergesse, dandogli un accesso migliore per farla impazzire. Presto i suoi umori gli ricoprirono il viso e Chappy quasi venne di nuovo sentendo quanto era eccitata.

Si scostò e la penetrò lentamente con un dito, meravigliandosi quando i suoi muscoli vi si contrassero intorno. Era stretta, calda e talmente bagnata che non aveva dubbi sarebbe stata in grado di prenderlo senza problemi.

Tirò fuori il dito e non poté fare a meno di portarselo alle labbra per leccarlo. «Deliziosa» mormorò, prima di infilarlo di nuovo in lei. La scopò con delicatezza, affascinato dalla facilità con cui il suo corpo si apriva a lui.

Carlise gemette e lo implorò. «Riggs.»

«Sì?» le chiese distrattamente.

«Dentro di me. Ti voglio dentro di me.»

«Lo sto facendo» replicò con calma, aggiungendo un secondo dito.

«Di più! Voglio il tuo cazzo.»

Il membro in questione si contrasse di nuovo. Se non fosse stato premuto contro il materasso, aveva la sensazione che avrebbe potuto venire all'istante. Sentirla parlare sporco lo faceva impazzire.

«Lo avrai, tesoro. Ma non sei ancora pronta.»

«Sì che lo sono» insistette.

«Non voglio farti male. Ho bisogno che tu sia più bagnata. Ho bisogno che tu venga.»

Con sua grande sorpresa, Carlise si portò subito una mano tra le gambe. «Bene. Allora verrò» ansimò, prima di iniziare ad accarezzarsi il clitoride.

Vederla masturbarsi così da vicino era più eccitante di

quanto avesse mai pensato. Con le dita ancora dentro di lei poté sentirla contrarsi mentre si avvicinava sempre più all'orgasmo.

Il suo profumo cambiò lievemente quando raggiunse il culmine, e lui tenne ferme le dita memorizzando il modo in cui si toccava, annotandolo mentalmente per il futuro. Lei allargò le gambe, spinse i fianchi verso l'alto e venne, e il cuore di Chappy batté forte come quando aveva raggiunto l'orgasmo lui stesso.

Carlise abbandonò subito il clitoride, ma lui voleva di più, ne aveva bisogno. Girò le dita cercando quel piccolo punto sensibile all'interno del suo corpo e nello stesso tempo andò con la bocca sul clitoride e lo succhiò.

Lei gridò e si aggrappò ai suoi capelli con tanta forza da fargli male, ma Chappy poté solo sorridere a quel lieve dolore, mentre prolungava il suo orgasmo.

Le sue gambe tremavano in modo incontrollato e la sentì tendere gli addominali. Era così bella persa nel piacere che dovette usare tutto il suo autocontrollo per non venire lui stesso. Ma voleva essere dentro di lei quando fosse successo di nuovo. Non c'era niente che desiderasse di più che sentire i suoi muscoli stringergli il cazzo come stavano facendo con le dita, che tirò fuori quando lei emise un piccolo lamento. Prima o poi sarebbe arrivato il momento giusto di portarla più volte al culmine, di costringerla a venire ripetutamente, ma non era quello. Prima doveva diventare un tutt'uno con lei, dimostrarle quanto fosse importante per lui. Adorarla.

Muovendosi in fretta, senza permetterle di riprendersi completamente dall'orgasmo, prese il preservativo che aveva posato sul bordo del materasso. Imprecò quando cercò di aprirlo, perché le sue dita erano bagnate dagli umori di Carlise e non riusciva ad avere una buona presa sulla bustina. Alla fine usò i denti e se lo infilò rapidamente. Poi si mise le sue gambe sull'incavo dei gomiti, allargandola.

Guardò la sua fica aperta e lucida. Era stato *lui* a farla diventare così. L'aveva preparata a ricevere il suo cazzo.

Sollevò lo sguardo verso i capezzoli turgidi e poi sul suo viso. Carlise lo stava fissando stupita e ansimante. Vide amore nei suoi occhi e ciò gli fece quasi perdere il controllo a un passo dall'essere dentro di lei.

«È ok?» non poté fare a meno di chiedere di nuovo. Voleva essere certo che lei lo desiderasse. Non avrebbe mai preso una donna senza il suo permesso.

«Sì!» praticamente gridò.

Sorridendo, Chappy si posizionò tra le sue pieghe e cominciò a spingersi dentro. Non ebbe bisogno di aiutarsi a entrare nel suo corpo, era così duro che non gli serviva alcun tipo di assistenza. Il suo sorriso si trasformò in un gemito quando la punta fu avvolta dalla fica più calda e bagnata che avesse mai avuto il piacere di penetrare.

Strinse i denti quando del liquido preseminale schizzò all'interno del preservativo. Non sarebbe durato. Era una sensazione troppo bella. Era come tornare a casa.

Ma poi Carlise spostò le mani sul suo sedere e lo afferrò con forza, attirandolo più a sé. «Di più! Ti voglio tutto.»

Fu la fine. Bastarono quelle parole per renderlo completamente e totalmente suo.

Si spinse fino in fondo senza fermarsi, fino a quando i loro bacini furono praticamente incollati. Poi scivolò in avanti per andare ancora più in profondità. Il suo cazzo pulsò quasi dolorosamente. Il piacere che partì dalla parte bassa della schiena e corse lungo la spina dorsale e sulle braccia, facendole tremare, fu quasi troppo da gestire.

Le sue palle erano così tese contro il corpo che era un miracolo che non avesse ancora perso il controllo.

«È bellissimo sentirti così. Sono così piena. Mi piace da morire, Riggs. Non ne hai idea.»

Il suo respiro caldo contro l'orecchio accompagnò quelle parole. Non si era nemmeno accorto di essersi abbassato per seppellire il viso nel suo collo. Sollevò la testa e la fissò, per essere sicuro di non farle male, mentre si tirava indietro lentamente e poi scivolava di nuovo a casa.

Non vide dolore sul suo volto, ma solo piacere.

«*Sì*. Riggs! Ancora. Muoviti! Più veloce, ti prego.»

La accontentò volentieri. Mantenne un ritmo costante, dentro e fuori, dentro e fuori, amando che si muovesse a ritmo con lui. Non rimaneva passiva, ondeggiava i fianchi sempre più rapidamente, come se ciò lo avrebbe fatto muovere più velocemente a sua volta.

Le teneva ancora le gambe sopra le braccia, così era praticamente piegata in due sotto di lui. Ogni spinta le scuoteva le tette, e gli fremeva la bocca per il bisogno di succhiarle i capezzoli mentre la scopava. Ma non era un contorsionista, non poteva raggiungerli in quella posizione. Li avrebbe assaporati più tardi.

E all'improvviso, mentre si stava godendo la sensazione di essere dentro di lei per la prima volta, sentì un formicolio alla base della spina dorsale che gli fece capire che sarebbe venuto entro pochi secondi.

Odiava che la loro prima volta finisse così in fretta, non c'era nessun altro posto in cui avrebbe preferito essere se non sepolto in profondità nella sua fica, ma doveva muoversi più velocemente. Stringendo i denti e con lo sguardo fisso sul suo viso, iniziò a scoparla con forza.

Carlise inspirò bruscamente e socchiuse gli occhi per l'estasi che stava provando. Non passò molto che finì anche lui. Si spinse il più a fondo possibile, rimpiangendo per la prima volta in vita sua di non poter riempire una donna con il suo sperma, poi esplose.

Vide le stelle. Per un attimo tutto diventò nero, mentre veniva travolto dal piacere più intenso che avesse mai provato. Quando si riprese, Carlise era ancora piegata quasi a metà, ma gli stava accarezzando la schiena in modo rilassante.

Al diavolo rilassarsi. Voleva che si sentisse sottosopra come lui, così le abbassò le gambe, si sedette sui talloni trascinando con sé la parte inferiore del suo corpo.

«Riggs?»

«Ho bisogno che tu venga di nuovo. Stavolta sul mio cazzo.»

«Come fai a essere ancora duro?» chiese incredula.

«Non sono completamente duro, ma come potrei *non* esserlo guardando questo bellissimo corpo che è tutto mio?» Le mise una mano sulla fica e cominciò ad accarezzarla freneticamente proprio come l'aveva vista fare prima.

Poi fece scivolare le dita tra le pieghe per bagnarle degli umori che erano fuoriusciti e usarli per lubrificare il clitoride. «Vieni per me, tesoro. Fammi sentire come stringi il mio cazzo.»

Sorrise quando lei sussultò. La eccitava proprio che le parlasse in quel modo.

«Riggs, è... oh merda!»

I suoi fianchi ricominciarono a tremare, così come le sue cosce, e questa volta invece di guardarla in viso, Chappy non poté fare a meno di fissare il punto in cui erano uniti. La vista del suo uccello che spariva nel corpo di Carlise era più erotica e sexy di qualsiasi altra cosa avesse visto in vita sua.

Non poté fare a meno di pensare al momento in cui, in un futuro sperava non troppo lontano, avrebbe potuto penetrarla senza barriere. Quando avrebbe potuto riempirla con il suo sperma e guardare la sua pancia crescere con il loro bambino.

Dannazione. Non avevano parlato di bambini o di ciò che sarebbe successo una volta lasciata la baita, ma ora non riusciva a liberarsi di quel pensiero. Sarebbe stata un'ottima madre. Sarebbe stata una bellissima donna incinta. I loro figli avrebbero potuto scatenarsi lì alla baita, godendosi la natura quanto lui. Avrebbe dovuto espandere la casa, aggiungere stanze, ma lo avrebbe fatto senza problemi.

Tornò al presente quando Carlise lanciò un grido liberatorio. Sentirla contrarsi intorno al suo cazzo fu una sensazione indescrivibile. Quella donna lo sbalordiva. Lo aveva impressionato per la sua disponibilità a seguire la corrente, per la sua capacità di adattamento, per la sua gentilezza verso i suoi amici... e ora che erano diventati così intimi, lo aveva piacevolmente sconvolto.

Non appena lei finì di tremare, Chappy uscì con riluttanza dal suo corpo. Il suo cazzo era lucido e fu quasi doloroso togliere il preservativo. Si allontanò per gettarlo via, ma tornò prima che lei si muovesse di un centimetro. Sorrise vedendo com'era distesa sul letto. Raccolse la coperta che era caduta durante il loro amplesso e la tirò sopra di loro dopo essersi sdraiato e aver attirato Carlise contro di sé.

Lei si accoccolò subito, appoggiando una gamba sulla sua e un braccio sul suo petto, avvicinandolo ancora di più.

«Porca miseria, Riggs. Sono stremata.»

Non poté evitare di sorridere soddisfatto. «Anch'io, tesoro.»

«Però ho una brutta notizia per te» gli disse con nonchalance.

Lui si irrigidì. «Cosa?»

«Non uscirò ad accendere il generatore per fare la doccia.»

Rilassandosi, ridacchiò. «Non te lo chiederei mai, quindi puoi stare tranquilla. Lo farò io.»

«Meno male.»

Rimasero sdraiati lì a oziare appagati per diversi minuti, poi Carlise appoggiò il mento sul suo petto e lo guardò.

«Che c'è?» le chiese quando non disse nulla.

«È solo che... non vorrei più andarmene da qui. Voglio vivere per sempre in questa bolla di felicità.»

«Ora capisci perché mi piace venire qui.»

«Sì. È così tranquillo e rilassante.»

«Per quanto mi piacerebbe tenerti qui nel mio letto per poter fare l'amore con te ogni giorno, non possiamo rimanerci per sempre» le disse con dolcezza.

«Lo so. Hai una vita e un lavoro in città. È solo che... non voglio che il mondo reale si intrometta nella felicità che sto provando in questo momento.»

«Non succederà» affermò Chappy con fermezza.

Carlise sospirò. «Succederà non appena accenderai il mio telefono.»

Lui scosse la testa. «No. Me ne occuperò io. Nessuno ti toccherà se posso avere voce in capitolo.»

«Non puoi prometterlo. Sono una persona pragmatica. Non posso stare con te ogni secondo di ogni giorno, per quanto mi potrebbe piacere. Le cose brutte capitano. Le ho viste e vissute in prima persona. Ma il solo fatto di sapere che *vuoi* tenermi al sicuro significa molto per me.»

Sapeva che aveva ragione. Quando accompagnava i gruppi sul sentiero degli Appalachi rimaneva lontano da casa per diversi giorni. E poteva essere impegnato con gli alberi per ore. Ma per fortuna quello non era il periodo dell'anno in cui doveva fare escursioni. Aveva il tempo di scoprire chi diavolo la stava tormentando e di assicurarsi che sapesse che lei era off-limits da lì in avanti. «Sei un tipo sveglio e hai buonsenso. Quando le cose si sono fatte troppo intense, ti sei tirata fuori da quella situazione» le disse dopo un attimo.

«Vuoi dire che sono scappata» replicò ironicamente.

«Sì. E hai messo spazio tra te e chi ti stava molestando. È stata una cosa intelligente da fare. Dico sul serio.»

Sospirò. «Lo spero. Confidavo nel fatto che se non mi avesse trovata avrebbe perso interesse.»

«Be', tra un po' vedremo se ha funzionato. Ma prima voglio rimanere sdraiato qui a godermi il rilassamento che sto sperimentando in questo momento.»

«Due orgasmi fanno questo effetto» disse, con evidente soddisfazione e orgoglio nella voce.

Chappy ridacchiò. «Già. E per la cronaca... non mi è mai successo prima.»

«Cosa? Di avere un orgasmo?» gli chiese con sfacciataggine.

Le fece il solletico sui fianchi, adorando quando strillò e si contorse tra le sue braccia. Sentire i suoi capezzoli contro la pelle nuda e i peli del pube strofinarsi contro la sua coscia era molto intimo, e non poté che amarla ancora di più.

«No, simpaticona» rispose quando si risistemarono. «Che venga due volte in un lasso di tempo così breve. Sono dipendente da te. Forse tra un anno, o cinque o dieci, ti avrò avuta abbastanza volte da non sentirmi così disperato da avere un bisogno urgente di venire.»

Lei ridacchiò. «Sul serio, Riggs, è un complimento. Non mi sono mai sentita così sexy come quando eri chinato su di me, incapace di trattenerti, tanto da dover venire subito.»

«*Sei* sempre sexy» la rassicurò.

«Ti amo» gli sussurrò contro la pelle. «So che la gente non capirà come o perché le cose tra noi sono progredite così in fretta, e nemmeno io riesco a spiegarlo, so solo che ero destinata a essere tua.»

Le sue parole gli fecero chiudere gli occhi per il sollievo e la gratitudine. «Anch'io, tesoro. Anch'io.»

Stava per rotolare di nuovo sopra di lei, quando qualcosa lo fece fermare. Aveva la sensazione di essere osservato, ed era una cosa che non avrebbe mai ignorato, non dopo l'addestramento militare e tutto ciò che aveva passato.

Voltò la testa e sbatté le palpebre.

Baxter era accucciato accanto al letto e lo fissava con enormi occhi marroni.

«Merda» imprecò.

«Che c'è? Cos'è successo?» chiese Carlise un po' preoccupata.

«Non farti prendere dal panico. Non c'è niente che non va. Ma il tuo cane ci sta fissando.»

Lei girò la testa per guardare di lato e la sentì ridacchiare. «Oh, quindi quando vuole uscire è il *mio* cane?» disse in tono impertinente.

«No. È sempre stato tuo. Ti ha trovata mentre camminavi su quella strada, ti ha guidata nella giusta direzione, è venuto a prendermi e mi ha portato da te. È decisamente il tuo cane.»

«Pensi che voglia uscire? O è una specie di voyeur?» domandò con un sorriso.

«Credo che voglia uscire» replicò ridendo.

«Be', non sono ancora pronta ad abbandonare questo letto caldo.»

Chappy si chinò e la baciò. «Non ti stavo chiedendo di farlo. Stavo solo racimolando l'energia e il coraggio necessari per staccarmi dal tuo delizioso corpo, uscire da sotto le coperte calde, vestirmi, mettere uno o due ciocchi sul fuoco, portare fuori il cane, poi accendere il generatore in modo da poter fare una doccia bollente, un caffè e una colazione calda.»

«Mi alzerò mentre sei fuori e preparerò il caffè» si offrì.

Ma lui scosse la testa. «No. Rimani qui. Quando torno voglio vederti sdraiata nel mio letto, nuda e felice. Non so dirti quante volte l'ho fantasticato negli ultimi giorni.»

«Mi vizierai» lo rimproverò arrossendo.

«È il mio obiettivo» replicò senza esitazione. Si voltò verso il cane. «Arrivo, ragazzo. Dammi un secondo.»

Come se Baxter avesse capito, si girò e si diresse verso l'ingresso della baita. Poi si accucciò, rivolto alla porta, come per dargli privacy.

«*Ora* volta la testa» disse Chappy con una scrollata di spalle e una bassa risata prima di uscire da sotto le coperte. Si chinò e la baciò dolcemente. «Ti amo tantissimo. Farò presto.»

Poi si girò, per nulla imbarazzato della sua nudità, e si chinò per raccogliere i vestiti che avevano gettato a terra. Sentiva lo sguardo di Carlise su di sé e ciò lo fece sorridere. Poteva guardare quanto voleva, non gli importava. Ogni centimetro del suo corpo le apparteneva.

Andò al cassettone e indossò un paio di boxer, i pantaloni e una maglia a maniche lunghe, poi si girò di nuovo verso il letto. Proprio come aveva pensato, i suoi occhi erano incollati a lui. «Ti è piaciuto lo spettacolo?» la stuzzicò.

«Più di quanto immagini» rispose con un enorme sorriso.

Sapendo che se si fosse avvicinato si sarebbe infilato di nuovo sotto le coperte e Baxter non sarebbe più uscito, si costrinse ad andare in bagno. Non si aspettava che la mattinata andasse in quel modo, ma ne era più che elettrizzato. Desiderava Carlise dal momento in cui era stato consapevole della sua presenza.

Poteva immaginarsi insieme a lei per anni e anni a venire, ma prima doveva occuparsi di chi la stava molestando. Una volta sistemato quel problema, avrebbero potuto rilassarsi e andare avanti con la loro vita... sperava insieme.

CAPITOLO DODICI

CARLISE NON RICORDAVA di aver mai avuto un inizio di giornata migliore di quello che aveva condiviso con Riggs. Il sesso era stato... meglio di quanto avesse mai pensato potesse essere. Lui era un amante generoso. E non la trattava con i guanti, cosa che lei adorava. Non aveva mai pensato di essere così, che le sarebbe piaciuto che fosse impetuoso. Non tanto da farle male, ma era riuscito a tenerla ferma con facilità quando lei aveva cercato di divincolarsi, facendo prolungare il suo orgasmo in un modo che era stato quasi doloroso, ma alla fine meravigliosamente bello. E l'aveva presa con forza, in modo rude.

Tutto ciò che le aveva fatto le era sembrato incredibile e non vedeva l'ora di rifarlo.

Ma dopo aver portato fuori Baxter e acceso il generatore, si era rifiutato di raggiungerla a letto, ordinandole di rilassarsi. Poiché non voleva essere servita e riverita, non lo aveva ascoltato. Si era alzata, aveva fatto la doccia, lo aveva aiutato a preparare uova, pancetta e toast per colazione, e aveva dato da mangiare al cane.

Sapeva che Riggs stava aspettando che lei tirasse fuori il cellulare, così aveva preso tempo, cercando di pensare a qualcosa di cui parlare che non fosse il suo stalker. Aveva la sensazione che avesse capito cosa stava facendo, ma non le aveva detto niente.

Fu quando finirono di fare i piatti, dopo che Baxter era tornato a russare nella sua cuccia accanto al fuoco e lei aveva divagato sulla trama del libro che stava traducendo e riguardo a chi pensava fosse il cattivo, che lui le si avvicinò e la attirò contro il suo petto mettendole una mano sulla nuca e l'altra intorno alla vita. «È ora, tesoro.»

Carlise sospirò contro di lui e annuì.

«Andrà tutto bene. Te lo prometto.»

Non ne era molto sicura. L'ultima cosa che voleva era che la sua vita reale si intromettesse nella felicità di quel momento. Ma aveva ragione, ignorare il problema non lo avrebbe fatto sparire. Doveva scoprire in un modo o nell'altro se le molestie erano cessate, ora che era lontana da chi la perseguitava.

Riggs si scostò ma non la lasciò andare. «Ti fidi di me?» le chiese.

«Sì» rispose senza esitare.

«Bene. Vai a prendere il tuo telefono mentre io vado fuori a riaccendere il generatore. Vediamo se abbiamo fortuna con il Wi-Fi. Se funziona potremo scoprire di cosa dobbiamo occuparci. Va bene?»

«Ok.» Un senso di nausea le rimescolò la pancia mentre andava allo zaino dove aveva nascosto il telefono per non vederlo. Pregò che Riggs non decidesse che i suoi problemi erano troppo grossi e che non voleva avere nulla a che fare con loro. Con *lei*.

Non gli ci volle molto per uscire e rimettere in funzione il generatore. Lo aspettò con il cellulare in mano e quando tornò glielo porse senza incrociare il suo sguardo.

«Questo non cambia nulla» le disse con fermezza.

Lo guardò esitante.

«I miei sentimenti per te non cambieranno, a prescindere da quello che può aver inviato. Ti amo, Carlise. Nella gioia e nel dolore, non è così che si dice? Voglio che la nostra relazione duri per sempre e anche se dovessimo avere a che fare con questo stronzo per anni, non andrò da nessuna parte. D'accordo?»

Si sentì pervadere da un senso di sollievo. Annuì, troppo emozionata per parlare.

«Bene.» Le diede un bacio sulla fronte, poi rivolse la sua attenzione al telefono.

Mentre lo accendeva, lo fissò con apprensione e trattenendo il respiro.

Non accadde nulla. Nessun suono. Nessuna vibrazione. Niente.

«È scarico?» chiese.

«No. Sembra che abbia circa il venti per cento di batteria» rispose.

«Quindi il Wi-Fi non funziona?»

«Purtroppo pare sia così. Non me ne sono mai preoccupato molto mentre sono quassù, dato che uso la baita per allontanarmi da tutto. Devo assolutamente aggiornare l'impianto per renderlo più stabile, visto che ne hai bisogno per il tuo lavoro. Vado in fondo alla strada, in un posto dove dovrebbe prendere.»

Le diede una piacevole sensazione il fatto che lui volesse aggiornare l'impianto per lei. Ma non era il momento di pensarci. «Prendo il giaccone e vengo con te» disse, voltandosi verso la porta.

Riggs le prese la mano prima che potesse fare un passo. «Penso che dovresti rimanere qui. Io andrò con la Jeep in fondo alla strada e già che ci sono mi fermerò alla tua macchina, controllerò le notifiche e poi tornerò.»

Carlise sapeva che avrebbe dovuto protestare e insistere che quello era un suo problema e che lui non avrebbe dovuto occuparsene. Ma in realtà era sollevata. Dava una bella sensazione, *molto* bella, che qualcuno si prendesse cura di lei. Il fatto era che non sapeva come avrebbe reagito se appena acceso il telefono fossero arrivate un milione di notifiche.

«Per favore, lascia che lo faccia per te, tesoro» le disse.

Annuì.

L'espressione sollevata sul suo viso le fece capire che *aveva bisogno* di farlo. Aveva l'impressione che se avesse insistito le avrebbe permesso di andare con lui, ma il fatto che volesse proteggerla da un possibile assalto al vetriolo quando avrebbe acceso il telefono la fece sentire bene.

«Resta qui con Baxter. Non ci metterò molto» le promise.

«Ok.»

Lui la studiò per un attimo prima di annuire. Era contenta che non esitasse, che volesse farlo subito, anche se una piccola parte di lei avrebbe voluto rimandare ancora per un po'. Ma era una donna adulta e doveva saperlo, in un modo o nell'altro.

Lo accompagnò alla porta e lo baciò con passione prima che lui uscisse con il telefono e le chiavi. Lo guardò attraverso la finestra dirigersi verso il piccolo garage, che ovviamente ospitava il suo veicolo. Un attimo dopo uscì con una Jeep, salutò con la mano come se sapesse che lo stava guardando, poi si avviò lungo il sentiero che il pick-up di Bob aveva ripulito quando era andato lì con gli altri.

Fece un respiro profondo poi si voltò e vide Baxter a nemmeno un metro da lei che la studiava con la testa inclinata, come se intuisse che era stressata.

«Ehi, Bax» disse con dolcezza. «Tornerà presto.»

Lui non si mosse, continuò a fissarla con quel suo sguardo che sembrava capire tutto.

Carlise gli girò intorno, lasciandogli molto spazio, e andò a sedersi sul divano. Non aveva molta voglia di leggere, e non si prese nemmeno la briga di prendere il portatile. Non sarebbe comunque riuscita a concentrarsi.

Con sua grande sorpresa, Baxter fece il giro del divano e saltò sul cuscino accanto a lei.

Girò in cerchio, poi si accucciò con il sedere contro la sua coscia.

Scioccata e deliziata, visto che fino a quel momento era riuscita a toccarlo solo una volta, fece scorrere molto lentamente la mano lungo la sua schiena. La spina dorsale non era più così sporgente come appena incontrato e provò un senso di contentezza.

Incredibilmente si ritrovò a rilassarsi. Qualsiasi cosa Riggs avesse trovato una volta acceso il telefono, se ne sarebbero occupati. Era più eccitata dal fatto che Baxter sembrasse finalmente fidarsi di lei. Oppure stava solo cercando di confortarla. Aveva la sensazione che fosse una combinazione di entrambe le cose.

Qualunque fosse il motivo, l'aveva aiutata a distogliere i pensieri dai messaggi che potevano esserle arrivati. Non

vedeva l'ora che Riggs tornasse in modo che potesse vedere
Baxter. Sorrise e continuò ad accarezzarlo... che era l'ultima
cosa che avrebbe pensato di fare in quel momento.

———

Chappy guardò accigliato il telefono. Si era aspettato di
trovare qualche mail o messaggio, ma di certo non *centinaia*.
La fuga di Carlise da Cleveland non solo non aveva fatto desistere il suo stalker, ma a quanto sembrava aveva anche aggra-
vato la situazione.

Con il corpo teso, li scorse tutti. Erano diventati sempre
più pieni di rabbia con il passare dei giorni. Chiunque fosse lo
stalker, era infuriato perché non riusciva a trovarla, non
rispondeva ai suoi messaggi e perché apparentemente era
irraggiungibile.

Gli si strinse lo stomaco. Carlise doveva assolutamente
andare a Newton e parlare con il capo della polizia.

Alfred Rutkey era un brav'uomo, viveva nel Maine da tutta
la vita, e Chappy lo rispettava. Non tollerava intrallazzi nella
sua città e non esitava mai a mandare un aiuto quando qualcuno era ferito o si era perso lungo il sentiero degli Appalachi.
Ad alcuni capi della polizia delle piccole città non piaceva
spendere i loro sudati, e un po' scarsi, fondi in quella che
molti ritenevano essere una ricerca inutile, ma Rutkey non era
uno di loro.

Chappy era estremamente sollevato che Carlise non stesse
leggendo tutti quei terribili messaggi. Mentre li scorreva, la
sua rabbia aumentava sempre più. Come *osava* qualcuno trat-
tare un altro essere umano in quel modo? Come osava pensare
che lei gli dovesse qualcosa?

Gli ultimi messaggi erano i più preoccupanti.

Sconosciuto: *Dove sei, stronza?*

Sconosciuto: *Pensi di poterti nascondere da me? Non puoi andare da nessuna parte senza che io ti trovi.*

Sconosciuto: *Alla fine dovrai tornare, e quando lo farai, io sarò ancora qui. Ad aspettare. A guardare.*

Sconosciuto: *Come sta tua madre? Sembrava piuttosto rilassata in biblioteca. Peccato che si sia ritrovata quella gomma bucata l'altro giorno.*

Sconosciuto: *Le donne sono state create per obbedire. Per essere sottomesse agli uomini. Il problema del mondo sono le persone come te. Non ti è ancora entrato in testa che non sei niente senza un uomo che ti dica cosa fare.*

Sconosciuto: *Dove cazzo sei? La pagherai cara quando ti troverò!*

C'erano anche diverse mail sconclusionate che non avevano davvero molto senso. Ma le minacce erano chiare. La sua donna era in pericolo, e forse anche sua madre se lo stalker l'aveva davvero seguita come aveva insinuato, bucandole anche la gomma.

Se fosse stato per Chappy, Carlise non sarebbe mai più tornata a Cleveland e sua madre si sarebbe trasferita a Newton.

Sospirò. Avrebbe tanto voluto dirle che era tutto a posto, che non c'erano messaggi, in modo che non si stressasse, ma non le avrebbe mentito. Prima di tutto sarebbe stata una cosa stupida, secondo, non voleva che abbassasse la guardia. Inoltre, doveva avvertire anche sua madre di stare attenta.

Lui rispettava le donne. Non dovevano "obbedire" a un uomo tanto quanto gli uomini non dovevano pretendere la sottomissione. Per quanto lo riguardava, le donne erano quelle che facevano girare il mondo.

Rimase seduto nella Jeep sul ciglio della strada, pensando ai passi successivi. Doveva parlare con Carlise una volta tornato alla baita, per assicurarsi che capisse che chiunque fosse il suo stalker non aveva intenzione di cedere. Poi avrebbe parlato con il capo Rutkey per chiedergli di indagare su Tommy, il suo ex. E voleva mettere al corrente della situazione i suoi amici e discuterne con loro. Avrebbero contribuito a tenere Carlise al sicuro, non aveva dubbi.

La verità era che anche se avevano deciso di occuparsi degli alberi e di non fare nulla di stereotipato per degli ex soldati delle forze speciali, tipo addetti alla sicurezza o guardie del corpo, Chappy sentiva ancora il bisogno profondo di tenere gli altri al sicuro. Teneva sempre d'occhio le persone che accompagnava nelle escursioni, e lui e i suoi amici erano tutti molto protettivi nei confronti di April, non solo perché era una loro dipendente, ma anche perché sembrava non avere nessun altro su cui contare. Non conoscevano la sua storia, ma avevano avuto l'impressione che, qualunque cosa le fosse successa, non fosse stata piacevole.

Chappy non aveva dubbi che quando Bob, Cal e JJ avessero saputo della situazione, avrebbero fatto di tutto per assicurarsi che lo stalker non si avvicinasse alla sua donna.

Sospirò e inoltrò le mail alla propria casella, poi creò una cartella nel programma di posta elettronica di Carlise chiamata "Roba orribile". Non poteva cancellarle perché erano prove, ma non voleva nemmeno che lei le vedesse. Aprì le mail che aveva ricevuto da sua madre e da Susie, ma non le lesse. Voleva solo che lei fosse in grado di leggerle senza bisogno della rete mobile o del Wi-Fi quando fosse tornato alla baita.

Era incerto su come comportarsi con i messaggi carichi d'odio dello stalker. Alla fine li lasciò perché sapeva che costituivano altre prove, ma le avrebbe chiesto di non leggerli per evitare ulteriori paure e stress, e di fidarsi di lui sul fatto che si sarebbe occupato del problema.

La amava. Più di quanto avesse mai creduto possibile dopo poco più di una settimana. E ciò lo spaventava a morte. Ora che aveva avuto un assaggio di cosa significava trovare l'anima gemella, essere amato da lei, e di come avrebbe potuto essere la vita con Carlise al suo fianco, aveva il terrore di perderla.

Guardò l'orologio e imprecò. Era stato via più a lungo di quanto avesse inteso. Soprattutto con uno stalker in giro, incazzato per qualche motivo che non era riuscito ad accertare. Per quanto ne sapeva, Carlise non aveva fatto altro che rompere con un uomo che abusava di lei, e ora stava cercando di andare avanti con la sua vita. Inoltre, nessuna mail o messaggio diceva che voleva che tornasse con lui... nessun accenno nemmeno della rottura o della loro relazione.

Se lo stalker fosse stato Tommy, non avrebbe dovuto riferirsi in qualche modo al tempo trascorso insieme?

Quella era solo una delle cose che lo confondevano. Da quello che aveva capito, lei non era il tipo di persona che poteva provocare una tale *furia* da parte di qualcun altro. Aveva rotto con quell'uomo ed era andata avanti. Chappy non sapeva se l'avesse fatto anche *lui*, ma era chiaro che chiunque stesse inviando i messaggi odiava Carlise.

Chiunque fosse lo stalker era ovvio che fosse instabile. Molti uomini avevano quell'atteggiamento mentale per cui se loro non potevano stare con una donna, non lo avrebbe fatto nessun altro. Non aveva mai capito quel modo di pensare. Se una donna non voleva stare con lui, perché mai avrebbe dovuto lottare per trattenerla? Non aveva senso.

La sua mente era un turbinio di cose che doveva fare, ma la prima e più importante era tornare da Carlise. Era una sensazione strana avere un bisogno disperato di stare al fianco di qualcuno. Voler sapere cosa stava facendo in ogni momento. Non perché fosse invadente o possessivo, ma perché voleva assicurarsi che lei avesse tutto ciò che le serviva o desiderava.

Chappy aveva controllato anche la sua Honda CR-V prima di fermarsi per accendere il telefono. Era stata molto fortunata quando era uscita di strada. Sì, aveva colpito un albero frontalmente, ma era chiaro che non stesse andando troppo veloce. C'erano anche altri due alberi lì vicino, il doppio più grandi, che avrebbero danneggiato la sua auto in modo ancora più serio, a prescindere dalla velocità.

Comunque, il SUV doveva essere riparato per poterlo guidare. Come aveva sospettato, la batteria era scarica. E da come l'auto era inclinata, aveva la sensazione che avesse una o due gomme sgonfie.

Probabilmente a lei non sarebbe piaciuto, ma Chappy voleva trainare l'auto fino in città per farla controllare da un meccanico. Magari fargli mettere delle gomme da neve, fargli dare una messa a punto... cose del genere. Il Maine era estremamente critico per i veicoli e voleva assicurarsi che potesse guidare in sicurezza. Carlise era ormai la persona più importante della sua vita e avrebbe fatto tutto il necessario per mantenerla in buona salute e viva per gli anni a venire. Compreso assicurarsi che la sua auto fosse in condizioni perfette... e porre fine alla minaccia dello stalker.

Tornò lentamente verso la baita. Verso Carlise. La lama spazzaneve di Bob aveva fatto un ottimo lavoro per liberare la strada che portava a casa sua. Però non era perfetta, da lì la necessità di andare piano, ma lui era un ottimo guidatore e la sua Jeep aveva affrontato condizioni peggiori.

Tuttavia, quando entrò nel piccolo garage che aveva costruito accanto alla baita, tirò un sospiro di sollievo; se gli fosse successo qualcosa mentre era in giro, l'avrebbe lasciata da sola, ed era inaccettabile. Per sicurezza le aveva lasciato il telefono satellitare, ma era felice di essere tornato.

Mentre si dirigeva verso l'ingresso, guardò la proprietà e prese mentalmente appunti per ampliare il garage e aggiungere un posto per la CR-V. Era improbabile che portassero due veicoli lassù, ma nel caso voleva essere sicuro che ci fosse posto per metterle entrambe al riparo.

Entrò e aprì la bocca per salutare, ma si fermò in tempo.

Fissò invece Carlise che stava dormendo sul divano, con la testa appoggiata sul cuscino dietro, la bocca leggermente aperta... e aveva una mano sulla testa di Baxter che era raggomitolato accanto a lei.

Il cane era sveglio e lo guardò, ma non si mosse dal suo posto, cosa che approvò totalmente.

«Ehi, ragazzo. È comodo lì, vero?» chiese sottovoce, mentre posava il telefono di Carlise sul bancone. Non riuscì a fare a meno di avvicinarsi a lei, come se fosse una specie di calamita che lo attirava.

Camminò lentamente per non allarmare Baxter, ma lui

sembrò contento di rimanere dov'era. Chappy si accovacciò accanto al divano e la fissò.

Era consapevole di essere un figlio di puttana fortunato. Era davvero bella. Osservò i suoi lunghi capelli biondi scompigliati intorno al viso, ricordò di averci passato le mani mentre dormiva tra le sue braccia, e quanto gli era piaciuto vederli sul suo cuscino. Lei era un sogno che si era realizzato. Il *suo* sogno diventato realtà.

Come se avesse percepito il suo sguardo intenso, Carlise sbatté le palpebre e poi aprì gli occhi. Lo fissò confusa per un attimo, poi le sue labbra si curvarono in un sorriso pigro e assonnato. «Ehi» lo salutò.

«Ehi» replicò lui.

Quando non disse altro, gli chiese: «Va tutto bene?»

«Tutto a posto» la rassicurò. «Sono appena tornato. Sei stanca?»

Scosse la testa. «Non proprio. Ma mi sono seduta e Baxter si è unito a me.» Sorrise al cane al suo fianco. «Non ho voluto alzarmi per prendere il portatile per paura di disturbarlo. Immagino di essermi addormentata. Qualcuno mi ha stancata stamattina» disse con un timido sorriso.

Chappy invece ne fece uno enorme. Quello era ciò che aveva sempre sognato ma che non aveva mai pensato di poter avere. Tornare a casa e trovare la donna che amava ad aspettarlo e a sorridergli felice.

«Vuoi che ti prenda il portatile? Vuoi qualcosa da bere? Hai fame?»

Lei scosse la testa. «No, sto bene così. Comunque, che ora è? Quanto tempo sei stato via? Oh! Ha scritto?»

Fu ovvio che si fosse appena ricordata dov'era stato e

perché. Chappy rimpianse la perdita della sua donna assonnata e ignara.

«Non sono stato via tanto. Forse un'ora. E sì... ha scritto.»

«È...» Fece una pausa, poi disse di getto: «È roba brutta?»

«Diciamo che essertene andata non ha fatto sì che lo stalker si dimenticasse di te» rispose cupo.

Carlise curvò le spalle e abbassò lo sguardo.

Lui le mise un dito sotto il mento e lo sollevò delicatamente, in modo che non avesse altra scelta che guardarlo. «Andremo in fondo a questa storia» dichiarò con fermezza.

«Non so nemmeno cos'ho fatto per farlo arrabbiare così tanto» sussurrò. «Voglio dire, sono solo *io*. Non sono certo una modella. Non sono niente di speciale. Perché fa così?»

Chappy si mosse piano per non disturbare Baxter e si sedette al suo fianco. Portò la mano che aveva sotto il mento sulla nuca, mentre con l'altra le strinse la vita. «Tu *sei* speciale. Sei intelligente, divertente, bella e così dannatamente sexy che fatico a tenere le mani lontane da te praticamente sempre.

Il fatto che tu sia *solo tu* è il motivo per cui mi sono innamorato così in fretta. So, senza ombra di dubbio, che senza di te ero solo la metà dell'uomo che potevo essere. Da quando ho lasciato l'esercito, esistevo e basta. Ora, invece, mi sembra di avere un nuovo scopo nella vita. È come se tutto ciò che ho visto e fatto, e il periodo in cui sono stato prigioniero... siano valsi a qualcosa. Li ho superati perché il mio destino era incontrare *te*.

A essere sinceri, ho la sensazione che questo tizio ti stia perseguitando perché sa di essersi lasciato sfuggire una cosa bella. Ha fatto un casino e vuole disperatamente che torni con lui, vuole averti sotto il suo controllo. Ma non succederà. Non gli permetterò di spegnere la tua luce... perché ora è *mia*. E non lo dico in senso inquietante e da psicopatico. È mia da proteggere. Da tenere al sicuro. Per aiutarti a brillare.»

Mentre lui parlava Carlise aveva iniziato a piangere.

Chappy non aveva idea da dove fossero arrivate quelle parole, non era esattamente conosciuto per avere un animo romantico, ma in qualche modo lei era riuscita a tirargliele fuori.

«Riggs» mormorò.

«Eravamo destinati a stare insieme» le disse semplicemente. «Non posso pensare che un potere superiore ti abbia portata da Baxter, che ti ha condotta da me, per poi farti sparire dalla mia vita. Parleremo con il capo della polizia di Newton. Diremo ai miei amici cosa sta succedendo. Diremo a tua madre e a Susie di stare attente, che qualcuno là fuori potrebbe cercare di usarle per farti tornare a Cleveland. Faremo tutto il necessario per assicurarci che tu sia al sicuro e che lo siano le persone a cui tieni, così da poter vivere per sempre felici e contenti.»

«Pensi che se la prenderà con mia madre o con Susie?» chiese allarmata.

Merda. Non aveva avuto intenzione di spaventarla. «Vorrei poter dire di no, ma sinceramente non so *cosa* farà questo tizio.» Non voleva accennare al fatto che sospettava che lo stalker stesse sorvegliando sua madre. Non quando era già così preoccupata. «Ti giuro che troveremo una soluzione. Se necessario porteremo la tua migliore amica e tua madre qui a Newton. Assumerò delle guardie del corpo per entrambe. Le manderemo in crociera per un mese. Qualsiasi cosa vorranno. Ma farò tutto il possibile per assicurarmi che siano al sicuro perché è la cosa giusta da fare e perché so che ti preoccuperesti e ti daresti la colpa se dovesse accadere loro qualcosa.»

Carlise chiuse gli occhi con un sospiro e si appoggiò a lui. «Sono così stanca.»

«Allora dormi» replicò subito.

Lei aprì gli occhi e scosse la testa. «No, voglio dire che sono solo stanca di tutto questo. Di preoccuparmi. Di stressarmi. Stanca di chiedermi quando e dove potrebbe farsi vivo. Non sono dispiaciuta di aver lasciato Cleveland, perché mi ha portata da te... ma adesso? Mi troverà qui e dovrò andarmene di nuovo? E poi? Dove andrò? Dove sarò al sicuro?»

«Con me. Con me sarai al sicuro» affermò Chappy con fermezza. «Non permetterò che ti accada nulla.»

«Non puoi impedirlo» disse lei con tristezza. «Alla fine mi troverà. Ti farà del male perché stai con me? O lo farà ai tuoi amici? Ad April? A Baxter? Io... non posso permettere che ti succeda qualcosa, Riggs. Non posso. Farò di tutto per evitare che tu venga risucchiato in questa vicenda drammatica.»

«Sai cosa puoi fare?»

«Cosa?»

«Combattere. Per me. Per te. Per *noi*. Hai ragione sul fatto che non posso essere sempre al tuo fianco, ma non voglio che rinunci a noi. Non scappare. Resta qui nel Maine. Con me. Combatti per quello che abbiamo. È unico. Non mi sono mai sentito così prima d'ora, e non mi importa quanto velocemente siano accadute le cose. Siamo fatti l'uno per l'altra e nessuno stalker ce lo porterà via.»

«Posso farlo. Combattere, intendo» disse sommessamente.

«Bene. Ora, vuoi vedere i messaggi di tua madre e di Susie?» le chiese, avendo bisogno di cambiare argomento. Il solo pensare che Carlise dovesse lottare contro lo stalker, che dovesse lottare per la sua vita, gli dava la nausea.

«Oh, posso vederli? Pensavo che non avrei potuto dato che il Wi-Fi non funziona» disse eccitata.

«Ho scaricato le mail sulla memoria del tuo telefono. Non le ho lette» disse in fretta.

«Non mi darebbe fastidio se lo facessi. Mi fido di te, Riggs.»

Ancora una volta, lo mise in ginocchio con quelle parole.

«Mi sono inoltrato le mail dello stalker, poi le ho messe in una cartella chiamata "Roba orribile" sul tuo account. So che sarà dura, ma preferirei che non le leggessi. Ti turberebbero, e poi ho intenzione di occuparmene io, ma non ho potuto fare nulla per i messaggi. Quindi voglio chiederti di non leggere nemmeno quelli. Almeno non quelli provenienti dall'account sconosciuto. Puoi leggere quelli della tua amica e di tua mamma, ma mi farebbe sentire molto meglio se lasciassi perdere gli altri, per ora.»

Carlise annuì. «Mi sembra di essere una mammoletta perché sono sollevata di non dover vedere ciò che ha scritto.»

«Non lo sei» replicò lui senza esitare.

Sospirò. «Grazie. Non so cosa avrei fatto se non ci fossi stato tu.»

Chappy non voleva proprio pensarci, perché se non avesse deciso di andare alla baita per allontanarsi dalla vita per un po', probabilmente lei sarebbe morta lì, nella natura selvaggia. La sua auto sarebbe stata trovata senza di lei all'interno. Forse il suo corpo non sarebbe stato scoperto prima del disgelo primaverile. Rabbrividì al pensiero.

Per nascondere la sua angoscia, si chinò e le baciò la

fronte. «Ma io *ero* qui e tu mi hai trovato» affermò con fermezza, sfiorando con le labbra la sua pelle a ogni parola.

Annuì contro di lui, poi sussurrò: «Baxter *è salito sul divano* con me! Mi lascia toccarlo!»

Chappy sorrise. «Ho visto.»

«È spaventato, ma si è fidato di me, ha capito che non gli avrei fatto del male. È quello che provo per te, Riggs. Sono un po' nervosa per quanto ti amo e per la velocità con cui sta accadendo. Ma ho fiducia nel fatto che non mi farai del male. Che mi tratterai bene. E quando in futuro darò di matto per cose piccole o stupide perché mi ricordano qualcosa del mio passato, confido che lo sopporterai. Che saprai che non sto combattendo te, ma i miei ricordi.»

La fissò negli occhi e annuì. «Non avrei saputo dirlo meglio, tesoro. I miei aguzzini hanno preso una parte di me. Hanno rubato una fetta della mia anima. E a volte mi sono chiesto se l'avrei mai riavuta indietro. Ma con te al mio fianco ho la sensazione che ci riuscirò. Sii paziente anche tu con me, amore. Se dovessi dire o fare qualcosa che ti potrebbe far venire dei ripensamenti sul fatto di stare con me, dammi la possibilità di rimediare.»

«Certo. E ce la faremo» gli disse con fermezza. «Lo so.»

Chappy tirò un sospiro di sollievo. «Lo penso anch'io. Rimani lì. Tu e Bax sembrate troppo comodi per muovervi. Ti prendo il telefono e ti faccio leggere le mail e i messaggi. Ce ne sono un paio di persone che presumo siano clienti. Vado fuori ad accendere il generatore e a vedere se il Wi-Fi funziona, così potrai rispondere se necessario.»

Le diede un rapido abbraccio e fece per alzarsi, ma lei lo fermò mettendogli una mano sul braccio. «Riggs?»

«Sì, tesoro?»

«Ti amo.»

Dio, non si sarebbe mai stancato di sentirla pronunciare quelle parole. «Ti amo anch'io» rispose. «Torno subito.»

Avrebbe voluto accarezzare Baxter, ma non volle spaventarlo. Così si alzò e si diresse verso il bancone dove aveva lasciato il telefono. «Vuoi pasta alla caprese per pranzo?» chiese. «Pasta, pomodori e mozzarella?»

«Sembra deliziosa, anche se mi sarebbe andato bene un panino con burro di arachidi e marmellata» scherzò.

Cinque minuti più tardi, mentre stava armeggiando in cucina, controllò Carlise e la vide concentrata sul telefono. Si era infilata i capelli dietro a un orecchio e con la mano libera accarezzava distrattamente Baxter.

Riempiva la sua casa semplicemente esistendo, e allo stesso modo occupava tutti gli spazi vuoti del suo cuore. Forse lei non lo sapeva, ma la nuova missione di Chappy nella vita era fare tutto il possibile per renderla felice.

———

Osservando a occhi socchiusi la madre di Carlise pensò che sarebbe stato facilissimo avvicinarsi di soppiatto alle sue spalle mentre armeggiava con le chiavi nella porta della sua villetta. Spingerla dentro, buttarla a terra, legarla. Farle confessare dove si trovava la figlia.

Quella debole puttana non avrebbe resistito nemmeno a due minuti di tortura, sarebbe crollata subito.

Quella vecchia, prima di tornare a casa, aveva spinto un carrello della spesa in giro per il supermercato come se non avesse alcuna preoccupazione al mondo. Era stato irritante. Esasperante. Perché non era possibile che fosse stata così

indifferente, che avesse canticchiato tra sé e sé in quel maledetto reparto ortofrutta, se non sapeva dov'era sua figlia. Era
chiaramente in contatto con lei.

L'unico modo per far tornare Carlise a Cleveland era che
succedesse qualcosa di terribile a sua madre. Se quella stupida
troia non avesse riportato il suo culo lì da sola, nonostante i
ripetuti avvertimenti, allora avrebbe dovuto prendere misure
drastiche.

O la vecchia vuotava il sacco riguardo al nascondiglio, o
avrebbe sofferto al posto della figlia.

In un modo o nell'altro, Carlise l'avrebbe pagata per essere
stata una maledetta stronza.

CAPITOLO TREDICI

«VADO A TAGLIARE altra legna mentre tu parli con tua madre e Susie» disse Riggs dirigendosi verso la porta, dove si fermò per mettersi gli scarponi e il giaccone.

«Non voglio buttarti fuori di casa. Non mi dispiace se resti mentre parlo con loro» replicò Carlise accigliata.

«Non c'è problema. Voglio che tu possa dire tutto ciò che vuoi senza preoccuparti che io ti senta.»

Prima che Riggs servisse il pranzo, lei aveva letto i messaggi della madre e quelli dei clienti, ma non era arrivata a quelli di Susie. In seguito, le aveva suggerito di chiamare con il telefono satellitare le persone a cui teneva per rassicurarle che stava bene. Magari dire loro di fare attenzione finché non fossero riusciti ad andare a Newton a parlare con il capo Rutkey.

«Sentire cosa? Non ho segreti per te.»

Le fece l'occhiolino e quasi svenne per quanto era sexy.

«Oh, sai... che sono carino e che non riesci a togliermi le mani di dosso.»

Non aveva torto, ma Carlise alzò gli occhi al cielo. «Penso sia lei che non riesce a tenere le mani a posto, signore» scherzò.

«È vero» replicò senza il minimo imbarazzo. Avanzò come un predatore – fu l'unico modo che le venne in mente per descrivere come si avvicinò – e lei indietreggiò fino a rimanere intrappolata contro il bancone.

Le afferrò i fianchi e la strattonò contro di sé.

Carlise ridacchiò e gli mise le mani sul petto, appoggiandosi senza preoccuparsi delle sue intenzioni. Se Tommy l'avesse afferrata in modo così aggressivo, avrebbe cercato di liberarsi.

«Tu, donna, sei letale. Giuro, basta che ti guardi e ti desidero. Sempre. Non ne ho mai abbastanza. Ma non è solo il sesso. È parlare con te. Osservarti lavorare. Vedere come sei con Baxter e la fiducia che ha verso di te. Sentirti ridere quando faccio qualcosa di stupido. È tutto, insomma.»

«Ti sbagli, sei *tu* che sei pericoloso. Non pensavo di poter essere così... così fissata con il sesso.»

«Finché è solo con me, mi sta bene» le disse con un sorrisetto.

«Oh, su quello non c'è dubbio. Sei l'unico uomo che voglio» ammise seria.

«Bene. Ora baciami prima che vada fuori per diventare tutto caldo e sudato, e probabilmente indolenzito. Sono sicuro che avrò bisogno di un massaggio quando tornerò dentro.»

«Certo. Ovvio che ne avrai bisogno. Ma solo dopo una doccia» lo stuzzicò.

Le sorrise, poi abbassò la testa, e Carlise si alzò in punta di piedi per incontrarlo a metà strada. Aveva voglia di baciarlo da quando lo avevano fatto poco prima di pranzare, quando l'aveva girata di colpo e gliene aveva stampato uno sulle labbra impazienti.

Il bacio diventò subito carnale. Quando Riggs si staccò, Carlise aveva la felpa storta, una mano posata sulla sua pelle nuda sotto la maglia e il giaccone che gli aveva aperto, e aveva infilato l'altra tra i suoi capelli, che ora erano sparati in tutte le direzioni a forza di stringerli e tirarli..

«Letale» mormorò, prima di baciarla di nuovo con forza. Poi si tirò indietro, le raddrizzò la maglia e si chiuse la cerniera del giaccone.

«Il freddo mi farà bene» poi si rivolse a Baxter. «Vuoi uscire con me, Bax?».

Il cane non emise un suono, si limitò a trotterellare verso la porta e a guardarlo come per dire: "Allora, andiamo?".

Ridacchiarono. Poi Carlise non riuscì a trattenersi dal dire: «Fai attenzione.»

Fece subito una smorfia. Era una persona apprensiva, non poteva farne a meno. L'aveva sempre detto anche a Tommy ogni volta che era andato da qualche parte e lui l'aveva odiato. Si era lamentato dicendole che era ridicola, perché non sarebbe stato avventato di proposito.

Invece Riggs le sorrise. «Sempre. Prenditi il tuo tempo con le telefonate. Mi ci vorrà un po'.»

«Ok.» Andò alla porta e la aprì, ma lei lo fermò: «Riggs?»

«Sì?»

«Ti amo.»

Vedere il sorriso che gli illuminò il viso fu il momento più bello della sua giornata.

«Ti amo anch'io. A dopo.»

Poi uscì.

Carlise fece un respiro profondo, prese il telefono satelli-tare e andò sul divano. Si mise una coperta sopra le gambe e compose il numero di sua madre.

Rispose dopo tre squilli.

«Pronto?»

«Ciao mamma, sono Carlise.»

«Leese! Dove sei? Stai bene? Non hai risposto a nessuna mail, né ai messaggi. Ero così preoccupata!»

«Sto bene, mamma.»

Ci fu una breve pausa all'altro capo del telefono. «In effetti, sembra davvero così. Soprattutto considerando che l'ultima volta che ci siamo sentite eri praticamente nel panico.»

Fece una smorfia. Aveva chiamato la madre quando stava per lasciare Cleveland. In quel momento era stressata, non sapeva dove andare o quando sarebbe tornata e, naturalmente, non aveva idea di chi la stesse tormentando.

«Dove sei?» le chiese.

«Nel Maine» rispose con un piccolo sorriso.

«Cosa? Davvero? Nel Maine? Aspetta, non c'è appena stata una terribile bufera di neve o qualcosa del genere?»

«In effetti, sì. Per farla breve, mi sono persa e sono uscita di strada proprio mentre stava iniziando la tormenta. Mi ha trovata un cane che mi ha letteralmente salvato la vita.»

«Carlise Renee Edwards, è meglio che mi racconti subito tutto! Che diavolo è successo?» le chiese, sconvolta.

«Calmati, mamma. Sono al *sicuro*. E cosa migliore... sono felice. Ho conosciuto qualcuno.»

Ci fu un momento di silenzio. «Oh, tesoro» disse sua

madre, con un tono che esprimeva chiaramente che non fosse entusiasta di quello sviluppo.

«È meraviglioso, mamma. Te lo assicuro. Non è affatto come Tommy... o come papà. Ha una piccola baita ed è così carina. Baxter, il cane di cui ti ho accennato prima, mi ha portata dritto da lui. Era ammalato quando sono arrivata qui e ho dovuto prendermi cura di lui per tre giorni, mentre fuori la bufera infuriava. Quando si è svegliato ero preoccupata che la situazione potesse diventare pericolosa, ma lui ha fatto il possibile per far sì che mi sentissi a mio agio, non minacciata. Si chiama Riggs. Era nell'esercito, è stato prigioniero di guerra con i suoi amici, e ho conosciuto anche loro. Sono venuti ad assicurarsi che stesse bene dopo aver saputo che si era ammalato e che c'era una sconosciuta in casa sua. E lo amo.»

Era consapevole di aver parlato senza prendere fiato, e blaterato come se avesse avuto otto anni, ma aveva voluto spifferare tutto prima che sua madre le dicesse che stava commettendo un errore, che stava affrettando le cose. Che non approvava.

Quando sulla linea ci fu di nuovo silenzio, disse in tono preoccupato: «Mamma?»

«Sono qui» rispose, sembrando incredibilmente calma.

«Di' qualcosa» la implorò. «Mi stai spaventando.»

«La mamma che è in me vorrebbe dirti che stai facendo le cose troppo in fretta. Che non è possibile che tu possa amare un uomo che hai appena conosciuto.»

«Ma?» chiese, trattenendo praticamente il respiro mentre aspettava che le dicesse ciò che pensava.

«Ma... c'è qualcosa nella tua voce che non ho mai sentito prima. Di certo non quando parlavi di Tommy. Ti tratta bene quest'uomo?»

«Meravigliosamente. È diverso da tutti quelli che ho incontrato. Ho avuto la sensazione di conoscerlo prima ancora che dicesse una parola.»

Sentì tirare su con il naso.

«Mamma? Cosa c'è che non va? Stai piangendo?»

«Non c'è niente che non va. Sono solo felice per te.»

Carlise sbatté le palpebre sorpresa. «Pensavo che ti saresti arrabbiata. O almeno che mi avresti avvertito di rallentare o qualcosa del genere.»

«Tesoro, sapevo prima ancora di percorrere la navata con tuo padre che non avrei dovuto farlo. Ma non ho avuto il coraggio di tirarmi indietro. C'era troppa gente in chiesa, erano stati spesi troppi soldi. E poi, mi ci sono voluti troppi anni per liberarmi... e per liberare te. Mi vergogno di essere rimasta con lui così a lungo. Hai avuto dei pessimi esempi di cosa sia l'amore. Di come dovrebbe comportarsi un partner.

Ma ciò ti ha resa anche diffidente e molto consapevole di come un uomo *dovrebbe* trattarti. Se dici di amarlo e lui ti tratta bene, allora ti dico di buttarti. Non c'è niente di meglio che vivere a stretto contatto per giorni, per farti capire che tipo di uomo è. Sì, è successo molto in fretta... ma se c'è qualcuno che merita di essere felice, quella sei tu. Hai già sofferto troppo nella vita.»

Un senso di sollievo la pervase e le vennero le lacrime agli occhi. Sapeva già di amare Riggs, ma avere il sostegno di sua madre significava tutto per lei. «Lo adorerai. È molto protettivo.»

«Questo è un bene. Ma è sexy? Ti prego, dimmi che è un boscaiolo!»

Carlise scoppiò a ridere. «In effetti lui e i suoi tre amici possiedono un'azienda chiamata Jack's Lumber, gestiscono un servizio di manutenzione alberi.»

Rise anche sua madre. «E com'è di aspetto?»

«Oh, mamma» sussurrò. «È bellissimo.»

«Quando potrò conoscerlo? Quando torni a casa? Lo porterai con te?»

Quella era la parte difficile. «Be'... non posso ancora tornare» si limitò a dire.

«Tommy ti sta ancora tormentando, vero?» ipotizzò.

«Sì. Non è contento di non riuscire a trovarmi. Riggs ha controllato il mio cellulare – è dovuto scendere in fondo alla strada perché alla baita non c'è campo, infatti sto usando il suo telefono satellitare per parlare con te – e ci sono ancora più mail e messaggi di quelli che avevo prima di partire. Quindi resterò qui per un po'. E nel frattempo prego che Tommy superi la sua ossessione al più presto.»

Sua madre sospirò. «Lo capisco, ma odio che ti trovi in questa situazione.»

«Lo so. E devi stare attenta anche tu. Credo che lui... abbia lasciato intendere che sarebbe venuto da te se non fosse riuscito a trovarmi.»

«So badare a me stessa. Lo sai» disse con fermezza. «Posso essere rimasta troppo a lungo con tuo padre, ma ho imparato molto da quello. Ora sono una persona diversa. Mi dispiace solo di averci messo tanto tempo e che tu abbia dovuto soffrire a causa delle mie decisioni.»

«Non ti biasimo. Ti capisco. Se avessi avuto un figlio con Tommy, sarebbe stato molto più difficile andarmene. E so che sei forte, ma se ti succedesse qualcosa per colpa mia, non me lo perdonerei mai.»

«Non dirlo nemmeno. Io starò bene. Tu resta lì. Continua

a conoscere il tuo uomo. Sembra che sia consapevole di ciò che sta succedendo e speriamo che ti protegga.»

«Lo farà» la rassicurò senza il minimo dubbio.

«Bene. Grazie per aver chiamato, tesoro. Ero davvero molto preoccupata.»

«Mi dispiace. Non so quando chiamerò di nuovo, ma sappi che sono al sicuro.»

«Ok. Prima o poi voglio conoscere il tuo Riggs.»

«Certo. Ti voglio bene, mamma.»

«Ti voglio bene anch'io, tesoro. Abbiate cura di voi e fate attenzione. Ci sentiamo presto.»

«Lo faremo. Ciao.»

«Ciao.»

Chiuse la chiamata sentendosi molto meglio. Si era preoccupata di cosa avrebbe pensato sua madre del fatto che si era innamorata di un uomo dopo solo pochi giorni che lo conosceva. Ma aveva ragione, sapeva come doveva o non doveva essere una relazione e, fino a quel momento, Riggs aveva superato di gran lunga ogni suo sogno.

Si alzò e si avvicinò alla finestra. Il tempo era bello ed era il primo giorno da quando era arrivata che non aveva gelato. Faceva ancora freddo, ma il sole che splendeva lo rendeva quasi mite.

Una palla di neve passò davanti alla finestra seguita da Baxter, che saltò e la prese a mezz'aria. Naturalmente si disintegrò non appena la morse, ma ciò non impedì a quello sciocchino di saltellare come se avesse sconfitto un nemico.

Carlise guardò a destra, da dove era arrivata la palla di neve, e quasi ingoiò la lingua. Riggs si era spogliato ed era rimasto in maglietta, e i muscoli delle sue braccia si contrassero mentre con un'ascia spaccava un tronco in due.

Lo osservò per qualche minuto notando il sudore sulle sue tempie causato dallo sforzo di tagliare la legna per il caminetto. Alzava l'ascia, tagliava un ceppo, poi lanciava una palla di neve a Baxter. Le sue azioni erano ipnotizzanti, confortanti, e fu solo quando si fermò per passarsi un braccio sulla fronte per asciugarsi il sudore e guardare nella sua direzione, che lei si rese conto che in realtà era rimasta a fissarlo per un bel po'.

«Stai bene?» mimò lui con la bocca, fissandola a sua volta con la fronte aggrottata.

Lei sorrise e annuì. Le fece un cenno con il mento e tornò a tagliare la legna con un piccolo sorriso sulle labbra. Carlise avrebbe potuto giurare che stava contraendo i muscoli un po' più di prima, solo perché era consapevole che lo stava guardando.

Ridacchiò. Fu estremamente difficile non mettere giù il telefono e raggiungerlo fuori. Era attratta da Riggs in un modo che non riusciva a capire. Quando era insieme a lui era contenta, e quella mattina, quando era andato via per controllare il telefono, le era mancato nell'istante in cui era uscito. Era una sensazione strana, ma non negativa.

Si chiese vagamente se fosse solo il risultato del fatto che condividevano uno spazio così piccolo e stavano insieme ventiquattro ore al giorno. Sapeva solo che più tempo passava con lui, più *desiderava* stargli vicino. Il che era una cosa nuova per lei.

A essere sincera, era sollevata che la telefonata con sua madre fosse terminata. L'aveva chiamata per prima per togliersi il pensiero, certa che avrebbe cercato di convincerla a tornare a casa. Era andata molto meglio di quanto si fosse aspettata.

Dopo aver lanciato un'altra occhiata a Riggs, si girò e tornò sul divano, compose il numero di Susie, l'unico che conosceva a memoria, impaziente di fare due chiacchiere con la sua migliore amica.

«Pronto?»

«Ehi, Suz, sono Carlise.»

Lo strillo che le arrivò all'orecchio fu così forte che trasalì, anche se sorrise.

«Oh mio Dio! Sono quasi due settimane che cerco di contattarti!» esclamò.

«Lo so. Mi dispiace! C'è stata una terribile tormenta di neve qui, e non c'è campo nel posto in cui sto.»

«Dove *sei*? Ero così preoccupata!»

«Non crederai mai a tutto quello che è successo.»

«Be', sei stata via solo una settimana e mezza. Ora che so che sei viva, grazie a Dio, cosa mai potrà essere successo in così poco tempo?»

«Ho distrutto la macchina, sono quasi morta assiderata, sono stata salvata da un cane e ho trovato l'uomo dei miei sogni» le rispose con semplicità.

«*Cosa*?» chiese, di nuovo strillando. «Comincia dall'inizio e non tralasciare nulla!»

Carlise rise e raccontò all'amica tutto della sua avventura, anche se in realtà durò solo una decina di minuti, e Susie non la interruppe mai.

Una volta finito, aspettò quasi un minuto prima di chiedere: «Allora? Perché non dici niente?»

Susie sospirò. «Sinceramente non so cosa dire. Ora sono ancora più preoccupata per te, Car.»

«Cosa? Perché?»

«Perché questo non è da te. Prima lasci la città senza dire a nessuno dove vai, facendo preoccupare me e tua madre, e ora convivi con un boscaiolo, che conosci da una decina di giorni, come se fossi andata lì per vivere il tuo lieto fine. Non è... non è così che funziona la vita.»

Carlise si accigliò. In realtà si era aspettata quel tipo di ragionamento da sua madre, ma aveva sperato che la sua amica fosse felice per lei. «Chi dice che *non* avremo un lieto fine?» chiese un po' bruscamente.

«Senti... so che sei presa da questa nuova relazione e pensi di essere felice, ma sei nel *Maine*. In una baita sperduta nei boschi. Non ti piacciono gli insetti, sei una ragazza di città e hai detto che non ti saresti mai buttata in un'altra relazione dopo quello che è successo con Tommy. Invece sembra proprio che tu lo abbia fatto.»

«Non capisci...» iniziò, ma lei la interruppe.

«Allora spiegami in un modo che io *possa* capire. Perché tutto quello che so è che la mia migliore amica è fuggita da un uomo e ora, molto probabilmente, si è invischiata in una relazione simile e disfunzionale con un altro, che farà la stessa fine.»

«Non è giusto. Riggs non è Tommy. A parte i tre giorni in cui è stato praticamente incosciente, tutto quello che ha fatto è stato per la mia felicità e sicurezza.»

«Tesoro, all'inizio eri altrettanto felice con Tommy» le ricordò con dolcezza.

Carlise era sempre più frustrata. Riggs non era *affatto* come il suo ex e la irritava che la sua amica fosse così cocciuta... anche se doveva ammettere a malincuore che le sue argomentazioni erano valide. Se le loro posizioni fossero state invertite, probabilmente le avrebbe detto le stesse cose.

Fece un respiro profondo e come richiesto le spiegò in modo che potesse capire.

«Due giorni fa stavo lavorando a una traduzione e avevo perso la cognizione del tempo, come al solito. A un tratto Riggs ha messo un piatto con un panino accanto a me. Poi mi ha dato un bacio sulla testa e se n'è andato. Tommy si irritava sempre quando lavoravo in sua presenza. Non gli piaceva non essere al centro dell'attenzione e non mi ha mai, nemmeno una volta, preparato qualcosa da mangiare.

Un'altra volta eravamo in cucina a preparare la cena, *insieme,* e mi è caduta una forchetta. Mi sono chinata per raccoglierla e quando mi sono alzata, ho notato che si era spostato e aveva messo la mano sull'angolo del bancone. Gli ho chiesto cosa stesse facendo e lui si è limitato a scrollare le spalle dicendo che voleva assicurarsi che non sbattessi la testa alzandomi.

Potrei raccontarti altre venti storie come questa, Susie. Situazioni in cui Riggs si è preso cura di me, ha fatto cose dolcissime solo per il mio benessere, o avrebbe potuto arrabbiarsi per un motivo o per l'altro ma non l'ha fatto. E tutto questo in una sola settimana da quando gli è passata la febbre. Non ho mai conosciuto un uomo come lui. Più gli sto vicino e più *voglio* farlo.»

«Sono contenta che ti tratti così bene, ma non lo fanno *tutti* gli uomini all'inizio di una relazione? Non mi piace che io e tua madre non conosciamo questo tizio o dove ti tiene. Dimmi dov'è la sua baita. Che città ci sono lì vicino. Almeno dacci la *possibilità* di trovarti se all'improvviso non dovessi più farti sentire. Potrebbe ucciderti stanotte e seppellirti nella natura selvaggia, e nessuno troverebbe mai il tuo corpo!» Sospirò e concluse: «Sono la tua migliore amica, Car. Non mi comporterei da tale se non cercassi di essere la voce della ragione.»

Lei replicò senza esitare. «La città più vicina è Newton. Mi hanno detto che è piuttosto piccola. Stavo percorrendo la Route 2, in direzione Bangor, e credo di aver sbagliato uscita e di essere andata a nord, su una strada più piccola chiamata 26. Subito dopo ho visto le indicazioni per il Monte Baldpate e ho preso un'altra strada. C'era una forte bufera e sapevo che avrei dovuto girare l'auto e tornare indietro, ma non ho trovato un buon posto per farlo. Poi sono uscita di strada e Baxter mi ha trovata... e mi ha portata da Riggs.»

Ci fu silenzio per un momento spiacevolmente lungo.

«Dio, non mi piace» disse Susie.

Carlise fece un respiro frustrato. «Voglio che tu sia felice per me. È così difficile?»

«Sinceramente, sì. Ricordati che ero con te quando hai conosciuto Tommy, e hai detto cose simili a quelle che stai dicendo ora. Decantavi quanto fosse fantastico e tutto quello che faceva per te. Poi le cose si sono messe male e ora hai uno stalker. Aspetta... hai ricevuto qualche biglietto o messaggio da lui da quando sei lì?»

«Qui non c'è campo e il Wi-Fi non funziona, ma Riggs ha controllato il mio telefono e ha detto che sì, mi lascia ancora dei messaggi terribili.»

«Aspetta, aspetta, aspetta! Non li hai visti di persona? Davvero? Car, ti stai comportando in modo estremamente stupido!»

Sembrava arrabbiata e Carlise non sapeva perché. «Mi fido di lui, Susie.»

«È passata una settimana e mezza! Non lo conosci nemmeno!» urlò.

«Sì che lo conosco!» replicò, alzando la voce.

«Te lo sei scopato, vero?» chiese bruscamente, come se si fosse appena resa conto di quella possibilità. «Ecco perché ti comporti così. Ti ha ipnotizzato con il suo cazzo magico e sei in preda a una sorta di euforia sessuale.»

Ora era *lei* a essere arrabbiata. «Sì, l'ho fatto. Ed è stato straordinario. Il miglior sesso della mia vita. Si preoccupa davvero del mio piacere, a differenza di Tommy che voleva solo infilare il suo cazzo dentro di me, venire e poi mettersi a dormire. Non sono mai stata con un uomo che mi volesse tanto quanto Riggs.»

«*Certo* che ti vuole. Vive in mezzo al nulla. Quante donne si presentano alla sua porta durante una tormenta? Mi sembra terribilmente conveniente per lui che tu sia bloccata lì, se vuoi proprio saperlo. Dio, potrebbe avere una malattia venerea o peggio.»

«Ora ti stai comportando da stronza» sbottò.

«E *tu* ti stai comportando in modo avventato e ridicolo. Devi tornare a casa. *Subito*. Prima che riesca a prosciugare il tuo conto in banca o a convincerti che vuole sposarti e avere quattordici figli.»

Si sentì stringere lo stomaco e si mise una mano sulla pancia. Bambini con Riggs. Sembrava una cosa paradisiaca.

Sapeva che Susie stava cercando di scioccarla per farle vedere la situazione da un punto di vista esterno, ma in realtà aveva ottenuto il risultato opposto. *Desiderava* dargli dei figli. Sarebbero andati alla baita d'estate e i loro bambini avrebbero potuto scorrazzare in tutta sicurezza a loro piacimento. La sera si sarebbero seduti accanto al fuoco a leggere libri e a godersi semplicemente il tempo in famiglia.

«Carlise? Mi stai ascoltando?»

«No» rispose con calma alla sua migliore amica. «Quando conoscerai Riggs capirai quanto ti sbagli. È uno dei buoni, Suz. Te lo assicuro.»

L'altra sospirò pesantemente. «Allora, che intenzioni hai con il tuo stalker? Hai letto le mie mail? Sai che ho ricevuto strani regali, vero? Visto che non riesce a trovarti, a quanto pare sta cercando di arrivare a te tramite *me*.»

«Oh no» sussurrò, con lo stomaco che ora si strinse per un motivo diverso. Sentì le lacrime pungerle gli occhi. «Suz, devi stare attenta.»

«Ovvio» ribatté lei. «Ma tu devi tornare qui e fare in modo di porre fine a tutto questo.»

«E come?» chiese, completamente seria.

«Non lo so! Ma nascondersi nel Maine e fingere di essere innamorata di questo Riggs non aiuta.»

«So che scappare non è servito a niente» ammise con un sospiro. «Ma non sto fingendo. Lo amo davvero.»

«Tu vuoi farmi morire» disse Susie con tristezza. «Mi manchi, Car. Mi manca parlare con te, ridere, avere accanto la mia migliore amica a cui raccontare tutte le mie novità.»

«Anche tu mi manchi» la rassicurò. «E hai novità?» chiese, volendo alleggerire l'atmosfera.

«Sì, ho un nuovo ragazzo.»

«Davvero? Grande! Chi è? Qualcuno che conosco? Dove l'hai conosciuto?»

«Sì» rispose, suonando quasi timida. «È fantastico. Mi ama così tanto che odia quando qualcuno mi guarda male. È possessivo, ma in senso buono.»

Non era sicura che le piacesse quell'affermazione. Anche Tommy era stato possessivo, e all'inizio aveva pensato che fosse piacevole. Ma ben presto era diventato soffocante, e le aveva fatto paura quando aveva affrontato le persone solo perché l'avevano salutata.

Ma era finalmente riuscita a calmare la sua amica, non era disposta a turbarla di nuovo o a rovinarle la storia.

«Sono felice per te» disse. E lo era davvero.

«Grazie. Lo sono anch'io... tranne per il fatto che la mia migliore amica non mi ha detto dove stava andando e non sono riuscita a contattarla nell'ultima settimana e mezza.»

«Mi dispiace. D'ora in poi mi comporterò meglio e mi terrò in contatto.»

«Bene. Apprezzo molto che tu abbia chiamato, Car. E mi dispiace di aver dato di matto. Ci sentiamo presto?»

«Sì. E ti prego, non essere arrabbiata con me» la supplicò. Provava disagio riguardo a molte cose che si erano dette, ma lei era comunque la sua migliore amica. Gli animi si sarebbero rasserenati, ed era certa che una volta incontrato Riggs avrebbe capito di non aver nulla di cui preoccuparsi.

«Non lo sono» disse Susie con un sospiro. «Sono solo in pensiero per te.»

«Sto bene. Giuro.»

«Che ne diresti se venissi lì a vedere di persona?» le chiese.

«Davvero? Sì!» esclamò Carlise.

«Voglio conoscere questo Riggs e assicurarmi che sia abbastanza in gamba per la mia migliore amica.»

«Mi piacerebbe molto. Prometto di tenermi in contatto meglio di quanto ho fatto finora, e penseremo a quale sia il momento migliore per farti venire. Voglio dire, Newton non è esattamente su un percorso molto conosciuto, quindi dovrò darti delle indicazioni specifiche» spiegò ridendo.

«Ok. Stai attenta» replicò Susie con dolcezza.

«Anche tu. Se vedi Tommy da qualche parte, vai nella direzione opposta. Riggs ha detto che mi avrebbe aiutata a porre fine a questa storia dello stalker. Coinvolgerà i suoi amici e la polizia locale di Newton.»

«Questo è un sollievo.»

«Già.»

«Ok, ci sentiamo presto.»

«Ti voglio bene, Suz.»

«Ti voglio bene anch'io. Ciao.»

Carlise riattaccò, non sapendo bene cosa pensare della conversazione appena avuta con la sua migliore amica. Lei e Susie erano sempre state brutalmente oneste l'una con l'altra, ma a parte le sue preoccupazioni, era sembrata... strana. Non riusciva a capire esattamente perché, ma la sensazione persisteva. Forse perché le aveva dato l'impressione di essere più arrabbiata che preoccupata.

Odiava il fatto che non supportasse la sua nuova relazione, ma sapeva che aveva delle buone ragioni per essere diffidente, considerando l'ultima che Carlise aveva avuto. E non aveva detto nulla che non si sarebbe aspettata. Però non conosceva Riggs. Una volta incontrato, avrebbe capito che non era affatto come Tommy e che i suoi sentimenti per lei erano autentici.

Solo quando si alzò e posò il telefono sul bancone della cucina si rese conto che Susie non le aveva detto nulla del suo nuovo ragazzo. Aveva abilmente cambiato discorso.

Scrollò le spalle e decise che sarebbe stata la prima cosa che le avrebbe chiesto quando avrebbero riparlato. Voleva sapere tutto sul nuovo uomo nella sua vita.

Al momento, però, aveva bisogno di vedere Riggs. Di parlargli. Di rassicurarsi che era l'uomo che pensava fosse e non il mostro che Susie supponeva potesse essere.

Si mise gli scarponi e la giacca e uscì. Baxter la vide e corse immediatamente da lei. Si avvicinò abbastanza per permetterle a malapena di sfiorargli la testa con le dita prima di correre via, afferrare un boccone di neve e lanciarlo in aria.

Ridendo si voltò verso Riggs... e si bloccò. Stava andando verso di lei con uno sguardo che non riuscì a interpretare. Se avesse dovuto tirare a indovinare, avrebbe detto che era turbato.

«Cosa c'è che non va?» gli chiese accigliata, scendendo dal portico.

«È quello che stavo per chiederti io. Non sei riuscita a contattare tua madre o Susie? Stanno male? Devo portarti in città o in Ohio? Probabilmente possiamo essere lì in giornata se andiamo in auto, oppure potremmo andare a Bangor e prendere un volo per Cleveland.»

Lo fissò sorpresa. «Ma sei reale?» sbottò.

«Come scusa?» le domandò, totalmente confuso.

«Non sapevo che esistessero uomini come te. Non sai nemmeno se c'è qualcosa che non va, eppure parli di portarmi in Ohio perché pensi che potrei aver bisogno di vedere mia madre e la mia amica.»

«Quindi stanno bene? Allora, cosa c'è che non va?»

Scosse la testa. Che uomo. Susie si sbagliava di grosso su di lui. Quella era la ragione numero cinquecentosedici che lo dimostrava.

Si avvicinò e gli circondò il collo con le braccia. Riggs la attirò subito a sé. Poi le mise un dito sotto il mento e le inclinò la testa in modo da poterla guardare negli occhi.

«Tutto ok?»

«Sì.»

«Tua madre sta bene?»

«Sì.»

«Susie?»

Annuì.

Ogni muscolo del corpo di Riggs si rilassò. «Parlami, tesoro. Dall'espressione che ho visto quando sei uscita mi sono immaginato il peggio.»

«Mia madre era entusiasta per me. Ha detto che non vede l'ora di conoscerti.»

«Anch'io voglio conoscerla» disse, con un piccolo cenno del capo.

«Susie... non è molto convinta. In realtà pensa che io sia pazza. Che non è possibile che io ti ami. In pratica è preoccupata, vuole che torni a casa prima che tu mi rubi tutti i soldi e mi metta incinta di uno dei quattordici bambini che è sicura tu voglia.»

«Quattro» replicò subito Riggs.

«Cosa?»

«Vorrei quattro figli. Ho sempre desiderato una famiglia numerosa e quattro bambini mi sembrano perfetti. Ognuno avrebbe sempre un amico e qualcuno con cui giocare, che gli copre le spalle a scuola e su cui contare per il resto della vita. Non mi interessa che siano maschi o femmine, basta che siano sani.»

Carlise deglutì a fatica.

«E tu? Vuoi dei figli?»

Lei annuì.

«Ti ho spaventata con la storia dei quattro bambini?»

Scosse lentamente la testa. «Quando ero piccola, dicevo sempre a mia madre che avrei voluto avere dei fratelli o delle sorelle. Pensavo che forse, se fossimo stati di più, avremmo potuto proteggere meglio la mamma. O che papà non sarebbe stato così cattivo. Non lo so. Ma in realtà... ho sempre pensato anch'io che quattro sarebbero stati perfetti.» Sussurrò quell'ultima parte.

«Davvero?»

Annuì.

Riggs fece un sorriso enorme. «Eravamo destinati a stare insieme, tesoro. Questo è solo un altro segno.»

Era d'accordo. «Hai finito qui?»

«Non ancora.»

«Oh» disse, facendo un broncio esagerato. «Pensavo che forse avevi troppo freddo. O caldo. O che fossi troppo sudato, e che magari una doccia sarebbe stata una buona idea in questo momento.»

«Ne avrò ancora per una ventina di minuti. Oh... giusto. Sì, ora che mi ci fai pensare una pausa sarebbe perfetta. Non vorrei accaldarmi troppo.»

Carlise sorrise, felice che avesse capito il sottinteso. «Esatto. E non è passato molto tempo da quando eri ammalato. Forse dovrei assisterti sotto la doccia. Sai, così non cadi e non sbatti la testa o altro.»

«Mi vuoi?» ringhiò Riggs.

Le sue guance si infiammarono, ma sorrise e annuì comunque.

«Se mi vuoi, non devi fare altro che dirlo. Perché non mi lascerò mai sfuggire l'occasione di entrare dentro di te.»

Le sue parole furono brutali, ma in qualche modo le aveva fatte sembrare allo stesso tempo romantiche.

«Ti voglio» gli disse.

Senza dire nulla, Riggs le afferrò la mano, si voltò e si diresse verso la baita.

Baxter abbaiò, come per chiedere dove stessero andando.

«Torniamo presto, ragazzo. Vai a esplorare. Assicurati che le cose qui intorno siano sicure. Tra un po' verrò a finire di tagliare la legna e a lanciarti altre palle di neve.»

«Pensi che starà bene qui fuori da solo?» chiese preoccupata, guardando il cane che era già tornato a rotolarsi nella neve.

«Starà bene» la rassicurò, trascinandola su per i gradini del portico.

Appena furono dentro e la porta si chiuse alle loro spalle, le mani di Riggs si diedero da fare per toglierle la giacca e Carlise non pensò più a Baxter, a sua madre o a Susie.

La prese in braccio e la portò fino al letto, poi la lasciò cadere sul materasso e lei ridacchiò mentre rimbalzava.

«Hai dieci secondi per spogliarti» la avvertì.

«Altrimenti cosa?»

«Altrimenti lo farò io per te.»

Gli rivolse un sorrisetto e gettò le braccia sopra la testa. «Se pensi che sia una minaccia, ti sbagli.»

Lui si sfilò la maglia e Carlise praticamente sbavò. Quell'uomo era bellissimo, ed era tutto suo.

Si chinò, si slacciò gli scarponi e se li tolse insieme ai calzini, fece scendere i pantaloni e le mutande lungo le gambe muscolose, poi salì sul letto.

Non tornarono fuori a giocare con Baxter prima di un'ora e mezza. Non fecero nemmeno la doccia che lei aveva suggerito. Ma non poteva lamentarsi.

No, non poteva lamentarsi del fatto che Riggs la facesse sentire la donna più bella e desiderabile dell'intero universo.

CAPITOLO QUATTORDICI

«SEI sicura di non voler venire con me?» chiese Chappy per la centesima volta.

«Assolutamente» rispose Carlise con un sorriso. «Sono indietro con questa traduzione perché qualcuno è troppo sexy e continua a distrarmi spogliandosi.»

Lui ridacchiò e la attirò a sé. Si trovavano in cucina dopo una mattinata passata a letto. Si era svegliato con la sua bocca sul cazzo e aveva davvero pensato che sarebbe morto di piacere. Aveva finito per farlo venire in quel modo, ed era stato un bene perché gli aveva dato abbastanza autocontrollo per soddisfarla completamente prima di aver bisogno di essere di nuovo dentro di lei. Era venuta due volte, una sul suo viso e un'altra sulle dita, prima che lui la penetrasse per raggiungere il secondo orgasmo.

Non riusciva a smettere di pensare di avere un figlio con lei. Era già bellissima, ma lo sarebbe stata ancora di più incinta del loro bambino; aveva la sensazione che sarebbe successo la prima volta che fosse venuto dentro di lei senza preservativo. Certo, la vita non funzionava sempre così, ma vista la fortuna che avevano avuto fino a quel momento era piuttosto sicuro che non avrebbero avuto problemi a concepire.

Era sorprendente quanto fossero in sintonia. Dal desiderio di avere quattro figli, all'amore per lo stesso genere di libri, al modo in cui entrambi erano perfettamente felici di passare il tempo nella baita senza telefono, internet o televisione. Carlise era stata creata per lui e avrebbe fatto tutto ciò che era in suo potere per trattarla talmente bene che non avrebbe mai voluto lasciarlo.

Erano passati quattro giorni da quando aveva contattato la madre e la migliore amica e per quanto lui volesse continuare a nascondersi dal mondo, pensava costantemente ai messaggi che aveva ricevuto. Doveva iniziare a capire chi la stava perseguitando e fare in modo che smettesse. Assicurarsi che lei e le persone a cui teneva fossero al sicuro.

«Riggs? Va tutto bene?»

Si costrinse a concentrarsi sul presente. «È tutto ok. Probabilmente starò via almeno cinque ore. È un problema?»

«Assolutamente no. E non voglio che tu spenda un sacco di soldi per la mia macchina. Posso pagare per qualsiasi lavoro ci sia da fare.»

Chappy annuì, ma stava già facendo dei piani. Non le avrebbe fatto pagare le riparazioni dell'auto. Non voleva e non aveva bisogno dei suoi soldi. Se Carlise avesse voluto spenderli per Baxter, per i loro figli o per i loro amici, non aveva problemi, ma il cavernicolo che era in lui voleva provvedere a lei. Voleva darle tutto ciò che desiderava o di cui aveva bisogno.

«Mi stai ignorando» disse, alzando gli occhi al cielo.

«Ti ho sentita» le assicurò.

«Sì, ma non mi lascerai pagare per la macchina, vero?»

«No» rispose pimpante.

«Sei impossibile» replicò scuotendo la testa.

«No, sono follemente innamorato di te, e voglio trattarti come avresti dovuto essere trattata nelle altre relazioni che hai avuto. Sono felice quando *tu* sei felice e voglio assicurarmi che la tua auto sia sicura da guidare nel Maine.»

Gli piacque lo sguardo tenero che gli rivolse. Era ovvio che non fosse abituata ad avere qualcuno che si prendeva cura di lei, e desiderava vederla con quell'espressione per il resto della loro vita.

«Fai attenzione là fuori. Ti ho sentito parlare con JJ ieri dell'aumento di rischio valanghe a causa del clima un po' più caldo di questi giorni. Inoltre, la neve non si è ancora sciolta del tutto, se finisci fuori strada Baxter non sarà lì per riportarti a casa» lo stuzzicò.

«Starò attento, perché per la prima volta in vita mia ho *qualcuno* da cui tornare.»

«Ti amo» gli sussurrò, alzandosi in punta di piedi per raggiungere la sua bocca.

Lui abbassò la testa e la baciò con tutto l'amore che aveva nel cuore. Si staccò molto prima di essere pronto. «Se non me ne vado ora, non me ne andrò mai più» disse, passandole il pollice sul labbro inferiore gonfio. Non poté fare a meno di ricordare come quelle labbra si erano strette intorno al suo cazzo, che di conseguenza si contrasse nei pantaloni.

«Mostrerai i messaggi e il resto della roba al capo della polizia?» gli chiese, mordendosi il labbro che aveva appena ammirato.

«Sì. Andrà tutto bene. Te lo prometto. Scopriremo chi ti sta molestando.»

«Lo spero.»

«Lo scopriremo» giurò, perché l'alternativa non era un'opzione.

«Magari presto si arrenderà» suggerì.

Chappy non rispose. Sapevano entrambi che non sarebbe successo e non le avrebbe mentito insinuando il contrario.

Lei sospirò. «Ok. Be', cerca di non arrabbiarti troppo per i messaggi che arriveranno non appena ci sarà campo, rischiando di fare un incidente. Ok?»

«Non lo farò. E ora devo proprio andare. Se hai bisogno di qualcosa, ti lascio il telefono satellitare. Puoi chiamarmi sul mio cellulare, o sul tuo se vuoi, e tornerò subito indietro. Trovi programmati anche i numeri di Bob, Cal e JJ. Anche quello di April.»

«Io e Baxter staremo bene. Devo solo lavorare. Vuoi che prepari la cena per quando torni? Hai voglia di qualcosa?»

«Di te.» Le parole uscirono da sole.

Gli sorrise. «Penso che si possa fare.»

«Ti amo, Carlise. Non hai idea di quanto.»

«Invece ce l'ho» replicò. Il suo sorriso svanì e diventò seria. «Non avrei mai pensato che un giorno avrei avuto un uomo che mi rispettasse, a cui *piacessi*, e che volesse davvero rendermi felice.»

«Provo tutte queste cose e anche di più» le confermò. La baciò di nuovo con intensità, prima di costringersi ad allontanarsi. Era a due secondi dal dire "Fanculo" e trascinarla ancora a letto, ma doveva occuparsi dell'auto, trainarla giù per la strada di montagna e parlare con il capo Rutkey. Prima se ne fosse andato, prima sarebbe tornato e prima avrebbe potuto stare con lei.

«Sei sicura che non vuoi che compri nulla in città?»

«No. Solo che torni sano e salvo.»

Dio, amava quella donna. Aveva già in mente di comprarle ogni sorta di cose al supermercato. Cioccolata, il tè aromatizzato che aveva detto adorava bere, le fragole, le patatine all'aglio. Aveva imparato molto su ciò che gradiva o non gradiva durante le loro lunghe conversazioni. E gli piaceva l'idea di viziarla.

«Vai» gli disse con un sorriso.

«Vado.»

«Sii prudente.»

«Sempre.» Poi andò verso l'ingresso facendo una deviazione in direzione del divano, dove Baxter si era ormai stabilito. Passò la mano sul pelo del Pitbull, annuendo soddisfatto quando sentì che si era ispessito. «Bada a lei, ragazzo» disse.

Baxter sbuffò come se avesse capito. Poi Chappy proseguì verso la porta. «Chiudila a chiave» ordinò.

Carlise ruotò gli occhi ma annuì. «Ok.»

Uscì dalla baita e ogni passo che lo allontanava da lei lo sentì... *sbagliato*.

Si chiese se sarebbe stato sempre così. Non aveva provato quella particolare trepidazione quando era uscito per controllare i messaggi sul suo telefono. Allora perché in quel momento sì? Forse perché prima sapeva che sarebbe stato via per poco ed era andato solo fino in fondo alla strada, mentre adesso aveva un sacco di commissioni che gli avrebbero portato via delle ore.

Aveva già agganciato il rimorchio per l'auto di Carlise al retro della Jeep, quindi doveva solo accendere il motore e partire. Ma si prese il tempo per studiare la conformazione del terreno. Il sole era tornato a splendere e l'acqua gocciolava dalle grondaie e dagli alberi.

La neve si stava sciogliendo, e aveva vissuto nel Maine e in quella baita abbastanza a lungo da sapere che l'avvertimento di JJ era corretto. Le piogge che avevano ammorbidito il terreno prima dell'inizio della nevicata, la notevole quantità di neve scaricata durante la bufera e ora il clima più caldo... avevano creato le condizioni giuste per le valanghe.

Era sicuro che la sua baita non fosse in pericolo. Era vicina al punto in cui normalmente si verificavano sul Monte Baldpate, ma non era, per così dire, sulla linea diretta del fuoco.

E Carlise non sarebbe andata da nessuna parte. Non amava molto il freddo, cosa che lui trovava alquanto divertente dato che viveva a Cleveland, e lo aveva rassicurato che lei e Baxter sarebbero rimasti accoccolati in casa fino al suo ritorno.

Dando un'ultima occhiata in giro e non vedendo nulla di strano, salì sulla Jeep e si mise al volante. La sensazione di disagio gli rimase addosso mentre percorreva il vialetto e usciva sulla strada. Prima avesse finito le sue commissioni, prima sarebbe potuto tornare a casa e rassicurarsi che tutto andava bene.

———————

Ore dopo, Carlise era soddisfatta della quantità di lavoro che aveva portato a termine. Grazie alla tranquillità della baita e a nessuna distrazione, la traduzione stava procedendo molto più velocemente di quanto succedeva a casa. Si era rimessa in pari e avrebbe finito il libro entro la scadenza richiesta dall'autore.

Stava facendo una pausa accoccolata con Baxter, che si era rivelato un vero coccolone una volta superata la paura nei loro confronti, quando un rumore all'esterno attirò la sua attenzione.

Riconoscendo il motore di un veicolo, si accigliò leggermente. Magari era Riggs che era tornato a casa un po' prima. Era stato via solo quattro ore, ma forse aveva finito tutte le sue commissioni.

Carlise si alzò e andò alla finestra sul davanti. Con sua grande sorpresa Baxter la seguì. Di solito, quando lei si alzava per andare in bagno o per fare uno spuntino, si limitava a stare sul divano, disteso sulla schiena con le quattro zampette in aria. Ma quella volta restò al suo fianco e lei notò che gli si era rizzato il pelo sulla schiena.

«Va tutto bene, Bax. Sono sicura che non è niente.»

Quando guardò fuori si stupì di vedere una Toyota RAV4 che percorreva il vialetto verso la baita.

«Chi diavolo sarà mai?» chiese ad alta voce, pur sapendo che non avrebbe ricevuto risposta.

Baxter iniziò colpire con la zampa la porta d'ingresso con un ringhio basso.

Le vennero i brividi sulle braccia e si irrigidì, non osando quasi respirare.

Il suo stalker l'aveva trovata? Come? E quando? Li aveva osservati? Aveva aspettato che Riggs andasse via e la lasciasse sola?

Stava per dare di matto, e fece per correre in cucina a prendere il telefono satellitare, quando il SUV si fermò e scese una persona.

Rimase scioccata per un attimo, prima che sul suo volto si aprisse un enorme sorriso. Andò alla porta e spinse delicatamente Baxter da parte. «Va tutto bene, Bax! È tutto a posto. Quella è la mia amica. Sii gentile! No, fermo!» gli ordinò, mentre scivolava fuori dalla porta, cercando di impedire al cane di infilarsi tra le sue gambe per uscire.

Quando riuscì a chiuderla e si voltò, Susie aveva già raggiunto i gradini del portico.

«Susie! Che diavolo ci fai qui?»

«Spero che questo sia un saluto felice e non incazzato» disse l'amica con un sorriso.

«Sì, certo che lo è!» Aprì le braccia e la strinse. Susie era minuta, alta circa un metro e sessantadue e magra come uno stecchino, ma aveva una personalità travolgente che la faceva spiccare. I suoi lunghi capelli neri erano folti e bellissimi e gli occhi brillavano quando era felice. Sembrava che non uscisse mai di casa senza essere completamente truccata e con i vestiti più alla moda e, a quanto sembrava, un viaggio in macchina non faceva eccezione.

A volte Carlise si sentiva anziana rispetto a lei, anche se Susie era più giovane solo di cinque anni, perché era sempre affascinante e a tratti ingenua, ma non l'avrebbe scambiata con niente al mondo.

«Non posso credere che tu voglia rimanere qui di tua spontanea volontà» disse Susie ridendo, mentre si guardava intorno. «Non stavi scherzando sul fatto che siamo in mezzo al nulla!»

«Vero? Come diavolo hai fatto a trovarmi?»

«Ho riflettuto parecchio dopo la nostra telefonata, Car. Mi sentivo davvero in colpa per come mi ero comportata... ma ero comunque molto preoccupata per te. Sembravi troppo diversa al telefono, ma a causa dei biglietti e dei messaggi che hai ricevuto, sapevo che non sarei riuscita a darmi pace se non mi fossi assicurata di persona che stavi davvero bene. E volevo conoscere questo Riggs. Così ho messo insieme tutte le cose che mi hai detto su dove ti trovavi, le strade e le città, e sono partita. Sono arrivata a Bangor in aereo, ho noleggiato questo SUV e... eccomi qui!»

«Sono così felice di vederti. Non riesco ancora a credere che tu abbia trovato la baita.»

«Ho chiesto in giro in quella piccola città. A quanto pare non c'è nessun altro Riggs che lavora con gli alberi e ha una baita. Non è stato difficile ottenere indicazioni.»

«Be', penso che sia fantastico. Però Riggs non c'è adesso.»

«Ti ha lasciata qui da sola?» le chiese, sollevando le sopracciglia sorpresa.

«Non c'è nessuno da queste parti che voglia farmi del male.»

«Quindi non ha nemmeno dei vicini?»

«No. E credo che gli animali qui intorno non contino. Aspetta qui un attimo che prendo Baxter.» In realtà era un po' preoccupata perché sentiva il cane grattare la porta senza sosta. Non abbaiava, ma di certo non era entusiasta di essere chiuso in casa mentre lei era fuori.

«È buono? Non sembra felice.»

«È buono» la rassicurò. «Ma non è abituato alle persone. Quando l'abbiamo trovato stava morendo di fame e credo che sia stato picchiato. Quindi è solo diffidente.»

Aprì la porta e Baxter quasi la oltrepassò. Carlise lo afferrò per il collare che gli amici di Riggs avevano portato insieme al cibo per cani. «Tranquillo, Bax. È tutto a posto! Quella è Susie, è un'amica.»

Ma il cane non sembrò incline a concedere il beneficio del dubbio alla donna sul portico. Ringhiò e il suo pelo era ancora dritto, e se i cani avessero potuto lanciare brutte occhiatacce, Susie ne avrebbe ricevuta una.

Aggrottò la fronte confusa. Non si era comportato in quel modo con JJ e gli altri. Non riusciva a capire perché fosse così agitato.

«Facciamo così, lo tengo mentre tu vai in casa, poi lo lascio qui fuori per un po'. Prima che tu te ne vada lo riporterò dentro, così potrai raggiungere la tua auto senza preoccupazioni. Va bene?»

La sua amica sembrava pietrificata e annuì subito.

Tenendo saldo Baxter si spostò più in là sul portico, lontana dalla porta, lasciando a Susie via libera per entrare.

Una volta che lei fu al sicuro all'interno, Carlise rimproverò il cane. «Non sei stato molto carino. Quella è la mia migliore amica e probabilmente la vedrai molto spesso. Ora ti lascio qui fuori, ma non per sempre, solo per un po' mentre chiacchieriamo. Poi ti riporterò dentro, ok?»

Con suo grande sollievo, Baxter girò la testa e le leccò il viso, e lei rise. «Vai via, sciocchino. Vai a cercare qualche coniglietto da rincorrere e qualche palla di neve da mangiare.»

Lo lasciò andare, ma con sua grande sorpresa lui si accucciò a fissarla.

«Oh, non farmi sentire in colpa. Non fa nemmeno tanto freddo qui fuori» gli disse.

Baxter sbatté a malapena gli occhi.

Sopprimendo le emozioni, andò alla porta e rientrò in casa. Si voltò e vide la sua migliore amica che scrutava incuriosita la stanza.

«Un solo letto, eh?» disse dopo un attimo con un sorrisetto. «Hai tralasciato questa parte al telefono.»

Carlise ridacchiò. «Sì, già non eri entusiasta della situazione, ho pensato non fosse il caso di dirtelo.»

«Questo è letteralmente un romanzo rosa che prende forma. La fanciulla in difficoltà ha bisogno di un posto dove ripararsi durante la tempesta e – sorpresa! – c'è solo un letto, quindi immagino che dovrete condividerlo.»

Lei ridacchiò. «Eroina in pericolo» disse.

«Cosa?»

«Credo che eroina in pericolo suoni meglio di "fanciulla in difficoltà". Sembra meno bisognosa. Meno patetica.»

Susie alzò gli occhi al cielo e rise. «Come vuoi.»

«Inoltre, i primi tre giorni era talmente delirante per la febbre che non c'era niente di romantico, credimi.»

«Aspetta, dovevi tenergli l'uccello mentre pisciava?» chiese a occhi spalancati.

Carlise scoppiò a ridere. «Oh mio Dio, no! Andava in bagno con il mio aiuto, ma era abbastanza cosciente da fare le sue cose da solo. Nessun pisello tenuto in mano mentre era malato» scherzò.

«Ma ora sì» replicò Susie con un'espressione d'intesa.

Non poté impedirsi di sorridere. «Oh sì, ora un sacco.»

Scoppiarono a ridere.

«Stai proprio bene per essere una che era terrorizzata solo poche settimane fa» osservò quando si sedettero sul divano.

«Mi *sento* bene. Voglio dire, non fraintendermi, ho ancora paura di Tommy, ma Riggs ha promesso di aiutarmi a capire chi mi sta tormentando e di farlo smettere.»

«E come farà?»

Carlise scrollò le spalle. «Non lo so. Ma mi fido di lui.»

«Ecco che ci risiamo con la fiducia» disse, sembrando poco convinta. «Non lo conosci nemmeno.»

«In realtà lo conosco» ribatté.

«Com'è possibile? L'hai incontrato solo un paio di settimane fa.»

«È difficile da spiegare. Siamo stati insieme ventiquattro ore su ventiquattro. Lo *conosco*, Suz. È un brav'uomo. Un gran lavoratore. Leale. I suoi amici sono meravigliosi. E ha passato l'inferno quando era nell'esercito...»

«Quindi ha un disturbo post-traumatico da stress e potrebbe dar di matto da un momento all'altro?» la interruppe.

«Forse sì, ma non ne ho visti i segni. E no, non succederà. Ha un forte autocontrollo.»

Susie inclinò la testa per guardarla. «Stiamo parlando di BDSM, perché... che schifo. E se mi dici che ti lega o usa le manette, ti trascino fuori da qui all'istante!»

«No!» si affrettò a dire. «Semmai mi chiede sempre il permesso di toccarmi. È... carino. Sa solo controllare le sue emozioni. Quello che fa. Quello che dice. Non mi farà del male. Vorrei che lo vedessi con i tuoi occhi. In realtà, sono sicura che capirai quando lo conoscerai. È la cosa migliore che mi sia mai capitata. Lo amo, e ora mi rendo conto che tutto ciò che ho provato in passato era solo una squallida imitazione di ciò che provo ora, al punto da essere stato quasi ridicolo.»

«Ridicolo? Hai detto che amavi anche Tommy» affermò Susie con un tono che non riuscì a interpretare.

Aprì la bocca per rispondere, ma sentì Baxter guaire e grattare la porta d'ingresso. «Merda. Non posso lasciarlo lì fuori. Mi sento orribile. Ti dispiace se lo porto dentro?

Magari sarà più tranquillo se ci vede qui sedute a chiacchierare e capirà che non gli farai del male.»

«Non lo so» disse nervosa.

«Forse potrei metterlo in bagno.» rifletté. «Potrei metterci la sua cuccia e magari la ciotola con il cibo. Dovrebbe tenerlo occupato.»

«Credo che possa funzionare» concordò. «La porta è robusta, vero?»

«Sì. Starà a posto lì dentro. Arrivo subito.» Non ci mise molto a prendere Baxter e a portarlo dentro. Ma lui non si rilassò. Quando vide Susie sul divano gli si rizzò di nuovo il pelo sulla schiena. Carlise faticò un po', ma alla fine riuscì a sistemarlo nel bagno. Non era contento, ma per fortuna non cercò di liberarsi dalla sua presa o di attaccare la sua amica.

«Ecco, così va meglio. Di cosa stavamo parlando?» le chiese, quando finalmente si sedette di nuovo accanto a lei.

«Di quanto ami quest'uomo che hai appena conosciuto, anche se avevi detto la stessa cosa con Tommy» rispose, in tono quasi accusatorio.

Sospirò. «Voglio che Riggs ti piaccia e che tu vada d'accordo con lui, Suz.»

«Ma non posso farlo finché non lo incontro. Quando tornerà a casa?»

Guardò l'orologio e disse: «Non lo so esattamente, ma da quello che ha detto quando è uscito, forse tra quarantacinque minuti o giù di lì...»

Susie si alzò bruscamente e Carlise la guardò sorpresa, sbattendo le palpebre confusa... poi spalancò gli occhi quando la sua amica infilò la mano nella tasca del giaccone, che non si era presa la briga di togliere, tirò fuori una pistola e gliela puntò contro.

«Alzati» le disse, con una voce che non riconobbe.

«Cosa?» chiese, cercando di capire cosa stesse succedendo.

«*Alzati*. Voglio che tu prenda un foglio di carta. Scriverai un biglietto a Riggs e poi ce ne andremo.»

Carlise rise incredula. «Mi stai rapendo? Mi sembra un po' esagerato, non credi? E puoi evitare di puntarmi addosso quella pistola? Non è carica, vero?»

«Oh, è carica. E la userò. Ora alzati, cazzo, e prendi un pezzo di carta.»

In quel momento capì che non si trattava di uno scherzo di cattivo gusto. Un'ondata di paura la travolse. «Susie?» chiese, alzandosi lentamente. «Cosa sta succedendo?»

«Sei così stupida» replicò, scuotendo la testa. «Prima di tutto per aver scaricato Tommy. Non troverai mai un uomo in gamba come lui. L'hai ferito e non ti è nemmeno importato! Be', non preoccuparti per quello, ho preso il tuo posto. L'unico problema è che lui pensa ancora a te... ed è inaccettabile.»

«Cosa?» La sua mente era in totale confusione, mentre cercava star dietro a ciò che diceva. «Esci con *Tommy*?»

«Sì. *E* ci sposeremo.»

«No» sussurrò Carlise, scuotendo la testa. «Non *puoi*. È violento! Ti farà del male!»

«Non è vero!» gridò. «È *mio*! L'ho *sempre* desiderato! Quando avete iniziato a frequentarvi ho cercato di essere felice per voi. Ci ho provato davvero. Ma non l'hai mai meritato. E sei una *stronza* per averlo lasciato in quel modo! L'ho confortato dopo che sei fuggita da casa sua all'improvviso. La cosa è progredita e ora ama *me*. Rimpiange di non avermi scelta fin dall'inizio.

Ma di tanto in tanto parla di te... dice che gli dispiace di averti ferita e fatta andare via. Ha persino ammesso di aver sperato di ricucire i rapporti con te prima che ci mettessimo insieme.»

Susie fece una risata da pazza. «Ma non succederà *mai*. L'hai scaricato. L'hai accusato di cose terribili! E visto che siamo amiche, continueresti a stare in mezzo ai piedi. L'unico modo per aiutarlo a capire quanto mi ama è eliminarti una volta per tutte. Così potrà concentrarsi su di me, e *solo* su di me.»

Carlise scosse la testa. «Ma... è già tuo. E io ho Riggs. Spero di trasferirmi qui, per stare con...»

«Ma non è sufficiente!» la interruppe, sbraitando. «La gente parla! Dice cose brutte su di lui! Quando i poliziotti hanno consegnato l'ordine restrittivo, *nel suo ufficio*, lo hanno messo nei guai. Hanno dato automaticamente per scontato che fosse un delinquente e ha quasi perso il lavoro! Hai rovinato la sua reputazione diffondendo le tue schifose menzogne sull'aggressione subita. Ma è una cosa che non avrebbe mai fatto. La tua infanzia travagliata ti ha fatto vedere qualcosa che non c'era. Sei una *bugiarda* e non lo riavrai mai più!»

Avrebbe voluto dire all'amica che non lo *voleva*, ma non ne ebbe l'occasione perché un pensiero inaccettabile le passò per la mente. «Aspetta... sei stata tu?»

«Sono stata io cosa?»

La donna di fronte a lei aveva l'aspetto di Susie, ma la pistola puntata nella sua direzione e le parole rabbiose non si confacevano *affatto* alla sua migliore amica. «I biglietti. I messaggi. Le ruote dell'auto.»

Lei fece un ghigno. «Sì.»

«Perché?» chiese, totalmente scioccata e inorridita.

«Hai cercato di *rovinare* Tommy! Non era giusto. Ho

pensato che meritassi di subire una ritorsione. Non hai detto che questo Riggs avrebbe fatto di tutto per proteggerti? Be'... io sto facendo la stessa cosa per il mio uomo.»

«Ero *terrorizzata*» disse Carlise, cercando di capacitarsi del fatto che la donna che considerava una sorella fosse la persona che da settimane la stava minacciando. «Mi sono confidata con te.»

«E io e Tommy ne abbiamo riso» replicò, con un sorriso crudele.

Era una squilibrata. Non riusciva a trovare un'altra spiegazione per il suo comportamento, per tutto ciò che aveva fatto.

«Ma poi sei sparita e non ho più potuto divertirmi, e ciò mi ha fatto arrabbiare! È stato un bene che tu mi abbia telefonato, perché ero pronta a fare una *chiacchierata* con tua madre... a usare un po' di persuasione fisica per scoprire dove ti nascondevi. In realtà ero nel parcheggio davanti a casa sua quando hai chiamato.» Le rivolse un altro sorriso malvagio. «Ma poi mi hai detto tutte quelle stronzate ridicole e sembravi così felice. Be'... non potevo permetterlo.

Ho bisogno che tu *soffra*. Come hai fatto soffrire Tommy! Ho cercato di farti tornare in Ohio, ma sei troppo stupida. Così ho preso in mano la situazione, ed eccomi qui. Ora, *prendi quel cazzo di pezzo di carta!*»

Enfatizzò le sue parole premendo il grilletto della pistola che era puntata verso il pavimento.

Carlise sobbalzò a quel rumore intenso e iniziò a tremare. La sua mente, però, era ancora paralizzata. Continuava a pensare a tutto ciò che aveva appena sentito.

Non poteva credere che la sua migliore amica avesse davvero pianificato di torturare sua *madre*.

Baxter stava ringhiando dentro il bagno; dei ringhi forti e feroci che resero la situazione ancora più terrificante.

«Subito!» urlò Susie.

Muovendosi rapidamente, mentre cercava di capire come diavolo uscirne, andò a prendere il bloc-notes che usava per gli appunti quando traduceva e strappò un foglio. Fece per porgerlo alla sua ex amica, ma lei si limitò a scuotere la testa.

«Scrivi» le ordinò. «Ti dirò io cosa.»

Carlise non avrebbe voluto, ma al momento non aveva altra scelta. Così prese la penna che era lì accanto e cominciò a scrivere ciò che l'altra le dettò.

Quando finì stava piangendo.

Una volta che Riggs lo avesse letto, si sarebbe arrabbiato. Ma non con lei. Non aveva dubbi che non avrebbe creduto a nulla di ciò che c'era scritto su quel pezzo di carta. Si amavano profondamente. Non era possibile che lui le voltasse le spalle per un biglietto.

Senza contare che non appena avesse controllato le registrazioni delle telecamere, avrebbe visto cos'era successo.

Non era stata molto sicura di volerle tenere accese, più di una volta aveva pensato di accettare l'offerta di spegnerle... ma si fidava di lui. E ora, ne sarebbe stata eternamente grata. Se Susie le avesse fatto del male, Riggs avrebbe saputo chi era il colpevole.

«Adesso fai i bagagli» le ordinò. «E sbrigati. Dobbiamo lasciare questa montagna dimenticata da Dio prima che torni quello stronzo.»

Non aveva molta scelta, quindi iniziò a infilare le sue cose nello zaino che si era messa sulle spalle quando aveva affrontato la bufera. Una volta riempito, mise il resto nella valigia che i ragazzi le avevano portato dopo aver trovato la sua auto.

Stava piangendo a dirotto, non sapendo cosa fare, come fuggire.

Susie. Non avrebbe mai sospettato, nemmeno in un milione di anni, che fosse la sua *amica* a terrorizzarla. Ora aveva senso il motivo per cui non era mai riuscita nemmeno a intravedere il suo stalker. Accidenti, le aveva raccontato tutto quello che faceva, dove andava, quanto la spaventavano i messaggi e i regali.

Aveva pensato che la stesse proteggendo, invece aveva *riso* di lei per tutto il tempo, godendo del fatto che fosse terrorizzata e si guardasse costantemente alle spalle.

Ora aveva un'arma carica puntata contro di lei e sembrava non avere problemi a usarla.

Aveva mai conosciuto davvero Susie? Pareva proprio di no.

«E adesso?» le chiese in tono piatto, non appena finì di fare i bagagli.

«Adesso ce ne andiamo» le rispose.

«E?»

La sua ex migliore amica sorrise di nuovo. Un sorriso così malvagio da farle rizzare i peli sulle braccia.

«Non sarai più un problema per Tommy, e io e lui potremo vivere per sempre felici e contenti. Non dovrò più preoccuparmi che tu mi infastidisca o che torni per cercare di sedurlo e allontanarlo da me. Ora *muoviti*. E non pensare *minimamente* di avvicinarti alla porta del bagno, altrimenti pianto una pallottola in testa a quel cane prima ancora che riesca a muoversi.»

Baxter stava impazzendo all'interno della piccola stanza, i suoi guaiti e ringhi erano forti e costanti. Non riusciva a sopportare il pensiero che potesse essere ucciso.

Mentre si dirigeva verso la porta d'ingresso con la valigia e

lo zaino, fece un respiro profondo e smise di piangere. Aveva
bisogno di schiarirsi le idee se voleva sopravvivere a qualsiasi
cosa quella pazza avesse in mente di farle, che di sicuro non
era riportarla a Cleveland e fingere che tutto ciò non fosse
mai successo.

Doveva fuggire. Aveva visto abbastanza programmi poli-
zieschi da sapere che se qualcuno intenzionato a farti del male
riusciva a farti salire su un'auto, eri spacciata. Inoltre, sapevano entrambe che Susie non avrebbe potuto destreggiarsi su
quelle strade tortuose e innevate e contemporaneamente
tenere la pistola puntata su di lei. Non appena fosse salita sul
SUV, era probabile che le avrebbe sparato e poi trovato un
posto in cui scaricare il suo corpo in qualche desolata area
forestale sulla strada per Bangor, dove avrebbe preso l'aereo
per tornare in Ohio.

Un senso di rabbia ribollì dentro di lei. No. Aveva appena
trovato Riggs. Non voleva lasciarlo. Lasciare Baxter.

Voleva conoscere meglio JJ, Bob e Cal. E scoprire cosa
c'era tra April e JJ. Aveva visto lo sguardo che lui aveva rivolto
all'assistente amministrativa quando era quasi caduta nella
neve, e di sicuro non era stata semplice preoccupazione.

Voleva rivedere sua madre. Voleva renderla nonna e dare a
Riggs tutti i bambini che voleva.

Aveva troppe cose per cui vivere. Non avrebbe permesso a
Susie di portarle via tutto. E per cosa? Per gelosia?

Non le era ancora chiaro perché si fosse rivoltata contro di
lei, perché non potesse semplicemente tornare da Tommy
lasciandola nel Maine a godersi la vita con l'uomo che amava.
Ma supponeva che al momento non avesse importanza.
L'unica cosa che contava era scappare.

«Riggs non crederà a quel biglietto che mi hai fatto scrivere» disse, mentre posava le borse e prendeva la giacca appesa all'attaccapanni accanto alla porta.

«Certo che ci crederà. È stata un'avventura. Sei rinsavita e ora te ne torni a casa.»

Scosse la testa. Era lei la stupida. Come avrebbe potuto scendere dalle montagne senza un'auto? Inoltre, non le aveva permesso di menzionare la sua visita o di usare il suo nome nel biglietto. Quindi, a quanto pareva, secondo Susie lui avrebbe dovuto credere al fatto che si fosse teletrasportata dalla baita o qualcosa del genere.

Non aveva intenzione di farle notare le falle di quel piano. Anche senza telecamere, Riggs avrebbe scoperto chi l'aveva rapita e capito che Carlise non se n'era andata volontariamente. Doveva.

«Verrà a cercarmi» le disse con fermezza. «La gente in città si ricorderà che una donna ha chiesto dove abitava. Rintracceranno l'auto a noleggio... hai pagato con la carta di credito? Hai usato un nome falso?»

L'altra sembrò sorpresa per un attimo, come se quelle cose non le fossero venute in mente. Era chiaramente così, perché strinse le labbra e aggrottò le sopracciglia.

Bingo. Aveva sempre pensato che fosse intelligente, ma a quanto pareva era solo una brava attrice.

In quel momento la sua stupidità andava a vantaggio di Carlise. Susie aveva fatto un bel casino. Era come se avesse lasciato un'enorme insegna al neon che puntava dritta a lei. Con quegli errori e le telecamere che avevano ripreso ogni sua parola e azione, sarebbe stata catturata rapidamente, che l'avesse uccisa o meno.

Al momento era l'unico aspetto positivo di quella situazione estremamente incasinata in cui si era ritrovata.

«Non importa» disse infine con un'alzata di spalle. «Dichiarerò di non sapere nulla. Tommy sarà il mio alibi.»

Voleva alzare gli occhi al cielo. Come se lui potesse essere un alibi convincente. Carlise lo conosceva. Sapeva che l'avrebbe data in pasto ai lupi in un batter d'occhio se si fosse trattato di salvarsi il culo.

Aveva agito d'impulso andando nel Maine a cercarla, e ciò sarebbe stata la sua rovina.

«Sbrigati, o sparo a quel dannato cane attraverso la porta del bagno» la minacciò.

Non aveva dubbi che lo avrebbe fatto, così si affrettò ad allacciarsi gli scarponi e poi si alzò. «Sono pronta.»

E lo era. Pronta alla prima occasione di fuga.

Sarebbe andata nel bosco. Riggs e Baxter l'avrebbero trovata, su quello non aveva dubbi.

Susie fece un gesto con la pistola e lei aprì la porta. Uscì dalla baita dove era stata così felice per settimane senza voltarsi indietro. L'avrebbe rivista. Doveva crederci, altrimenti sarebbe andata fuori di testa e non sarebbe stata in grado di fare ciò che doveva.

Si diresse verso il SUV parcheggiato vicino al portico, e con calma mise le borse sul sedile posteriore, come le aveva ordinato.

«Sali» le disse la sua ex amica, indicando con la pistola la portiera del passeggero.

Il cuore le batteva a mille. La aprì lentamente e si sedette. Susie la chiuse di colpo, mancando di poco il suo piede. Tenne la pistola puntata su di lei mentre camminava intorno alla parte anteriore dell'auto verso il lato del conducente.

Ecco, era quello il momento. La sua unica possibilità di fuga. Anche se si trovavano letteralmente nel mezzo della natura selvaggia del Maine, sapeva che se fosse andata via con lei le sue possibilità di sopravvivenza sarebbero state pari a zero. Preferiva perdersi nel bosco che morire.

Quando Susie afferrò la maniglia dall'altro lato, Carlise fece la sua mossa.

Spalancò di scatto la portiera e corse via.

L'altra le gridò di fermarsi, ma lei continuò a correre. Andò dritta verso gli alberi, nella direzione in cui Riggs l'aveva portata quando erano andati a fare una passeggiata.

Il rumore di uno sparo alle sue spalle risuonò nella pacifica tranquillità del bosco. Carlise sussultò, ma continuò a correre.

La sentì dietro di lei e cercò di andare più veloce, ma sapeva che non sarebbe riuscita a seminarla. A Susie *piaceva* davvero allenarsi. Andava in palestra quasi ogni giorno. Era orgogliosa di mantenersi snella e in forma. Carlise voleva essere in salute, ma non amava l'esercizio fisico. In effetti, la maggior parte dei giorni stava seduta a lavorare al computer.

Mentre sbuffava e ansimava si guardò freneticamente intorno, cercando di trovare un buon posto dove nascondersi. Dato che era inverno, gli alberi erano per lo più spogli. E i pochi sempreverdi che aveva individuato non l'avrebbero nascosta a lungo.

«È meglio se ti fermi, cazzo!» le gridò, da troppo vicino.

Non si preoccupò di rispondere. Primo perché non aveva nulla da dire alla psicopatica che aveva finto di essere sua amica mentre la terrorizzava e ne rideva con Tommy, e secondo... parlare era quasi impossibile visto quanto ansimava.

«Dove pensi di andare? Non c'è nessun posto dove nascondersi! Fermati, stronza!»

La stava raggiungendo. Il suo battito del cuore, già alle stelle, si impennò ulteriormente a causa del panico.

Il rumore di un secondo sparo non aiutò. Poi ne giunse un altro un millisecondo dopo, e un forte dolore esplose nella sua spalla.

Inciampò e per poco non cadde, ma all'ultimo secondo ritrovò l'equilibrio.

Susie le aveva sparato. *Le aveva sparato!*

La rabbia e il terrore la fecero correre a un ritmo che non sapeva nemmeno di poter sostenere. Stava letteralmente scappando per salvarsi la vita.

A un certo punto sentì un tonfo, poi un forte scricchiolio dietro di lei. Si arrischiò a girare la testa per vedere cosa li avesse provocati e vide Susie distesa a terra, era chiaramente inciampata su qualcosa.

Quella era la sua occasione migliore.

Di aumentare la distanza.

Di nascondersi.

Di *vivere.*

Cercò di correre ancora più veloce... e all'improvviso fu sorpresa di rendersi conto di sapere dove si trovava.

Davanti a lei, a meno di venti metri di distanza, c'era un gruppo di pini che sembrava fuori posto dato che non ce n'erano altri nelle immediate vicinanze.

Contro ogni probabilità, era corsa proprio nel punto che Riggs aveva voluto mostrarle il giorno della loro passeggiata. Si affrettò, dirigendosi verso quegli alberi.

Osservò il terreno davanti a sé, e si sentì travolgere da un tale sollievo che il suo corpo iniziò a tremare in modo quasi incontrollabile. La maniglia del portello del bunker era proprio lì! La neve che la circondava si era sciolta in modo considerevole e la terra che Riggs aveva scavato per liberare i bordi della botola era come un faro sul suolo altrimenti incontaminato.

Si fermò bruscamente, si chinò e tirò la maniglia verso l'alto. Con suo immenso sollievo si aprì senza problemi.

Inviando un sentito ringraziamento al survivalista che aveva creato quel bunker, si girò rapidamente per scendere la scala.

«*No!*»

Alzò lo sguardo a quel grido e vide Susie a circa cinquanta metri di distanza che si stava avvicinando velocemente.

Quasi non la riconobbe. I suoi capelli, di solito acconciati in modo elegante, erano usciti dalla coda di cavallo ordinata che si era fatta appena arrivata alla baita e aveva la fronte incrostata di neve e terra a causa della caduta.

Ma fu lo sguardo di odio e di furia sul suo viso a far bloccare Carlise per una frazione di secondo.

Come poteva quella persona essere la sua amica?

La donna sulla cui spalla aveva pianto quando aveva lasciato Tommy. Che aveva ascoltato le sue speranze e le sue paure più profonde. La donna che aveva riso e pianto con lei, che l'aveva sostenuta.

Il pensiero di aver perso un'amica fu doloroso quasi quanto il pulsare sulla sua spalla.

Esplosero altri colpi di pistola e Carlise si abbassò istintivamente, ma all'improvviso un altro rumore sconosciuto e agghiacciante riecheggiò intorno a loro.

Sembrava un tuono... ma il cielo era azzurro, non c'era una nuvola in vista.

Afferrò la maniglia del portello e diede un'ultima occhiata a Susie.

Si era fermata preparandosi a sparare, ma non stava più guardando lei. Fissava qualcosa al di là del bunker. Aveva gli occhi spalancati e la sua espressione furiosa si era trasformata in una di shock e paura.

Non aveva idea di cosa stesse guardando, ma non aveva tempo di scoprirlo. Da un momento all'altro quella pazza si sarebbe scossa dalla trance in cui si trovava e avrebbe cercato di ucciderla.

Abbassò di colpo il portello e armeggiò con il meccanismo di chiusura. Nel bunker era buio pesto, ma non era mai stata così grata di essere al riparo dal sole come in quel momento. Era abbastanza sicura che fosse a prova di proiettile, perché nessun survivalista che si rispetti avrebbe costruito un posto del genere commettendo l'errore di non avere un ingresso in grado di resistere a qualsiasi nemico che cercasse di introdursi.

«Fammi entrare! Porca puttana, *fammi entrare!*» urlò Susie dall'esterno. La sua voce era ovattata, ma riusciva comunque a sentirla bene. E per niente al mondo le avrebbe aperto. Se lei pensava che ci fosse una possibilità, era un'illusa.

«La montagna sta franando! *Oh, mio Dio!* Ti prego, Carlise! *Ti prego!* Sta venendo verso di me! Mi seppellirà! *Fammi entrare, fammi entrare, fammi entrare!*»

Sentì la sua ex amica battere sul portello, ma invece di rispondere al terrore assoluto percepito nella sua voce, si allontanò dalla botola, indietreggiando lentamente verso il fondo del bunker.

«È una valanga! Mi senti? Se non mi fai entrare, morirò!»

Il tuono che aveva sentito doveva essere stato causato dalla neve e dal ghiaccio che si erano staccati dalla montagna.

Le venne da vomitare... ma non poteva aprire quel portello.

Susie le aveva *sparato*, e ora sanguinava e la spalla le faceva un male che non aveva mai provato in vita sua. L'aveva minacciata per mesi, facendole credere di essere perseguitata. Aveva frequentato il suo ex per qualche folle motivo e ora si era messa in testa che lei dovesse pagare per averlo scaricato. Aveva avuto tutta l'intenzione di ucciderla e di lasciare il suo corpo da qualche parte nella natura selvaggia del Maine.

Niente aveva senso in quel momento, ma l'unica cosa che sapeva era che se l'avesse lasciata entrare in quel bunker, solo una di loro ne sarebbe uscita. Dato che Susie aveva la pistola, non ci voleva un genio per capire che non sarebbe stata Carlise.

Ci volle ogni grammo di forza di volontà che aveva per ignorare le sue suppliche sempre più disperate. Sentì un rumore simile a quello di un treno attraversare il bosco facendo tremare le pareti del bunker, e udì Susie lanciare un urlo straziante che fu bruscamente interrotto...

Poi non udì altro al di sopra del tuono fortissimo e spaventoso che rimbombò ininterrottamente proprio sopra la sua testa.

Si era quasi aspettata che il portello esplodesse verso l'interno, facendo entrare le tonnellate di rocce e neve che stavano scivolando giù dal Monte Baldpate. Invece stava resistendo. Il rumore continuò ad aumentare mentre la valanga sembrava durare all'infinito.

Provò un gran sollievo perché finché fosse stata là sotto non avrebbe potuto sparle di nuovo... ma solo per un momento. Poi fu pervasa dal senso di colpa. Susie era lì fuori, sulla traiettoria di una *valanga*. C'era comunque la possibilità

che potesse farcela, aveva letto di persone che erano soprav-
vissute. Ma non c'era nessuno lì in giro che avrebbe potuto
tirarla fuori, quindi probabilmente era morta.

Morta.

Poi la realtà della sua situazione la travolse. Poteva anche
essere al sicuro dalla traiettoria della valanga, ma si trovava
sottoterra. La neve aveva sicuramente seppellito l'ingresso del
bunker. E non c'erano provviste lì sotto. Gli scaffali di metallo
erano vuoti.

Era stata sepolta viva proprio come Susie.

Un gemito lasciò le sue labbra prima che riuscisse a
controllarlo. Indietreggiò fino ad appoggiarsi alla parete del
bunker, ma gridò di dolore non appena la sua spalla toccò la
superficie. Non solo era sepolta, ma le avevano sparato, il
buco per l'aria era stato coperto e Riggs una volta trovata
quella dannata lettera avrebbe pensato che lei lo avesse
abbandonato!

Fece un respiro profondo prima che il panico potesse
sopraffarla, e scosse la testa.

No, c'erano le telecamere. L'auto di Susie era parcheggiata
davanti alla baita. Con le sue valigie dentro e con entrambe le
portiere aperte. E non aveva dubbi che Baxter stesse ancora
impazzendo nel bagno, probabilmente cercando di grattare e
mordere la porta per uscire.

Riggs avrebbe cercato di trovarla. Lo sapeva.

Ma poi iniziò a chiedersi... come diavolo avrebbe fatto?
Quanto era alta la neve sopra la sua testa? Sarebbe andato a
cercare così lontano dalla baita? Avrebbe pensato che fosse
stata sepolta mentre correva? Anche se avesse considerato di
controllare il bunker, come avrebbe fatto a trovarlo con tutta

la neve che copriva ogni cosa e con la botola sepolta sotto tanti detriti?

Le probabilità che la trovasse prima che lei morisse di fame o soffocasse erano minime.

Una lacrima scese sulla sua guancia. Aveva finalmente trovato l'uomo dei suoi sogni, solo per essere strappata via da lui nel modo più crudele che si potesse immaginare.

«Mi dispiace» sussurrò. Le sue parole sembrarono riecheggiare in quella scatola di metallo. Ora che la valanga si era fermata, tutto era tranquillo. Troppo tranquillo.

«Sono qui, Riggs» gridò. Sentire la propria voce era preferibile al silenzio opprimente e spaventoso. «Sono qui.»

Tirò su le ginocchia e vi avvolse le braccia intorno, cercando di ignorare il dolore alla spalla. Ma quello era l'ultima delle sue preoccupazioni al momento. Posò la testa sulle ginocchia e lasciò scendere le lacrime che aveva disperatamente trattenuto.

CAPITOLO QUINDICI

CHAPPY SI ACCIGLIÒ mentre percorreva il vialetto. Davanti alla baita c'era un veicolo parcheggiato a casaccio, con entrambe le portiere anteriori spalancate, ma non vedeva nessuno all'interno.

Chi diavolo era arrivato e perché le portiere erano aperte?

Notò che la targa era del Maine, ma non conosceva nessuno che guidasse una RAV4. Si allarmò subito, consapevole che Carlise aveva uno stalker, e tirò fuori dal vano portaoggetti della Jeep l'arma che portava sempre con sé nel caso in cui si fosse imbattuto in un orso o in un alce non incline a lasciarlo passare.

Si affrettò verso la RAV4, ma un suono familiare lo bloccò.

Lo aveva sentito solo una volta, ma il rumore assordante di una valanga che precipitava dalla montagna gli era rimasto impresso nel cervello. Iniziava come un tuono lontano, e più le centinaia di tonnellate di neve e rocce si avvicinavano, più il tuono diventava forte.

Fissò lo sguardo in direzione del Monte Baldpate con ogni muscolo del corpo teso. La baita era fuori dalla zona di scivolamento. Nella sua testa lo sapeva, ma continuava a lottare contro l'istinto del suo corpo di fuggire.

La valanga sembrava vicina. Molto vicina.

Si costrinse a girare intorno al SUV e a salire i gradini del portico. Anche se in quel momento si stava verificando quel tremendo fenomeno, lui era al sicuro. Voleva rassicurare Carlise che dove si trovavano non c'erano problemi. Che aveva fatto le dovute ricerche e si era assicurato che la baita fosse al riparo da quel tipo di eventi.

Ma nell'istante in cui aprì la porta capì che lei non c'era, che non era solo andata in bagno. In casa aleggiava un senso di vuoto che precedentemente era stato riempito dalla sua presenza. Lei aveva portato luce e amore nel suo mondo e in quel posto che era la sua seconda casa, e in quel momento sentì l'assenza di entrambe le cose.

Poi un altro rumore proveniente dal bagno gli fece salire il cuore in gola.

Baxter stava ringhiando con ferocia, come non gli aveva mai sentito fare.

Andò ad aprire la porta aspettandosi di vedere Carlise, ma fu il cane a lanciarsi fuori dalla stanza e a correre per la casa con il naso a terra, prima di andare alla porta e iniziare ad abbaiare senza sosta.

Il terrore che Chappy provò fu quasi opprimente...

Carlise scomparsa, Baxter chiuso in bagno, l'auto sconosciuta davanti alla baita con entrambe le portiere aperte... e ora che ci pensava, gli sembrava di avere intravisto la sua valigia sul sedile posteriore.

Merda. Se ne stava *andando*? Aveva chiamato un autonoleggio che la venisse a prendere?

No. Non lo avrebbe mai lasciato. Ne era più che certo.

Baxter grattò la porta continuando ad abbaiare e lo guardò come per dire: "Cosa stai aspettando? Aprila!".

Mentre l'adrenalina saliva alle stelle, notò il telefono satellitare appoggiato sul bancone della cucina e i piatti sporchi nel lavello. Carlise non li avrebbe mai lasciati così. Era una sorta di maniaca dell'ordine, proprio come lui, e anche se fosse andata a fare una passeggiata o qualcosa del genere, cosa che dubitava fortemente avrebbe fatto da sola, non sarebbe uscita lasciando i piatti sporchi in giro. Inoltre gli aveva detto di voler rimanere in casa a lavorare durante la sua assenza.

Vide dei fogli sul tavolo e una penna che prima non c'era, una cosa di cui di solito non si sarebbe posto il problema, ma sapeva che Carlise era molto scrupolosa nel mettere via tutte le sue cose quando finiva di lavorare. Era un po' maniacale quando si trattava dei suoi appunti.

Guardandosi intorno con attenzione, si rese conto che c'erano un bel po' di cose che sembravano fuori posto. La coperta sul divano non era piegata, cosa che lei faceva abitualmente quando si alzava. L'asciugamano che usava per pulire le zampe di Baxter dopo averlo portato fuori per i bisogni era per terra invece che appeso all'attaccapanni.

Doveva controllare le telecamere per vedere cosa fosse successo prima del suo arrivo.

Corse fuori, costringendo un infelice Baxter a rimanere dentro, e avviò il generatore con il cuore che batteva a mille. Guardò il cellulare e imprecò. Il Wi-Fi non funzionava. *Di nuovo*. E non aveva tempo di armeggiare con l'antenna per cercare di sistemarlo.

Aveva bisogno di aiuto e doveva trovare Carlise. Era chiaro che non fosse nelle vicinanze. Non c'era nemmeno il proprietario di quel SUV, chiunque fosse, ma il veicolo stesso faceva capire che erano ancora in zona, da qualche parte sulla sua montagna.

Chappy spense il generatore, poi toccò un numero programmato sul telefono satellitare che aveva portato con sé uscendo di casa, e aspettò con impazienza che JJ rispondesse. Baxter abbaiò ancora una volta dall'interno mentre lui tornava sul portico. «Aspetta, Bax. Devo chiamare i soccorsi prima di lasciarti uscire.»

«Ehi, te ne sei appena andato. Cosa ti sei dimenticato?» gli chiese il suo amico, ridacchiando.

«Ho bisogno di aiuto» disse, senza giri di parole.

«Cos'è successo?» gli domandò, senza più umorismo nella voce.

«Quando sono arrivato alla baita, ho trovato una macchina che non conosco davanti al portico, Baxter era chiuso in bagno e non c'è traccia di Carlise o del proprietario dell'auto.»

«Cazzo. Pensi che il suo stalker l'abbia trovata?»

«Non ne ho idea, visto che non riesco a far funzionare quel maledetto Wi-Fi e quindi non posso controllare le telecamere, ma immagino di sì.»

«Merda! Come?»

Gli balzò alla mente un pensiero orribile. «Le uniche persone con cui ha parlato sono sua madre e la sua migliore amica.»

«Carlise potrebbe aver scritto una mail a qualcuno?

Potrebbe essere stata rintracciata tramite il telefono quando hai controllato i suoi messaggi?»

«È possibile. Ma non avrebbe mai aperto la porta a qualcuno che non conosceva, al suo ex ragazzo o al padre.»

«Pensi... che sia l'amica?» chiese JJ, cogliendo ciò che Chappy non stava dicendo.

«Dubito fortemente che sia la madre a perseguitarla. Sembrano molto unite. Non so di cosa abbia parlato con Susie, ma immagino possa averle detto qualcosa che le ha dato un'idea abbastanza precisa di dove si trovasse.»

«Non lo so» rifletté JJ, scettico. «La tua baita è in mezzo al nulla.»

«Me ne rendo conto, ma è comunque raggiungibile. C'è dell'altro.»

«Cosa?»

«Ho sentito il rumore di una valanga mentre mi avvicinavo alla baita. Verso est.»

«*Cazzo*!»

«Già. Ed entrambe le portiere anteriori dell'auto nel mio vialetto sono spalancate.»

«A cosa stai pensando?»

«Controllerò le telecamere appena potrò accedervi per avere conferma, ma credo che l'amica sia venuta qui e lei l'abbia fatta entrare senza pensarci due volte. È successo qualcosa mentre parlavano e... magari ha scoperto che Susie è la sua stalker. La donna deve aver cercato di costringerla ad andare via con lei, considerando che entrambe le portiere sono aperte. Ma se il veicolo è ancora qui, significa che Carlise è scappata.»

«Potenzialmente dritta verso la valanga» affermò JJ cupo. «È la direzione più probabile in cui potrebbe essere andata, visto che la tua casa è circondata da sterpaglie in tutte le altre direzioni.»

«Ho bisogno di te e dei ragazzi» disse con voce spezzata. «Potrebbe essere sepolta! Mi serve aiuto.»

«Sono già per strada. Chiamo gli altri. Stiamo arrivando, Chappy. Ma se questa donna perseguitava Carlise, probabilmente è pericolosa. Non abbassare la guardia.»

Lo aveva pensato anche lui. «Non lo farò. Quando arriverete sarò già in giro a cercare.»

«Ti troveremo. Vedrai che lei sta bene.»

«Non puoi saperlo» replicò debolmente. Quelle parole bruciarono come acido sulla sua lingua.

«So che hai passato l'inferno insieme a tutti noi. Non è possibile che tu abbia trovato la donna destinata a te, solo per perderla. È intelligente, Chappy. Era consapevole che non avrebbe dovuto permettere a nessuno di farla salire su quell'auto, che la cosa migliore da fare era scappare. Quelli lassù sono i *tuoi* boschi e lei sapeva che l'avresti trovata.»

Fece un respiro profondo. Certo che l'avrebbe trovata!

Baxter abbaiò forte.

«Wow. Era Baxter?»

«Sì, vuole che chiuda la chiamata e che lo faccia uscire.»

«Lui può rintracciarla» disse JJ.

Sbatté le palpebre. Non ci aveva nemmeno pensato. Baxter adorava Carlise. Il suo sguardo la seguiva ovunque, sia all'interno sia all'esterno dalla baita. E chiaramente non era stato contento di rimanere chiuso in bagno.

Il suo amico aveva ragione, probabilmente *poteva* rintracciarla. Cazzo, l'aveva trovata nel bel mezzo di quella bufera di neve e lo aveva condotto dritto da lei. Ora avrebbe potuto fare la stessa cosa.

«Devo andare.»

«Vai. Stiamo arrivando. Fai attenzione. Non voglio che tu sia sopravvissuto a quegli stronzi oltreoceano, per poi essere ucciso da una donna fuori di testa.»

«D'accordo. A dopo.»

JJ chiuse la chiamata senza dire altro. Chappy infilò il telefono nella tasca interna della giacca e si diresse verso l'ingresso. «Trovala, Baxter. Trova Carlise.» Poi aprì la porta.

Il cane balzò fuori di scatto. Annusò freneticamente intorno alla baita, cercando di captare l'odore della sua padrona. Andò al SUV e mise le zampe anteriori sul sedile del passeggero.

Poi saltò giù e si diresse verso il bosco.

«Merda! Fermo, Baxter! Aspettami!»

Ma il cane non aveva intenzione di aspettare. Chappy corse dietro al Pitbull, cogliendo la sua forma di tanto in tanto mentre zigzagavano tra gli alberi.

Il silenzio intorno a lui era inquietante. Di solito c'era il cinguettio degli uccelli, il vento che soffiava tra gli alberi, altri rumori. Ma dopo il tuono provocato della valanga, era come se la foresta stesse trattenendo il respiro.

La mancanza di suoni era come una coperta pesante sulle sue spalle. Avrebbe preferito sentire Carlise che chiedeva aiuto. Qualcosa. *Qualsiasi cosa* che indicasse che era ancora viva.

«Carlise!» chiamò correndo.

L'unica cosa che sentì in risposta fu altro silenzio opprimente. Mentre seguiva Baxter tra gli alberi, pregò che il cane sapesse dove stava andando.

Dopo diversi minuti finalmente le vide: delle impronte nella neve. A causa del clima più caldo, molta si era sciolta, ma non tutta. Quelle impronte gli sollevarono il morale. *Era passata da lì*. Ci avrebbe scommesso la vita.

Stava scommettendo sulla vita di *Carlise*.

Vide due serie di impronte e, in base alla distanza, entrambe le persone stavano correndo. Suppose che Susie l'avesse inseguita, e la sua determinazione si rafforzò. Migliore amica o meno, l'avrebbe annientata. Si sarebbe assicurato che Carlise sporgesse denuncia e che quella donna fosse rinchiusa il più a lungo possibile.

Non prese nemmeno in considerazione l'idea che non stesse bene, che l'altra potesse aver fatto qualcosa di drastico.

Corse finché le impronte non si fermarono. Perse le loro tracce quando l'area relativamente pianeggiante che aveva attraversato cambiò drasticamente. Ora c'era un enorme muro di neve sul suo percorso: neve e rocce trasportate dalla valanga.

Carlise e il suo inseguitore *erano* finiti dritti sulla sua traiettoria.

Gli si strinse lo stomaco mentre fissava le tonnellate di neve che erano scivolate lungo il fianco del Monte Baldpate.

Sentì abbaiare e alzò lo sguardo. Baxter era in cima a quell'ammasso e lo fissava.

Chappy sapeva eliminare un terrorista da cinquanta metri di distanza. Sapeva come uccidere a mani nude. Era stato torturato e non si era lasciato sfuggire nemmeno un gemito. Ma quello...

Sapere che la sua Carlise poteva essere rimasta intrappolata sotto una valanga era più di quanto potesse sopportare. Non avrebbe potuto fare niente anche se fosse stato al suo fianco. Non avrebbe potuto trattenere tonnellate di neve per proteggerla.

E in quel momento non poté fare altro che pregare che lei fosse stata lontana da quell'area.

Baxter abbaiò di nuovo, ripetutamente.

Se il cane voleva che lo seguisse, lo avrebbe fatto. Era possibile che riuscisse a condurlo fino all'altro versante, dove forse avrebbe ritrovato le tracce di Carlise.

L'enorme banco di neve era alto quanto lui, e grugnì per la fatica che fece per arrampicarsi fino in cima. Poi seguì Baxter...

Ma con suo grande sgomento, il cane si fermò a metà dell'ampia striscia bianca e cominciò a scavare.

«Merda!» gridò, mettendosi in ginocchio accanto a lui e scavando lui stesso a mani nude. Se Carlise era là sotto, doveva trovarla al più presto, altrimenti avrebbe potuto soffocare!

«*No*» disse ad alta voce, lavorando ancora più velocemente. Le sue mani si intorpidirono presto. Le rocce e il ghiaccio gli lacerarono la carne, ma non sentì dolore. Riusciva solo a pensare a raggiungerla.

Non sapeva da quanto stesse scavando, dovevano essere almeno trenta minuti o più, quando si sedette lentamente sui talloni e fece un respiro angosciato.

Ci stava mettendo troppo. Se Carlise si trovava lì sotto, era morta. Non era possibile che sopravvivesse senza ossigeno per tutto quel tempo.

«Baxter» lo chiamò con voce rotta.

Il cane lo ignorò, continuando a scavare nella neve.

«Fermati, Bax» provò di nuovo. «Se n'è andata.»

Ma lui non si fermò. Le sue zampe sanguinavano, proprio come le dita di Chappy, ma la sua tenacia non si affievolì.

Non volendo che si facesse ancora più male, lo afferrò per il collare. Con sua grande sorpresa, Baxter ringhiò.

Lo lasciò subito, la sua realtà era già diventata un inferno nell'ultima ora, non voleva aggiungerci anche dei morsi.

Non appena libero, il cane tornò a scavare. Avevano fatto qualche progresso, la buca su cui stavano lavorando era ormai profonda una sessantina di centimetri, ma mancava ancora almeno un metro e mezzo per arrivare al suolo.

Rimase a osservare Baxter ancora per un attimo. Poi inclinò la testa indietro e fissò il cielo azzurro. Le lacrime gli riempirono gli occhi e le lasciò cadere.

Non si era mai sentito così impotente come in quel momento. Aveva promesso di proteggerla, di tenerla al sicuro, e aveva fallito. Alla grande.

Non c'era stato proprio quando lei ne aveva avuto più bisogno. Se non avesse fatto quell'ultima sosta al deposito di legname per prendere delle tavole per costruire una cuccia a Baxter, sarebbe stato alla baita quando Susie era arrivata. Se fosse stato più veloce alla stazione di polizia, se non avesse preso quella tazza di caffè con JJ, se non avesse passato così tanto tempo al supermercato...

Tanti "se". Tanti rimpianti.

«Chappy?»

Sentì chiamare il suo nome e per una frazione di secondo il suo cuore ebbe un sussulto. Carlise! Non era sotto la neve. Baxter si era sbagliato! Stava scavando per niente.

Ma poi il suo cervello si rimise in moto. La voce che aveva sentito era maschile. Non era lei.

«Qui!» gridò.

«Stiamo arrivando!»

Capì subito che era Bob. I suoi amici erano arrivati,

avevano raggiunto davvero in fretta la sua baita. Non aveva dubbi che avessero guidato troppo velocemente e in modo spericolato per arrivare fin lì... ma non era stato sufficiente.

Si voltò e vide Bob, Cal, JJ e il capo Rutkey correre verso di lui. Le rocce e la neve irregolare impedivano loro di muoversi rapidamente, ma erano lì e, cosa migliore, ognuno aveva con sé una pala.

«JJ ci ha detto della valanga e abbiamo pensato che queste sarebbero state utili» dichiarò Bob, con un'espressione cupa che senza dubbio era simile alla sua.

«Merda, amico. Le tue mani» disse Cal accigliato, dopo che gli uomini scalarono l'alto banco di neve.

«Non è niente» affermò Chappy, tendendo la mano per farsi passare una pala.

JJ scosse la testa. «Ci pensiamo noi. Fatti in là.»

Stava per mandare a quel paese l'amico, ma Alfred, il capo della polizia, gli prese il braccio e lo tirò in piedi, allontanandolo dalla buca che Baxter stava ancora cercando freneticamente di scavare.

«Ci pensiamo noi, figliolo. Tieni il cane, così possiamo allargarla e trovare la tua donna.»

Afferrò Baxter per la collottola e lo tirò indietro. Sorprendentemente lui lo lasciò fare, così Chappy si inginocchiò al suo fianco e trattenne il respiro, mentre i suoi amici gettavano neve e sassi lontano dalla buca che diventava rapidamente sempre più larga e profonda man mano che scavavano.

Ma ancora nessuna traccia di Carlise.

Ogni volta che lanciavano via neve e detriti senza trovarla, le speranze di Chappy sprofondavano sempre di più.

«Siamo sicuri che sia il punto giusto?» chiese Bob.

«Sì» rispose lui prima che lo facesse qualcun altro. «Baxter è venuto dritto in questo posto e ha iniziato a scavare. È qui da qualche parte.»

I tre lavorarono ancora un po' prima che il capo Rutkey dicesse: «Accidenti, c'è un pino piegato. Dovremo scavare intorno e liberarlo prima di poter raggiungere la neve sottostante.»

Le sue parole risvegliarono un pensiero, e per la prima volta dopo quasi un'ora tornò a sperare.

«Il bunker!» esclamò, avvicinandosi alla buca e guardando nella sua profondità.

«Cosa? Che bunker?» chiese Rutkey.

«C'è un rifugio sotterraneo concepito per i survivalisti» rispose JJ.

«Ah già, è vero. Era del vecchio che possedeva la baita che è stata spazzata via dall'ultima valanga che si è abbattuta qui. Era un figlio di puttana paranoico. Per niente amichevole. Ho scoperto che aveva un bunker solo quando sua moglie è rimasta chiusa dentro e gli è servita una mano per tirarla fuori. È venuto a casa mia e mi ha fatto giurare di mantenere il segreto. Quando l'abbiamo liberata aveva i nervi a pezzi, ma fisicamente stava bene. Lo avevo dimenticato.»

«I pini» disse Chappy. «Sono il punto di riferimento che uso per localizzarlo quando vengo a camminare. Sono gli unici qui intorno. Il bunker era alla loro base.»

«Questi alberi potrebbero essere stati trascinati giù dalla montagna» lo avvertì Cal.

Ma lui scosse la testa. «È arrivata al bunker. *Me lo sento.* Gliel'ho mostrato la settimana scorsa. E prima che le impronte venissero cancellate dalla slavina, andavano proprio in quella direzione. E Baxter ci ha portati qui. Deve essere lì sotto!»

«E l'amica?» chiese Cal, sollevando un sopracciglio.

Incontrò il suo sguardo, intuendo cosa stava pensando. «Non lo so. Forse... forse sono entrambe lì dentro.»

«Accidenti» mormorò JJ, e ricominciò a scavare un po' più velocemente.

Pochi minuti dopo raggiunsero il suolo. La buca era profonda quasi due metri e piuttosto larga, le loro teste spuntavano appena oltre il bordo. Avevano trovato la botola, proprio sotto il punto in cui Baxter aveva iniziato a scavare.

JJ provò a tirare il portello, ma non si mosse.

«È bloccato» disse frustrato, mentre cercava di tirare più forte.

«Spostati» ordinò Chappy. «Fatemi scendere.»

Lui e Alfred aiutarono Bob e Cal a salire dalla buca, lasciandogli lo spazio per saltare dentro. «Non è bloccato. È chiuso con un meccanismo» affermò, e il sollievo lo fece quasi collassare.

Si poteva chiudere solo dall'interno.

«Esatto» confermò Alfred dall'alto, leggendogli nel pensiero. «Dopo che la moglie del tizio è rimasta bloccata dentro, lo ha riconfigurato per renderlo più facile da aprire, e come precauzione ha fatto sì che si potesse chiudere solo dall'interno. L'ultima cosa che voleva era che qualche sciacallo – parole sue, non mie – arrivasse e li intrappolasse lì sotto.»

Chappy si mise in ginocchio e si chinò. «Carlise? Sei lì dentro? Sono io, Riggs! Apri il portello. È sicuro. La valanga è passata.»

Quando non ebbe risposta, provò a dire: «Susie...?»

I cinque uomini trattennero il respiro in attesa di qualche indizio che facesse capire che c'era qualcuno dentro al bunker.

Il tempo non aveva alcun significato nel buio del bunker. Carlise rabbrividì, rannicchiandosi contro una parete. Sperava che fosse la sua immaginazione, ma le sembrava che ora fosse più difficile respirare rispetto a quando era entrata. Anche se... non aveva idea di quanto tempo fosse passato.

La sua mente vagò su pensieri che non avrebbe voluto fare. Si chiese se soffocare avrebbe fatto male. Se si sarebbe afferrata la gola per cercare di far entrare l'aria che non c'era, o se si sarebbe addormentata.

I suoi sentimenti oscillavano selvaggiamente dall'essere grata di aver trovato il bunker ed essere scampata alla valanga, al dolore e alla rabbia per il tradimento di Susie. Era riuscita a non pensare a Riggs per quella che le era sembrata un'eternità... ma non riuscì a non farlo in quel momento.

Si sdraiò sul pavimento freddo e si raggomitolò, imprecando quando la ferita alla spalla causata dal proiettile si fece sentire di nuovo. A un certo punto si era tolta la giacca e l'aveva appallottolata e pressata tra la ferita e il muro per cercare di fermare l'emorragia, ma non aveva le energie per rimettersela.

Pensò a quanto era stata fortunata a imbattersi nella baita di Riggs. A come si era preoccupata quando lui era ammalato. A quanto sembrava in pace quando dormiva, a quanto era bello quando sorrideva e a come riusciva a eccitarla con una semplice risata.

Le mancava il modo in cui le sue mani callose le accarezzavano la pelle. L'aspetto forte e virile che aveva mentre tagliava la legna. Come parlava a Baxter per farlo avvicinare e accarezzarlo. Quanto era protettivo.

La sensazione che provava quando era dentro di lei, come gli erano brillati gli occhi quando aveva ammesso di volere quattro figli.

Le mancava letteralmente *tutto* di quell'uomo.

Non era giusto che fosse riuscita a scappare da Susie, a trovare quel bunker e a sopravvivere a una maledetta valanga, per poi morire per mancanza di ossigeno.

Non voleva morire. Voleva vivere. Voleva Riggs. Voleva esplorare Newton. Vedere il suo appartamento nella piccola città.

Le lacrime scesero dagli occhi e il naso chiuso le rese ancora più difficile respirare.

Carlise si alzò a sedere. Avrebbe voluto essere come le eroine toste dei romance che traduceva. Essere in grado di trovare da sola la via d'uscita da quella situazione e dimostrare a Riggs che non era indifesa. Che poteva farcela a sopravvivere nei boschi selvaggi del Maine.

Invece, stava per morire.

Dio, sperava che non fosse Riggs a trovare il suo corpo quando la neve si sarebbe sciolta. Non voleva che fosse lui a dover affrontare un dolore del genere, dopo tutto quello che aveva passato.

Sospirò e si aggrappò alle gambe piegate, ignorando la fitta alla spalla, poi chiuse gli occhi appoggiando la guancia sulle ginocchia. Adesso respirare era decisamente più difficile e si sentiva intontita. Forse perché aveva perso troppo sangue.

Riuscì quasi a sentire nella testa la voce di Riggs dirle che l'amava, che era orgoglioso di lei. Che era coraggiosa.

Era ufficiale: stava morendo. Era impossibile che potesse sentire la sua voce. La mente le stava giocando brutti scherzi. Di sicuro aveva le allucinazioni.

Un attimo dopo sollevò la testa, rimanendo completamente immobile.

No... sentiva *davvero* la voce di Riggs!

Era ovattata e non riusciva a capire cosa stesse dicendo, ma doveva essere la sua voce!

Lasciò andare le gambe, si mise carponi e iniziò a strisciare nella direzione in cui pensava ci fosse la botola.

Sbatté la testa contro qualcosa di duro e ciò le provocò un senso di nausea.

«Non vomitare, non vomitare» si ammonì. Era strano sentire la propria voce. Aveva smesso di parlare da sola poco dopo essere entrata nel bunker. Ma in un certo senso le diede forza. Non era ancora morta e avrebbe combattuto per il suo futuro con tutta se stessa.

Appoggiò la mano sulla parete e tastò gli scaffali metallici che fiancheggiavano un lato del bunker. Ricordava vagamente l'aspetto di quello spazio e si diresse lentamente verso l'estremità in cui si trovava la scala.

Fu allora che la sentì di nuovo: era proprio la voce di Riggs.

«Carlise? Sei lì dentro? Sono io, Riggs. Apri la porta. È sicuro. La valanga è passata... Susie?»

Aprì la bocca per rispondere, ma all'improvviso non riuscì a parlare. Le sembrava che non ci fosse più ossigeno.

Per un attimo andò nel panico. Se non avesse raggiunto quel portello sarebbe morta. Ed era così vicina a rivedere il suo amore! A sentire le sue braccia intorno a lei.

Doveva muoversi. Non poteva arrivare così vicina a essere salvata, per poi fallire.

Cominciò ad alzarsi con l'aiuto della scala, ma le faceva male la spalla. Le sembrò che le servisse ogni grammo della sua forza solo per sollevare una gamba fino al primo gradino, ma dentro di lei la determinazione si rinvigorì. Poteva farcela. Non aveva altra scelta.

Pensò a sua madre. A quanto fosse forte. A com'era sopravvissuta per anni in una relazione violenta. Voleva renderla orgogliosa. Voleva avere la possibilità di dirle quanto fosse una fonte di ispirazione.

Sentì un dolore intenso alla spalla quando, dopo essere salita di un paio di pioli, allungò il braccio verso la serratura. Non riuscì a raggiungerla, doveva salirne un altro. Si tenne forte e con cautela, cercando di darsi la giusta spinta per riuscire a far scorrere il meccanismo.

Afferrò il catenaccio e cercò di spostarlo, ma il braccio era debole e dolorante, e lei era tanto annebbiata che non riuscì a muoverlo.

«*Riggs*» sussurrò, quasi sopraffatta dalla disperazione. Era così vicino, proprio dall'altra parte di quel portello, eppure era come se fosse a chilometri di distanza.

Non sapeva se lui avesse percepito la sua flebile voce o meno, ma lei lo sentì come se le fosse stato proprio accanto, senza alcun impedimento tra loro.

«Apri, tesoro. Puoi farcela. So che puoi! Devi solo spostare quella leva di metallo di qualche centimetro. Il resto lo faccio io. I ragazzi sono tutti qui, e anche Baxter. Mi ha portato dritto da te. Sei salva. Fallo, tesoro. Per me. Per i nostri figli. Per i nostri amici. *Ti prego*.»

Carlise sentiva che stava per svenire e non credeva di avere la forza di riprovare, ma la sua mano si mosse senza che il suo cervello desse l'impulso.

E sbloccò la serratura.

Un istante dopo, Riggs era lì. La luce del sole era accecante dopo essere stata al buio per così tanto tempo, e chiuse subito gli occhi. Per una frazione di secondo le sembrò di stare per precipitare, ma lui la afferrò e la circondò con le braccia per impedirle di cadere all'indietro.

Inspirò profondamente e il bramato ossigeno le riempì i polmoni.

Poi urlò per il lancinante dolore alla spalla, quando lui la sollevò e la tirò fuori dalla botola.

«Cazzo, da dove esce il sangue?» chiese JJ.

«Non lo so. Dove ti fa male, tesoro?» le domandò Riggs angosciato.

Ma Carlise non riusciva a parlare. Era troppo impegnata a cercare di far entrare più aria possibile nei polmoni.

«Girala. La sua schiena è coperta di sangue» disse JJ con voce pacata, che in qualche modo la rassicurò nonostante le sue parole. Avrebbe potuto comunque morire dissanguata, ma il suo tono tranquillo e rassicurante le impedì di farsi prendere dal panico.

«Riggs» lo chiamò con voce roca.

«Sono qui, tesoro.»

Socchiuse gli occhi per poterlo vedere. La preoccupazione e l'amore nel suo sguardo le tolsero quasi il respiro. «Non ti stavo lasciando. Mi ha obbligata a fare i bagagli e a scrivere quel biglietto.»

«Quale biglietto?» chiese Bob da sopra di loro.

Ma Carlise mantenne lo sguardo sull'uomo che amava. Non lo avrebbe biasimato se avesse dubitato di lei leggendo la nota, ma doveva ammettere che sarebbe stato un brutto colpo.

«Non ho notato nessun biglietto. Ma anche se l'avessi visto, non avrei *mai* pensato che mi avresti lasciato così.»

Fece un respiro profondo e annuì.

«Passala su, così possiamo dare un'occhiata alla spalla» disse Cal.

«Resisti» la incitò Riggs, e prima ancora che riuscisse a prepararsi, la prese per la vita e la sollevò.

«Piano» avvertì JJ, e all'improvviso fu staccata da terra.

Prima che potesse elaborare ciò che era successo, si ritrovò in cima a un enorme cumulo di neve alla luce del sole, sorretta da Bob e Cal. Quando i suoi occhi cominciarono ad abituarsi si guardò intorno stupita. L'area non aveva più l'aspetto di quando era entrata nel bunker. Sembrava una landa desolata, innevata e rocciosa. Gli alberi che vedeva spuntavano dalla neve con angolazioni strane, come se fossero stati spezzati alla base mentre la valanga scendeva dalla montagna.

Quando Riggs emerse dalla buca, la prese subito tra le braccia, tenendola stabile.

«Le sollevo la maglia per darle un'occhiata alla schiena» disse JJ calmo.

«Tieni gli occhi su di me, tesoro» le ordinò Riggs.

Si irrigidì quando si sentì afferrare con cautela l'orlo della maglia, ma fece come le aveva chiesto, lo guardò nei suoi bellissimi occhi.

«Ti amo. Sei straordinaria.»

Era ovvio che stesse cercando di distrarla, ma lei era ben consapevole dell'aria fredda contro la pelle, mentre JJ tirava su il tessuto per esaminarle la spalla. «Avete trovato Susie?»

«No. Non è entrata nel bunker con te?»

Carlise abbassò lo sguardo, ma lui non lo accettò. «Tesoro, per favore... guardami.»

Così lo fece.

«Che cos'è successo?»

«È stata lei. Era lei la mia stalker. Le avevo raccontato un po' di Newton e ciò le è bastato per trovarmi. Ha detto di aver chiesto in città della tua baita e di aver ricevuto indicazioni. Immagino fosse gelosa di me o... qualcos'altro. Non lo so nemmeno io. Ma a quanto pare amava Tommy e hanno iniziato a frequentarsi dopo che io ho rotto con lui. Per qualche motivo si è messa in testa che dovevo essere punita per averlo lasciato, per aver detto alla gente che era violento. Non ha senso, Riggs... se stava con lei, perché le importava che lo avessi lasciato?»

Fece un respiro tremante e scosse la testa. «Comunque... aveva una pistola. Stava per sparare a Baxter. Mi ha fatto scrivere un biglietto in cui dicevo che me ne andavo. Sapevo di non dover salire in macchina con lei, così sono scappata. Ho pensato che mi avresti trovata nel bosco, anche se mi fossi persa.»

«Ovvio che l'avrei fatto» confermò.

Carlise gridò quando JJ le tastò la ferita.

«Stai attento!» ringhiò Riggs.

«Scusa. Sembra che il proiettile sia ancora dentro. Bisogna tirarlo fuori.»

Lei cominciò a dimenarsi. «No. Non qui! Per favore! Fa male...»

«Calma, tesoro. Non intendeva dire che lo avrebbe tolto *lui*. Ti porteremo alla clinica di Newton. Se loro non possono farlo, ti manderanno in un ospedale più grande. Ti somministreranno dei buoni farmaci e non sentirai nulla. Te lo prometto.»

Annuì e cercò di calmarsi. Era ovvio che JJ non avrebbe

effettuato un intervento chirurgico in mezzo al bosco. Si era semplicemente fatta prendere dal panico.

«Riesci a portarla in braccio?» chiese Cal. «Possiamo fare a turno.»

«Ci penso io, ma grazie» disse Riggs.

Prima che Carlise potesse protestare e cercare di mostrarsi coraggiosa dicendo che poteva camminare, anche se non era affatto sicura di riuscire a farlo, lui l'aveva già presa in braccio con cura. Gli appoggiò la testa sulla spalla circondandogli il collo con il braccio buono, e tenne l'altro posato in grembo, cercando di non muoverlo. Ogni scossone le provocava un dolore che le scendeva lungo la schiena.

JJ si tolse il giaccone e lo usò per coprirla e Cal e Bob si misero di fianco a Riggs, tenendogli le braccia per aiutarlo a scendere dal ripido banco di neve provocato dalla valanga.

Baxter abbaiò e Carlise sussultò. «Era Baxter? È qui?»

«Sì, è lui. Mi ha portato dritto da te» le confermò.

«Ho dovuto metterlo in bagno perché si comportava in modo molto aggressivo con Susie. Allora non avevo capito, ma credo che stesse cercando di mettermi in guardia. Non l'ho ascoltato» ammise con tristezza.

«Non fartene una colpa» disse un uomo che non conosceva dietro di loro. Alzò la testa per guardarlo.

«Sono Alfred Rutkey, il capo della polizia. Oggi è passato Chappy e mi ha spiegato la tua situazione. Stavo per indagare, ma ovviamente non ne ho avuto la possibilità.»

Annuì e posò di nuovo la testa sulla spalla di Riggs.

«Quando ti ha sparato?» chiese JJ.

Lei sospirò. «Mentre scappavo, Susie sparava all'impazzata da dietro di me. Uno dei proiettili ha fatto centro. È inciampata e sono riuscita a infilarmi nel bunker proprio quando abbiamo sentito la valanga. L'ho chiuso prima che lei potesse entrare.» Abbassò la voce e singhiozzò. «Non le ho permesso di farlo. Batteva sul portello. *Implorava.* Mi diceva che vedeva la neve andare verso di lei. Ma l'ho ignorata. L'ho uccisa!»

«No!» esclamarono tutti e cinque gli uomini contemporaneamente.

Avrebbe potuto trovarlo divertente se la situazione non fosse stata così grave.

«Aveva intenzione di ucciderti. Ti ha sparato» disse Cal con ferocia.

«Se l'è meritato» ringhiò Bob.

«Se l'avessi lasciata entrare, ora saresti morta» concordò JJ.

«Dovrò organizzare una ricerca per trovare il suo corpo» borbottò il capo della polizia.

Ma l'unica opinione che contava era quella dell'uomo che la teneva tra le braccia. «Riggs?» sussurrò. «Ora pensi a me in modo diverso?»

«Sì» rispose senza esitare.

Carlise trasalì.

Ma poi lui continuò. «Ammetto di aver pensato che tu fossi un pesce fuor d'acqua da queste parti. Sei una ragazza di città. Non ero sicuro che potessi sopportare di vivere in un paesino del Maine, anche se eri disposta a provarci. Ma ti ho sottovalutata. Sei più forte di chiunque abbia mai conosciuto. Non hai perso la testa in una situazione terrificante e hai fatto ciò che dovevi per sopravvivere. Avresti potuto salire in macchina con lei, ma non l'hai fatto. Hai protetto Baxter. Sei scappata da lei. L'hai superata in astuzia. Ti sei ricordata del bunker e sei entrata.»

«Credo che gli spari abbiano innescato la valanga» ammise Carlise. «Erano molto forti e riecheggiavano intorno a noi.»

«È una possibilità reale» disse Alfred. «Le condizioni erano sicuramente perfette, e basta lo stimolo giusto per farla partire.»

«Se penso a te in modo diverso?» continuò Riggs. «Sì. Non sei un pesce fuor d'acqua. Sei nata per essere mia. Per stare qui, nel Maine, con me. Sarai una feroce protettrice dei nostri figli, dei nostri futuri animali domestici, dei nostri amici, del nostro rifugio di montagna. Hai dimostrato che puoi prenderti cura di te stessa quando la situazione si fa difficile... e anche se non voglio che tu debba *mai più* affrontare una cosa del genere... sapere che combatteresti contro la morte in persona per rimanere viva, fa solo sì che io ti ami ancora di più.»

«Riggs» sussurrò sopraffatta.

«Il tuo unico compito ora è guarire. Farò avere le riprese delle telecamere al capo Rutkey, così avrà le prove necessarie contro Susie, nel caso sia sopravvissuta in qualche modo alla valanga. Non ci saranno dubbi su chi ti ha molestata. Sei libera, tesoro. Puoi andare dove vuoi, fare qualsiasi cosa, *essere* ciò che vuoi.»

«Vuoi che torni a Cleveland?»

«No. Voglio che tu torni a casa nostra – la baita – per riprenderti. Voglio che tu venga a vivere con me a Newton, che mi sposi e che abbia i miei figli. Ti amo, Carlise. Tantissimo.»

«Sì» disse lei con un sospiro.

«Sì? A cosa?»

«A tutto.»

Riggs si fermò di botto e le studiò il viso. «Sì?» chiese, come se non avesse sentito bene.

«Sì» ripeté con un sorriso.

«JJ, Cal, Bob... volete essere i miei testimoni quando mi sposerò?»

«Certo che sì!»

«Non me lo perderei per niente al mondo.»

«Assolutamente.»

«Quando?» le chiese.

«Forse non dovresti chiederglielo dopo che è appena stata salvata da una morte quasi certa e mentre è un po' intontita dal dolore» disse ironicamente il capo Rutkey.

Carlise lo ignorò. «Quando vuoi.»

Gli occhi di Riggs luccicarono, ma si limitò ad annuire.

Aveva la sensazione che sarebbe potuta diventare la signora Chapman prima della fine della settimana... il che le andava benissimo. «Ma voglio che mia madre sia presente» disse, dopo averci riflettuto.

«L'avrei chiamata non appena trovato campo sulla strada per Newton» la rassicurò. «Sono certo che voglia sapere cos'è successo e che stai bene.»

Carlise annuì. Si sentiva gli occhi molto pesanti, e all'improvviso non riuscì più a tenerli aperti.

«Dormi, amore» le sussurrò. «Mi prenderò cura di te.»

«Lo so» replicò lei, prima di lasciarsi sopraffare dal dolore e dallo stress della giornata.

CAPITOLO SEDICI

«TORNERÒ non appena mi dirai che ti sposi» disse la madre di Carlise, facendo del suo meglio per non lasciare scendere le lacrime che le avevano riempito gli occhi.

«Lo farò, mamma» la rassicurò. Aveva ancora l'imbracatura al braccio, ma tutto sommato si sentiva abbastanza bene.

I medici della clinica di Newton erano eccellenti, e quando era arrivata con Riggs si erano messi subito al lavoro per rimuovere il proiettile dalla spalla. Per fortuna, data la distanza tra lei e Susie, non era penetrato troppo in profondità. Erano riusciti a estrarlo senza dover ricorrere a nessun intervento chirurgico, ma le avevano comunque somministrato dei farmaci pesanti per sedarla e le avevano anestetizzato la parte prima di iniziare.

Si era svegliata con parecchi dolori, e Riggs si era assicurato che non minimizzasse il suo disagio e che prendesse gli antidolorifici che le avevano prescritto.

Sua madre era arrivata in clinica non molto tempo dopo il

suo risveglio, ed erano state entrambe molto turbate per ciò che Susie aveva fatto. Carlise aveva passato un paio di giorni difficili, ma con il sostegno di Riggs e dei suoi amici era riuscita a lasciarsi alle spalle l'accaduto abbastanza rapidamente. Per la maggior parte. Sapeva che avrebbe avuto momenti critici ancora per molto tempo, ma con lui al suo fianco avrebbe potuto affrontare praticamente tutto.

Le telecamere avevano fornito tutte le prove necessarie di ciò che era accaduto, e dimostrato che Susie era andata lì per ucciderla. Per lei non aveva avuto molto senso, finché il capo Rutkey non le aveva detto di aver scavato a fondo nel suo passato, scoprendo che aveva tenuto nascosti molti segreti.

Il suo nome di battesimo non era nemmeno quello. Aveva trascorso la maggior parte della sua infanzia dentro e fuori dagli ospedali psichiatrici. Aveva imparato a gestire egregiamente i suoi problemi per anni, ma, a quanto pareva, dopo che Carlise aveva iniziato a frequentare Tommy aveva smesso di prendere le medicine e cominciato a regredire lentamente.

L'intera vicenda l'aveva resa triste, soprattutto per aver scoperto che non aveva mai conosciuto veramente la sua amica.

Sua madre era rimasta a Newton per quattro giorni, abbastanza per assicurarsi che la figlia stesse davvero bene e per conoscere Riggs e tutti i suoi amici. Da lì a poco JJ l'avrebbe riaccompagnata a Bangor a prendere il volo per Cleveland.

«Lo ami» disse sua madre.

Carlise sorrise. «Tantissimo. Non ti preoccupa che stiamo affrettando le cose?»

«Per niente. Basta guardarvi per capire che siete fatti l'uno per l'altra. Ma detto questo, se mai doveste decidere di avere bisogno di più tempo o cambiate idea, non esitate a parlarne tra di voi. Ai miei tempi ho commesso l'errore di portare avanti un matrimonio che non volevo perché non potevo sopportare l'idea di creare problemi.»

Avrebbe voluto rassicurarla che non le sarebbero successe quelle cose con Riggs, ma si limitò ad annuire. «Ok.»

«Ti voglio bene e sono felice che questa storia dello stalker sia finita e che tu possa andare avanti con la tua vita.»

«Vorrei che prendessi in considerazione l'idea di trasferirti qui» le disse con un po' di tristezza.

Ma lei ridacchiò. «Non ce la farei mai. Voglio dire, ti voglio bene e tutto il resto, ma Newton è un po' piccola per me. Però stai certa che sarò felice di venire a passare delle intere settimane con i miei nipotini.»

Carlise si sentì infiammare le guance mentre sorrideva.

Sua madre si chinò e l'abbracciò, facendo attenzione a non toccarle la spalla fasciata. «Ribadisco, basta che accenni al matrimonio e arriverò subito.»

«Non sarà nulla di enorme o di lussuoso» la avvertì. «In effetti Riggs ha già chiesto a Granny's Burgers per il ricevimento.»

«Per me va bene» disse con un sorriso, senza mostrarsi minimamente turbata. «Finché la mia bambina è felice, non importa come sarà il matrimonio.»

«Ti voglio bene, mamma.»

«Ti voglio bene anch'io. Ora vado, prima di rovinarmi il trucco piangendo.»

«Chiamami quando arrivi a casa» le ordinò, facendo anche lei il possibile per non piangere.

«D'accordo. Ciao!»

Guardò con gli occhi lucidi JJ prendere sua madre per il braccio e condurla alla sua Bronco. Sentendo un naso freddo toccarle la mano, abbassò lo sguardo e trovò Baxter accucciato al suo fianco, che la fissava con preoccupazione. «Sto bene» gli sussurrò.

Vide i suoi occhi spostarsi verso sinistra per una frazione di secondo prima di sentire il braccio di Riggs circondarle la vita. Si appoggiò a lui e salutò con la mano l'auto che usciva dal parcheggio del condominio.

«Tutto bene?» le chiese.

Carlise annuì.

«La rivedrai presto.»

Annuì di nuovo.

«Come va la spalla? Hai bisogno di un antidolorifico?»

«Penso di essere a posto per un altro po'.» Si girò tra le sue braccia.

Si trovavano sul pianerottolo davanti alla porta del suo appartamento. L'edificio in cui viveva non era lussuoso, aveva solo due piani, e ogni alloggio aveva la porta che dava all'esterno. C'era una scala che portava al piano superiore e un piccolo parcheggio. Carlise aveva già conosciuto la maggior parte dei vicini. Erano rimasti tutti scioccati da ciò che le era successo e si erano fatti in quattro per assicurarsi che lei e Riggs avessero tutto il necessario, in modo che lui non dovesse allontanarsi da casa mentre lei guariva.

«Come stanno le tue mani?» gli chiese.

Si era allarmata quando aveva notato le ferite durante il tragitto verso la clinica. Si era lacerato le dita cercando di scavare nella neve e nel ghiaccio per arrivare a lei. Ora erano fasciate e stavano guarendo bene, ma odiava che si fosse fatto così male.

«Sono a posto. E prima che tu lo chieda, anche le zampe di Baxter stanno bene. Il veterinario ha detto di tenerlo lontano dal bosco per un po', e che entro poco tempo sarà come nuovo.»

Lo sapeva, ma era comunque preoccupata. Guardò il Pitbull con tenerezza. Baxter non si era mosso dal suo fianco, aveva lo sguardo ancora fisso su di lei. Riggs non si era sbagliato quando le aveva detto che lui era il *suo* cane. Le era completamente devoto e il sentimento era reciproco.

«April verrà più tardi e porterà una teglia di qualcosa» le disse.

«Un'altra?» replicò con una piccola risata.

«Sì. JJ è gelosissimo per questa cosa.»

«Cosa c'è tra quei due? Voglio dire, fanno fatica a togliersi gli occhi di dosso, e non appena uno dei due si accorge che l'altro lo sta fissando, distoglie malinconicamente lo sguardo facendo finta di niente.»

«Penso che sia complicato» rispose Riggs con un'alzata di spalle. «Lei è una nostra dipendente e lui sta ancora affrontando quello che ci è successo quando eravamo prigionieri.»

«Potrei parlarle» propose.

Ma lui scosse la testa. «Non farlo. Finché non sarà pronto non servirà a nulla. E se convinci April a fare una mossa e lui la dovesse respingere, perderemo la migliore assistente amministrativa che abbiamo mai avuto. Prima o poi lo capiranno.»

«Come fai a esserne sicuro?»

«Perché se è destino che sia così, lo sarà. Guarda noi. In qualche modo, contro ogni probabilità, siamo qui, al sicuro, follemente innamorati e stiamo per sposarci. A proposito... dobbiamo fissare una data.»

Carlise ridacchiò sommessamente. «Sei preoccupato che possa cambiare idea?»

«No. Ma quando trovi la cosa migliore che ti sia mai capitata, vuoi che il resto della tua vita inizi il prima possibile» spiegò, facendola intenerire e accoccolarsi di più a lui. «Inoltre, quando ti metterò incinta del nostro primo figlio, voglio che siamo sposati. E stiamo entrambi invecchiando. Se vogliamo averne quattro, dobbiamo darci da fare.»

Si sentì contrarre la pancia. Non vedeva l'ora di dare a Riggs dei bambini. Si allontanò dalle sue braccia e si girò verso la porta dell'appartamento. «Andiamo» disse senza fiato.

«Dove?»

«A letto. Se April deve venire qui, non abbiamo molto tempo.»

«La tua spalla...» iniziò Riggs, ma lei scosse la testa e lo interruppe.

«Sta bene. Dovrai solo essere creativo. Ho bisogno di te. Dentro di me. Sono passati giorni e finalmente siamo soli. Tutto questo parlare di bambini e che sono tua mi ha fatto eccitare moltissimo.»

Lui ridacchiò, lasciandosi condurre nella loro camera da letto. Baxter, vedendo dove erano diretti, si avvicinò alla costosa cuccia che Carlise gli aveva comprato per schiacciare un pisolino.

«Aiutami a togliermi la maglia» gli disse.

Lui afferrò con attenzione l'orlo e si chinò per appoggiare la fronte contro la sua. «Ti amo» mormorò dolcemente.

«Ti amo anch'io» replicò lei con un sospiro. «E per rispondere alla tua domanda... presto. Ti sposerò non appena potrò organizzarlo.»

«Bene.»

Poi non servirono più parole, usarono i loro corpi per dimostrarsi quanto si amavano.

Più tardi, quella sera, Chappy era contento che si fossero presi del tempo per fare l'amore, perché non solo April si era presentata con il cibo, ma anche gli altri ragazzi l'avevano seguita a ruota. JJ aveva riferito a Carlise che sua madre era arrivata all'aeroporto senza problemi e avevano festeggiato il fatto che erano al sicuro, Baxter compreso, e che tutto era finito bene.

Ora i suoi amici erano seduti per terra intorno al tavolino di fronte al divano, impegnati in una spietata partita a Uno, e Chappy si alzò per prendere da bere. Dalla sua piccola cucina guardò Carlise gettare la testa all'indietro e ridere per qualcosa che aveva detto April.

Era incredibile come si fosse ripresa. Certo, aveva avuto qualche incubo, ma lui l'aveva abbracciata mormorando tra i suoi capelli che era coraggiosa e al sicuro, e di essere orgoglioso di lei.

Quello che le era quasi successo lo faceva star male fisicamente ogni volta che ci pensava, il che accadeva più spesso di quanto volesse ammettere. Non avrebbe mai dimenticato il momento in cui aveva aperto il bunker e l'aveva vista con le labbra blu e il respiro affannato... era stata letteralmente a pochi minuti dalla morte. Non aveva dubbi.

Baxter l'aveva salvata di nuovo. E lei aveva salvato se stessa. Era più orgoglioso di quanto avrebbe potuto mai esprimere. E da quel momento odiava toglierle gli occhi di dosso. Era stato straziante lasciare la stanza mentre le estraevano il proiettile dalla spalla, e anche se i suoi amici, i medici e le infermiere avevano cercato di convincerlo ad andare a casa, a farsi una doccia e a dormire un po', dicendo che Carlise non si sarebbe nemmeno accorta della sua assenza, lui non era riuscito ad andarsene.

L'aveva quasi persa.

Ci era andato troppo vicino.

Non aveva aiutato il fatto che fosse successo la prima volta che l'aveva lasciata sola per andare in città. Gli ci sarebbe voluto un po' di tempo per superarlo. Era grato che gli affari andassero a rilento e che non avesse più dovuto allontanarsi.

E Carlise ci avrebbe messo un po' a superare il fatto che fosse stata la sua migliore amica a terrorizzarla. Ma insieme ce l'avrebbero fatta.

Aveva accettato di sposarlo. Di avere i suoi figli. Di rimanere nel Maine. Non si era mai sentito un uomo particolarmente fortunato, ma ora aveva la sensazione di essere la persona più fortunata del pianeta.

«Ehi» disse Cal proprio accanto a lui, facendolo sobbalzare per la sorpresa.

«Scusa, non volevo spaventarti. Stai bene?»

«Sì» rispose, tenendo la voce bassa. «Grazie.»

«Come sta, *veramente*?» chiese l'amico, facendo un cenno con la testa verso Carlise.

«Incredibilmente bene. Il medico ha detto che il proiettile non ha provocato molti danni e che tornerà alla normalità in poco tempo.»

Cal annuì. «Hanno trovato la sua amica.»

Chappy sbatté le palpebre. «Davvero?» Per quanto ne sapeva, le ricerche erano ancora in corso.

«Sì. Il suo corpo è stato trascinato giù dalla parte anteriore della slavina. L'hanno trovata oggi.»

Provò un senso di sollievo. L'ultima cosa che voleva era dover pensare al corpo di Susie sepolto per il resto dell'inverno, rivelandosi solo una volta che si fosse sciolta la neve. Aveva desiderato che venisse ritrovata per il bene di Carlise, per il bene di entrambi, perché dovevano andare avanti. Temeva il fatto di doverglielo dire e di far riaffiorare i brutti ricordi, ma lei sarebbe stata bene. Se ne sarebbe assicurato.

«Grazie per avermelo detto.» Si voltò e vide il suo amico fissare il vuoto, come se avesse qualcosa in mente. «Che c'è, Cal?» gli chiese. «Sei stato silenzioso stasera. Tutto ok?»

Lui sospirò. «Non proprio. Devo andare a Washington per un po'.»

«Cosa? Perché?»

«La famiglia.»

Chappy aggrottò la fronte con comprensione. Le dinamiche familiari di Cal erano... complicate. I rapporti tra lui e i suoi genitori sembravano piuttosto solidi, ma per quanto lo avessero volontariamente protetto dalla politica del loro Paese, permettendogli di avere poco a che fare con gli adempimenti burocratici, si aspettavano comunque che fosse fedele alla corona. Gli veniva chiesto raramente di fare la sua comparsa nel Liechtenstein, ma di tanto in tanto si sentiva obbligato a fare il suo dovere... e a soddisfare una richiesta che avrebbe preferito evitare.

Inoltre, dato il suo lignaggio, il fatto che fosse stato un prigioniero di guerra faceva ancora notizia, nonostante fossero passati tre anni. Erano girate talmente tante storie sulle sue cicatrici e sulle sue ferite da portarlo a voler evitare qualsiasi tipo di attenzione mediatica per tutta la vita.

Per quanto Chappy, Bob e JJ gli avessero continuamente detto che le sue cicatrici non avrebbero avuto importanza per chi lo amava, sapevano tutti che era ancora estremamente sensibile riguardo al suo aspetto. Indossava per lo più maglie a maniche lunghe e pantaloni lunghi, anche d'estate, e quando si accorgeva che qualcuno lo fissava un po' troppo, si chiudeva in se stesso.

«Cosa vogliono che tu faccia?»

«Il babysitter.»

«Cosa?» chiese, confuso.

Cal sospirò. «Uno dei miei cugini ha fatto amicizia con una donna, e ha convinto la famiglia a farsi coinvolgere nei cosiddetti problemi di questa tizia. A loro piace molto. Credo che i miei zii la vedano già sposata con qualcuno della famiglia. Ma a quanto pare è nei guai. Nessuno vuole darmi alcun dettaglio finché non sarò a Washington. A causa del mio passato militare e della mia riservatezza, vogliono che sia io ad occuparmi della situazione.»

«Puoi rifiutare?»

«È complicato» replicò.

«*Puoi rifiutare?*» ripeté con più fermezza. «Sanno che non sei una guardia del corpo, vero? Che hai lasciato l'esercito da anni? Che tagli alberi per vivere?»

«Lo sanno, ma pensano ancora che io sia la loro migliore opzione. Mio cugino è... imprevedibile. E non vogliono l'attenzione dei media sulla famiglia reale più di quanto ne abbiano già avuta negli ultimi anni... e questo principalmente per colpa mia. *Potrei* rifiutare, ma ciò renderebbe la mia vita e i rapporti con la mia famiglia allargata imbarazzanti. Credimi, è più facile fare quello che vogliono. Prima andrò lì, prima potrò tornare.»

Chappy si accigliò. Odiava non essere in grado di aiutare il suo amico. «Hai bisogno che uno di noi venga con te? Che ti copra le spalle?» *Che ti protegga da loro*... cosa che non disse ad alta voce.

«No. Il mio piano è di occuparmi di questa faccenda il più velocemente possibile e tornare nel Maine.»

«Va bene, ma sai che se hai bisogno di qualcosa, devi solo chiamare.»

«Lo so e lo apprezzo molto.»

«*Esigo* che tu sia qui per il mio matrimonio. E ti avverto che non aspetterò a lungo.»

«Non me lo perderei per nulla al mondo. Sono abbastanza sicuro che potrò prendermi senza problemi un fine settimana per tornare qui, se sarà necessario.»

«Bene.»

«Sono felice per te» disse Cal. «Carlise è una brava ragazza. Non fartela scappare.»

«Non ne ho alcuna intenzione» replicò con fermezza.

L'altro annuì. «Ok. Fammi sapere come procede. Io parto domani mattina.»

«Cal?»

«Sì, amico?»

Chappy di solito non era uno che si intrometteva negli affari personali dei suoi amici e non avrebbe mai preso in considerazione l'idea di dire quello che stava per dire prima di conoscere Carlise... ma avere incontrato la donna che sapeva fin nel profondo essere destinata a lui, aveva cambiato le cose. Aveva cambiato *lui*. Desiderava vedere tutti i suoi amici altrettanto felici e contenti. «Mantieni la mente aperta.»

«Su cosa?» chiese, aggrottando la fronte.

«Sulle donne.»

Cal alzò gli occhi al cielo. «Non cominciamo» borbottò.

«Sono serio. Avevo rinunciato al pensiero di sposarmi e avere una famiglia. Insomma, viviamo nel mezzo del nulla, non c'è molta scelta se vogliamo frequentare qualcuno. Ma poi Carlise è apparsa come se fosse destinata a essere qui. Quello che voglio dire è di non ignorare ciò che hai di fronte. Ho la sensazione che nella vita abbiamo solo una frazione di secondo per riconoscere la nostra metà, e se ignoriamo quell'attrazione, se scartiamo quel sentimento, non tornerà mai più.»

«Nessuna donna mi degnerà di un secondo sguardo. Vogliono la storia da favola, il bel principe miliardario, e sappiamo entrambi che sono tutt'altro.»

«Sei uno degli uomini migliori che conosca» replicò serio. «I soldi non sono tutto. E nemmeno essere famosi o avere la pelle liscia. Apprezzo la tua lealtà. La tua forza. La tua fermezza. E so che là fuori c'è qualcuno apposta per te.»

«Non apparirà nei boschi come una specie di ninfa come ha fatto Carlise. Mi sta bene essere single. Non tutti vogliono essere sposati e avere figli.»

Chappy sapeva che sotto sotto il suo amico stava mentendo. Cal lo desiderava quanto o più di lui. Solo che non era disposto ad ammetterlo perché temeva che non avrebbe mai trovato la donna giusta. Era più facile fingere che non gli importasse, quando in realtà gli importava fin troppo.

«Fai attenzione» gli disse dopo un attimo, sapendo che non era più disposto ad ascoltarlo.

«Certo.»

«Sai che se hai bisogno di portare questa ragazza qui a Newton, puoi farlo. Ti daremo una mano.»

«Lo apprezzo molto. Ti farò sapere quando mi sarò fatto un'idea di tutta la faccenda. Credo che la donna sia una sorta di modella. Vive con la sorella e la madre. Devo vedere qual è la situazione reale prima di decidere la migliore linea d'azione.»

«Anche la sorella e la madre sono nei guai?»

Scrollò le spalle. «Non ne ho idea.»

«Bene, fai ciò che devi e riporta qui il tuo culo. Non pensare che ti permetteremo di saltare i tuoi turni. Gli alberi qui intorno non si tagliano da soli.»

Cal ridacchiò e Chappy ne fu felice.

«Giusto. Inoltre, tu sarai impegnato con la tua nuova moglie, vero?»

«Puoi scommetterci.»

«Sono davvero contento che stia bene.»

«Anch'io. E chiamaci. Dico sul serio.»

«Sì, mamma.»

Ridacchiarono. «Quello è l'appellativo di JJ» gli disse.

Cal annuì, poi gli diede una pacca sulla spalla e tornò in salotto.

Chappy osservò Carlise alzarsi e avvicinarsi. «Hai bisogno di aiuto con le bevande?» chiese.

«No, ci penso io, tesoro. Come ti senti?»

«Bene. Ho sentito qualcosa della tua conversazione con Cal. Deve partire?»

«Sì.»

«Troverà la sua Cenerentola.» Sospirò, appoggiandosi a lui.

«Cosa?»

«Tornerà con la sua Cenerentola. Lo so e basta» rispose. Poi si raddrizzò, gli diede un bacio sulla guancia e tornò nell'altra stanza per continuare a giocare.

Lei lo stupiva di continuo. Era evidente che lo teneva d'occhio, allo stesso modo in cui lui non la perdeva mai di vista. Era bello avere qualcuno che si prendeva cura di te. Non sapeva perché fosse così sicura che Cal avrebbe trovato una donna, ma sperava ardentemente che avesse ragione. Meritava di trovarne una che lo amasse per quello che era, piuttosto che per il suo titolo, per i soldi che aveva in banca o per il suo aspetto.

«Hai paura di essere battuto?» gli gridò Bob. «Vieni qui, Chappy, così posso distruggerti con la mia abilità!»

Lui sorrise e tornò in salotto, portando le lattine di Coca Cola che aveva preso dal frigorifero. Mentre si sedeva accanto a Carlise e distribuiva le bibite, non poté fare a meno di ringraziare mentalmente i suoi amici e la sua donna. Era decisamente un figlio di puttana fortunato e non aveva alcuna intenzione di perdere la sua ritrovata felicità.

————————

Juniper Rose si passò una mano sulla fronte sudata e ispezionò con soddisfazione il pavimento appena lavato. Era stata impegnata tutto il giorno a prepararsi per il membro della famiglia reale del Liechtenstein che sarebbe arrivato di lì a poco. Non sapeva esattamente cosa stesse succedendo, dato che la sua matrigna e la sua sorellastra non le dicevano mai nulla, ma da quello che era riuscita a capire dalle loro conversazioni sussurrate, Carla, la sua sorellastra, aveva detto a un amico conosciuto in rete che la stavano molestando e minacciando.

Il che era una bugia.

Chiunque avesse conosciuto Carla non avrebbe perso tempo dietro a lei, punto e basta. Sebbene esteriormente fosse bella... dentro era una persona orribile, tremenda.

June si stava chinando per prendere il secchio dell'acqua sporca quando la porta che dava sul cortile si aprì e sentì il ticchettio delle unghie sul pavimento. Si girò per urlare: «No!»

Ma ormai era troppo tardi. I due Corgi viziati della sorellastra erano entrati di corsa nella stanza, lasciando impronte di fango dappertutto.

«Oh, cielo» sospirò Carla con il tono più falso che avesse mai sentito. «Hanno sporcato il pavimento. Immagino che ora dovrai stare sveglia fino a tardi per occupartene. Pookie, Snookie, forza, è ora di andare a letto.» E con quello, quella donna malvagia e altrettanto viziata uscì dalla stanza con i due cani al seguito.

June sbatté rapidamente le palpebre per tenere a bada le lacrime.

Viveva in una casa magnifica ed enorme, e sapeva che dall'esterno sembrava che lei avesse una vita perfetta. Se solo la gente avesse saputo. Dopo la morte del padre, avvenuta quando aveva quindici anni, era stata devastata. Aveva pensato che la sua nuova matrigna e la sua sorellastra si sarebbero sentite allo stesso modo, che non avrebbe elaborato il lutto da sola... invece erano sembrate quasi entusiaste.

I soldi dell'assicurazione sulla vita di suo padre erano stati immediatamente destinati a tutte le cose materiali che non avevano potuto comprare quando lui era vivo.

A June non importavano le macchine, i vestiti o le borse firmate. Avrebbe solo voluto riavere il suo papà. Era l'unica persona che l'aveva amata per quello che era: una donna un po' goffa, grassottella e timida, che preferiva stare a casa a leggere piuttosto che socializzare.

Negli anni successivi, più che una figlia o una sorella, era diventata la domestica della sua famiglia. Puliva, accompagnava Carla agli appuntamenti di lavoro da modella, teneva i conti, cucinava, e in generale faceva tutto ciò che le veniva detto.

Era una vera e propria Cenerentola e lo odiava. *Odiava* quella favola. Nessun ricco principe sarebbe piombato a salvarla dalla sua triste vita. Avrebbe dovuto trovare il coraggio di salvarsi da sola.

June aveva accumulato dei soldi. Spiccioli avanzati dalla spesa, qualche banconota trovata qua e là mentre puliva la casa. Presto se ne sarebbe andata. Non sapeva dove, ma non sarebbe mai più stata la parente povera di nessuno.

Il principe azzurro?

Bah. Non esisteva.

————

Venite a scoprire cosa succede quando Cal, dopo un lungo viaggio fino a Washington, incontra June, nel secondo libro della serie Game of Chance: *Il reale*. Ormai sapete già che si ritroverà completamente scombussolato! Acquistatelo ora!

Also by Susan Stoker

Game of Chance
Il protettore
Il reale (1 Dic)
L'eroe (1 Feb 2025)
Il tagliaboschi (1 Giugno 2025)

Armi & Amori: Alleanza
Proteggere Remi
Proteggere Wren (5 Nov)
Proteggere Josie (4 Mar 2025)
Proteggere Maggie (1 Apr 2025)
Proteggere Addison
Proteggere Kelli
Proteggere Bree

Il Rifugio
Meritare Alaska
Meritare Henley
Meritare Reese
Meritare Cora
Meritare Lara
Meritare Maisy (1 Ottobre)
Meritare Ryleigh (1 Gennaio 2025)

Forze Speciali alle Hawaii
Trovare Elodie
Trovare Lexie
Trovare Kenna

Trovare Monica
Trovare Carly
Trovare Ashlyn
Trovare Jodelle

Ricerca e soccorso Eagle Point

In cerca di Lilly
In cerca di Elsie
In cerca di Bristol
In cerca di Caryn
In cerca di Finley
In cerca di Heather
In cerca di Khloe

Silverstone

Fidarsi di Skylar
Fidarsi di Taylor
Fidarsi di Molly
Fidarsi di Cassidy

Delta Duo

La forza di Gillian
La forza di Kinley
La forza di Aspen
La forza di Jayme
La forza di Riley
La forza di Devyn
La forza di Ember
La forza di Sierra

Armi & Amori: verso il futuro

Soccorrere Caite
Soccorrere Brenae
Soccorrere Sidney
Soccorrere Piper
Soccorrere Zoey
Soccorrere Avery
Soccorrere Kalee
Soccorrere Jane

Mercenari di Montagna
Difendere Allye
Difendere Chloe
Difendere Morgan
Difendere Harlow
Difendere Everly
Difendere Zara
Difendere Raven

Delta Force Heroes
Salvare Rayne
Salvare Emily
Salvare Harley
Il Matrimonio di Emily
Salvare Kassie
Salvare Bryn
Salvare Casey
Salvare Sadie
Salvare Wendy
Salvare Mary
Salvare Macie
Salvare Annie

<u>Armi e Amori</u>

Proteggere Caroline
Proteggere Alabama
Proteggere Fiona
Il Matrimonio di Caroline
Proteggere Summer
Proteggere Cheyenne
Proteggere Jessyka
Proteggere Julie
Proteggere Melody
Proteggere il Futuro
Proteggere Kiera
Proteggere i figli di Alabama
Proteggere Dakota

<u>Ace Security</u>

Il riscatto di Grace
Il riscatto di Alexis
Il riscatto di Bailey
Il riscatto di Felicity
Il riscatto di Sarah

<u>Una raccolta di storie brevi</u>

Un momento nel tempo

BIOGRAFIA

L'autrice

Susan Stoker è annoverata da *New York Times*, *USA Today* e *Wall Street Journal* quale scrittrice di successo, le cui collane di libri includono Badge of Honor: Texas Heroes, SEAL of Protection e Delta Force Heroes. Sposata con un sottufficiale dell'esercito in pensione, Stoker ha vissuto in ogni dove negli Stati Uniti - dal Missouri alla California e al Colorado - e attualmente vive sotto i grandi cieli del Texas. Quale vera sostenitrice del "vissero felici e contenti", Stoker ama scrivere romanzi in cui una relazione romantica si trasforma in amore.

Per ulteriori informazioni sull'autrice e il suo lavoro, visita il sito web www.stokeraces.com

www.ingramcontent.com/pod-product-compliance
Lightning Source LLC
Chambersburg PA
CBHW011147100726
47899CB00010B/3197